传告后代人

中国古代诗人的15个关键词

张执浩 著

江苏凤凰文艺出版社

图书在版编目（CIP）数据

　　传告后代人：中国古代诗人的15个关键词 ／ 张执浩著. -- 南京：江苏凤凰文艺出版社，2024.9（2025.2重印）
　　ISBN 978-7-5594-8156-6

　　Ⅰ.①传… Ⅱ.①张… Ⅲ.①随笔－作品集－中国－当代 Ⅳ.①I267.1

中国国家版本馆CIP数据核字（2024）第000195号

传告后代人：中国古代诗人的15个关键词
张执浩 著

出 版 人	张在健
图书策划	李　黎
责任编辑	胡　泊
特约编辑	王晓彤
责任印制	杨　丹
出版发行	江苏凤凰文艺出版社
	南京市中央路165号，邮编：210009
网　　址	http://www.jswenyi.com
印　　刷	苏州市越洋印刷有限公司
开　　本	880毫米×1230毫米　1/32
印　　张	11
字　　数	190千字
版　　次	2024年9月第1版
印　　次	2025年2月第2次印刷
书　　号	ISBN 978-7-5594-8156-6
定　　价	56.00元

江苏凤凰文艺版图书凡印刷、装订错误，可向出版社调换，联系电话 025-83280257

目录

序　认领我们的命运　001

一　功名　驻马望千门　001

二　漫游　何必取长途　027

三　社交　各有稻粱谋　051

四　友谊　但伤知音稀　075

五　传播　字字飞琼英　097

六　登高　我辈复登临　119

七　风骨　猛志逸四海　141

八　悲秋　清秋宋玉悲　165

九　雅趣　能饮一杯无　187

十　苦吟　死是不吟时　209

十一　音区　渐于诗律细　231

十二　色彩　前身应画师　255

十三　还乡　近乡情更怯　275

十四　归途　知死不可让　297

十五　传家　传告后代人　319

序：认领我们的命运

    作为一位当代汉语诗人，写一本关于中国古典诗歌鉴赏或评析的书，显然不是我的兴趣所在。我真正感兴趣的，是"诗人"这项礼帽掩映下的个人化情貌，是这个特殊群体在几千年中华文明史上所扮演的异于常人的角色，他们的命运、性情、交集与日常，他们所践行的众所周知的"道"，以及无以摆脱的"殉道者"的人生路径。在我看来，由这群人所勾勒出来的人类命运金线，正是东方文明最为独特、最富生气的存在。吊诡而有趣的是，他们之中绝大多数人并非生来就是要成为"诗人"的，倘若我们撇开后世附加在他们身上的各种光环与传奇，就不难发现，他们对生活的渴望与芸芸众生其实并无二致，一样的喜怒哀乐，一样在充满幻觉的尘世里苦苦挣扎求生。也就是说，选择诗歌其实只是这群人求生的方式之一，是及时行乐，是苦中作乐，更是乐不可支；反过来讲，诗歌选择了他们，就意味着他们需要负轭前行，且务必从泥泞与渊薮中一跃而起，成为尼采笔下所惊呼的："瞧，这个人！"这当然是命运的捉弄，但又何尝不是命运的奖赏呢？

动念写一写这群伟大而生趣盎然的灵魂，是我近五年来最想做的工作，尽管我深知，我的才识并不足以支撑我的愿望，但每写出一篇哪怕一个段落，我都感觉距离他们更近了一步。我渴望通过触抚他们留下来的文字，聆听到他们的呼吸和心跳，从中获得那种与他们隔代相望的情谊——这情谊，一如庾信之于杜甫，亦如陶渊明之于苏东坡。

去年，我尝试着出版了一本《不如读诗》，从这群诗人中撷取了16位处于中国古典诗歌发展节点上的诗人，以他们的人生轨迹和诗学面貌为经纬，草拟出了一幅古典诗人的"群像谱"，梳理出了古典诗歌的语言变迁史。我得老实承认，沉醉其中的乐趣远远超出了我的预期。作为一位用简体汉语写分行文字的当代诗人，一位长期以来深受外国诗歌影响的东方诗人，我第一次对他们的人生和命运有了真正意义上的"感同身受"，这绝非"理解""认知"这类词汇所能传达的。也就是说，在这些逐渐远去的诗人身上我发现了我自已,我的热情、悲辛、哀怨或无力。尽管他们只是一帧帧背影,却像一面面镜子,照见了我蒙昧的生命欲求。我惟一能做的,就是心甘情愿地去认领他们沿途抛撒的那一块块絮状的阴翳,一边蒙恩,一边拒斥。我想,这应该就是命吧。

"杰出的诗歌总是在生活的正前方,等待着它的主人出现;杰出的诗歌总是会以'失物招领'的方式,存在于各种各样的人生道路旁,或各式各样的生活现场,等候着它的主人去路过,去发现,去认领。"这是我在写作这本书的时候,时时萦绕在脑际的一段话。假若我们将人生视为一座道场,就不难发现,通往这座道场的道路看似有千万条,实际上可供选择的并不多。而走向诗,可能是几乎所有古代文人的集体宿命。游历、干谒、唱和、登高、社交……这些貌似美好、司空见惯的行为,只趋向一个目标:入仕。在这个巨大而模糊的目标完全清晰地显现之前,诗人们流露出来的各种情貌和心迹,极为真实生动地展现了一个个独立丰满的人格形象。然而,一旦这个目标达成,失败者的命运将无处藏匿。是的,正是这种终其一生终至失败的命运,让我们有机会看到,诗人也是活在生活现场里的人,只不过,他们比任何人更具备吸附尘埃、风霜、雾障的能力,并有能力将这些苦厄转化成生命的召唤之音,即,人之为人的坚定意志。而所有优秀的诗歌只不过是这种意志的体现,哪怕这意志最终

会以涩苦的言语呈示在世人面前："自古江湖客，冥心若死灰。"（杜甫《秋日荆南述怀三十韵》）

　　感谢江苏凤凰文艺出版社将这些发表、散轶在各处的文字辑录成书。而所谓"传告"，就是要不断向后来者递送出这样一条讯息：俗世上总有一类人会把自己活成诗，因为他们的存在，人世间再多的不堪都不值一提。

　　是为序。

2024年4月初 武昌

一 功名 驻马望千门

功名　驻马望千门

回车驾言迈，悠悠涉长道。

四顾何茫茫，东风摇百草。

所遇无故物，焉得不速老？

盛衰各有时，立身苦不早。

人生非金石，岂能长寿考？

奄忽随物化，荣名以为宝。

（《古诗十九首·其十一》）

在许多读者的心目中，上述这首古体诗，是最能体现中国古代士子阶层人生情状的长情告白之诗。茫茫长路，百草盛衰，一代一代士人们行于宦途，一边感叹着生命苦短，一边前赴后继，纷纷投身于虚幻的命运怀抱，以求名利的迎迓与慰藉。

自有人类文明史以来，这样一群生活在东方古国的汉语诗人，就以这种献祭般的本能和勇气，将自己醒目地置放在了文明的祭坛上。他们可能是人类历史长河中最为奇特、执拗且不可理喻的一个群体。这个群体里的几乎所有人，自幼就被某种无形的力量裹挟着、驱使着、鞭策着，也不管他们自己是否心甘情愿，都被迫拥挤在同一条狭窄又崎岖的道路上，做着同一个似是而非的梦，最终都面临着大同小异的人生结局。他们中的很多人，其实并无诗歌天赋，但是，为了前程和生计，不得不自幼就习诗作赋；同理，他们中的很多人，也并不一定具有经天纬地的才能，但为情势所迫，不得不沉浮宦海，如此这般地度过了一生。

这实在是一桩非常奇葩的事情。然而，在以"士农工商"为社会等级序列的古代中国，你若非幸运地生长在贵族豪门之家，坐拥"四世三公"的门荫之利，那么要想迎来人生的腾达之期，唯有读书入仕这一条路可行。似乎生就如此，人人便习以为常，时日一久，荒谬便成了常态。

"仕而优则学，学而优则仕。"这句话，是子夏在《论语》里对孔子思想的简略转述，意在表明，在儒家思想里，学习的终极目的，不是为了别的，只是为了入仕，为了出将入相、报效国家、济世救民。然而，一般来讲，人生的目标越是清晰笃定，实现它的路径就往往越是坎坷崎岖。这是因为，当所有的人都以为自己信念坚定、矢志不渝的时候，目标反而会因信众的趋之若鹜，而越来越堵塞，越走越迷离、渺茫。"众鸟高飞尽,孤云独去闲。"若是将李白当年在《独坐敬亭山》中所看到的那番景象,挪移到这种空茫虚幻的人生现场,我们就能感受到古代士人们意绪难平又无可奈何的悲剧性命运。只是,众鸟过后,余留在空中的片片孤云更显寂寥,更何况,"孤云"之闲并不是人人都能拥有的,"鸟为食亡"仍然是大多数人的生命真实写照。

由"士"而"仕",无论在哪一个时代或世代,都不是一件一蹴而就的事情。在体制严苛、壁垒森严的古代,无论哪一个士人,要想从江湖步入庙堂,都必得"昼课赋,夜课书,间又课诗,不遑寝息矣"(白居易《与元九书》)。十年寒窗,多则数十年寒窗,只为一朝金榜题名,而至于题名之后,究竟能否实现先前的抱负和愿望,暂时不在考虑之列。

由选官制度所造成的这种人生进阶秩序,后来随着时代的变迁愈演愈烈,其罗网也越织越烦琐、密实。诡异的是,这张弥天大网并不完全是为了网罗捕获真才实学者,相反,漏网之鱼越来越多。士人们在深水区奋力雀跃,不断激荡出水花或涟漪,但真正能够被朝堂笼络上岸,视为可用之才的,其实少之又少。粗略来看,自汉以来,中国古代的选官制度,前后经历了三个阶段:两汉时期的察举制、魏晋南北朝的九品中正制,以及从隋唐一直绵延至清朝光绪年间的科举考试制。不同的选官制度，一方面着力塑造着国家的政治面貌、意识形态、社会结构和阶层分类，另一方面，也深刻地影响着古代文人的集体创作风貌，迫使那些求取功名的文士们因循体制的变化，来适时调整自己的写作风格，以便迎合当时的社会政治风尚。毕竟，获取朝堂的青睐，改变自己在现实生活里的处境，才是他们人生的第一要务。

最典型的例子莫过于李商隐了。"五年诵诗书，七年弄笔砚。"(《上崔华州书》)李商隐天资聪慧，很早就有了文学启蒙，但由于十岁丧父，未及成年，生活就陷入了"佣书贩舂"的困顿之中，经常靠给人抄书或服役来维持生计，小小年纪便体味到了生活中的各种艰辛。"四海无可归之地，九族无可倚之亲。"在写给仲姊的祭文《祭裴氏姊文》里，李商隐这样满含悲情地写道。这样的情景描述，非常符合我们脑海里对古代寒门子弟固有的"人设"的想象，他们必先"苦其心志，劳其筋骨"，方能成为人上之人。果然，先前的那些苦没有白受，在李商隐十八岁的时候，颇具慧眼的河阳节度使令狐楚将他召至幕下，使其担任巡官，并亲授今文，待其如子。李商隐早期其实非常擅长古文，其作品深受杜甫的影响，多有感时伤乱的干时之作，如《重有感》《行次西郊一百韵》等，文风也比较沉雄明丽："玉帐牙旗得上游，安危须共主君忧。"(《重有感》)尽管这首诗写得比较隐晦，但仍然表达出了他对家国社稷的担忧，以及愿意为朝廷分忧的愿望；而《行次西郊一百韵》则是他对唐王朝治乱兴衰的深度追溯，反映出了诗人深切的忧国忧民之情。可是，后来因仕途屡次受挫，在令狐楚的调教下，李商隐开始训练骈文写作，以适应官场流行的文风，逐渐由一位风格化的诗人，变成了一位极受欢迎的骈体文专家。

李商隐游幕一生，曾先后为许多官员代笔起草过奏折、书信等文书。这种应酬文字和官样文章，日后也自然成了他的主要谋生手段。作为晚唐最富魅力的大诗人，李商隐似乎视诗为生活的夹带之物，全然没有把他最具天赋和才情的诗歌写作当一回事，而且后来越写越隐晦难解。李商隐自己非常看重的，并非他那些独具魅力、风格明晰的诗篇，而是用于谋生的应用文字。诗人生前先后自编过两本集子：《樊南四六甲集》和《樊南四六乙集》，都只收其骈文，并不见录诗赋。由此可见，这位自视甚高的诗人最终也接受了体制的驯化，将自己的创作纳入了社会所需要的那只精致的工具箱内。

在科举制出现之前，士人们要想步入仕途，首先必须想方设法积攒声名，让世人看到他们的作品，或听闻他们的名声，总之，要有机会让外界充分见识到他们的真实才能，这样才有望获得贵人的举荐和揄扬。"隐"是一条路，藏身林泉，以

"高人"形象吸引世人目光，但这需要极高的素养和成本，才可能有效；"孝"当然也是一条出路，只是这里面包含了太多的不确定因素，而且太过辛苦。那么，除此之外，如何才能尽快地获得足够的关注呢？游历和干谒，就成了最便捷和行之有效的办法。

"何不策高足，先据要路津。无为守穷贱，轗轲长苦辛。"（《古诗十九首·今日良宴会》）说的就是士人们四处奔波在功名之路上的无奈与艰辛。乐府诗，尤其是《古诗十九首》中，有许多表达相思之情的"怨闺诗"，这些诗大多直抒胸臆，具有"脱口而出"的声音质地。为了加大情感的感染力，创作者常常会借女子之口，即所谓"男子作女声"，用女性口吻抒发对他人的思念之情，从而使情感显得更为真挚细腻。这些作品反复书写着夫妻生离、朋友死别等相思乱离的情感现场，除却一部分是因为战乱流离所造成的苦痛外，其中相当多的篇什是士子们有感于"行"于仕途之艰，所生发出来的人生困苦和疑惑。一方面是茫茫前途无止境，另一方面是对过往美好情感的无限眷恋和驻望，两相撕扯，不得和解，促使这群为前程奔波的人，开始思考人生的意义究竟何在：

浩浩阴阳移，年命如朝露。（《驱车上东门》）
白杨多悲风，萧萧愁杀人。（《去者日以疏》）

这些处于社会下层、远离政治文化中心的文人，或许也是中国历史上第一批主动离开自己的生养之地，奔赴和搏击在生活现场里的人。他们与那些被官府征召、被迫离开故土服兵役的士卒一样，人生的战场上同样充满了凶险，同样要被不可测度的人性之善或恶反复测试。唯一的区别在于，士卒们的选择是被动的，而士子们是主动的，或者说是被迫做出的主动选择。因此，我们在《驱车上东门》里往往能读出某种耿耿于怀的虚无感："服食求神仙，多为药所误。不如饮美酒，被服纨与素。"或："人生天地间，忽如远行客。斗酒相娱乐，聊厚不为薄。"（《青青陵上柏》）服药求仙、纵酒饮乐，当这种主动性的人生选择被生活中的无常时时笼罩、困扰时，某种消极、放纵、及时行乐的气息，就自然而然地弥漫和沉浸在了他们的诗文中。由于这样的感受来自士子们切身贴己的心灵体验，倒也能给人以真情实意的情感审美享受。这一点，无论是在此前的《诗经》还是《楚辞》里，都是我们很难见到的。

公元220年，曹丕取代了汉献帝，自立为魏文帝，中国历史由此进入到了一个长达数百年的乱世期。志得意满又雄心勃勃的曹丕上台后，为了稳固体制和霸业，对汉代官制进行了大刀阔斧的改革。首先，他接受吏部尚书陈群的建议，废除了察举制，确立九品中正制，俗称九品官人法。自此，这种上承两汉察举制，下启隋唐科举制的选官制度，在中国历史上存在了四百来年。

"中正"是朝廷设立的用来专门品评人才的官员名称，其职能是"藻别人物，知其乡中贤愚出处"。朝廷设有大小中正，负责将流落散轶在全国各地的士人进行登记、造册，依"家世"和"德才"两大标准，品评、推荐官员。"家世"即门阀；对"德才"的评判有高低优劣之分，决定权掌握在各级中正们的手中。由于这些中正们并没有真正做到公允客观，偏袒之风盛行，由此就形成了"上品无寒门，下品无士族"的局面。譬如，陶渊明的祖父陶侃虽贵为东晋开国功臣，曾经身居高位，巅峰时不仅担任过太尉一职，执掌重兵，甚至还都督八个州的军事并兼任荆江两州的刺史，可谓权倾朝野。但是，由于陶侃当年是以"举孝廉"身份进入官场的，后来因军功显赫才得以出入朝堂，所以他死后，其功勋也难以荫庇后人。陶渊明并没有从生前显贵的祖父手上继承到任何爵位，只承继了家族日渐衰敝的晚景："短褐穿结，箪瓢屡空。"（《五柳先生传》）而相比之下，与他同时代的诗人谢灵运的命运则完全不同，其祖父谢玄同为东晋名将，但因生于名门望族，其爵位自然就可以荫庇后世。谢灵运十八岁就承袭了"康乐公"爵号，食邑两千户，世称"谢康乐"。这种由出生的不平等所造就出来的人生不平等，在魏晋时期极为突出。一个社会倘若实现不了任人唯贤，那么，就只剩下了任人唯亲。在门阀制度下，更为消极的人生态度在士人群体里普遍流行起来。

南朝宋文学家刘义庆组织自己的门客们撰写过一部笔记体小说《世说新语》，这本书是后世了解魏晋人士的必读之书。书里记载了东汉末年至南朝刘宋初年近300年间600多个人物的言行轶事。全书内容分为德行、言语、政事、文学、方正、雅量、识鉴、赏誉、品藻等36个门类，上达帝王将相，下至士庶僧道，集中反映了当时社会生活的各种面貌，生动描述了发生在魏晋名士们生活里的桩桩风流趣闻，形象刻画出了这些人物的风韵神貌。从《世说新语》里记载的关于魏晋士人的言行故事中，我们得以了解到那一时期社会各个阶层的流行风尚，而最为集中的体现是：谈玄论道之风盛行，道家思想几乎渗透到了社会的各种肌理之中，对士人们的思维形态和生活方式，乃至整个社会的流行风尚，都产生了非常大的影响。

在所谓"名士风度"的影响下，魏晋时期士人们的文学创作体貌，也随之集体发生了重大变化。由于盛行玄言和清谈，擅长者理所当然更容易赢得社会青睐，由此走上仕途。在这样的诱惑下，那一时期，几乎所有的文人士子都是玄学高手。玄学家推崇的是老庄志趣，即清静无为、回归自然，他们提倡隐逸，独钟情于山水草木。于是乎，山水风景、飞鸟虫鱼等无关社会痛痒的谈资，在士人们的日常生活中就占据了相当大的比重和篇幅，也构成了他们最重要的写作题材和资源。六朝的士人们几乎把全部的审美冲动和生活热情，都贯注在了山山水水之间，他们的人生抱负以及胸中块垒，至少在表面上看来，于此间得到了相当完满的化解和释放。当我们明白了有这样一种文化背景的存在后，就不难理解，为什么山水田园诗会在这一时期应运而生了。无论是陶渊明的"暧暧远人村，依依墟里烟。狗吠深巷中，鸡鸣桑树颠"（《归园田居·其一》），还是谢灵运的"中山不知醉，饮德方觉饱。愿以黄发期，养生念将老"（《拟魏太子邺中诗八首·平原侯植》），都深刻体现出了此间文士们醉心于山水自然的心境和意趣。他们在山水田园之间颠风弄月，怡养性情，获得了对生命的认知和皈依，却离社会现实越来越远了。

在九品中正制的支配下，文人们的命运总是在"仕"与"隐"之间来回游弋，要么如陶渊明一般，迫于生计，断断续续、前后四番在仕途上辗转迁移，最后在明白了"饥冻虽切，违己交病"（《归去来兮辞》）后，干脆离群索居，一意求真、守志；要么，如谢灵运这般，含着金汤匙来到世上，顺利地进入仕途，却因心性孤傲而纵情于山水之间，不时发出林中长啸或悲歌一曲。体制所给出的既定路径，迫使这个时期的文人大多如"竹林七贤",或隐或现。"孤鸿号外野,翔鸟鸣北林。徘徊将何见,忧思独伤心。"(阮籍《咏怀·其一》)由于对自我人生和命运难以把握,闲散、怪诞、放浪、荒谬……种种惊世骇俗的举止,就异常集中地呈现在了这个群体的集体人格和行为当中。

"以诗取士"制度虽说始于隋唐,但事实上,"以诗取士"这一理念由来已久,或者说类似于这样的认知观,此前早就广泛存在于中国传统社会的人才选拔标准中了,至少说已具备了这种意识。孔子曾经说:"不学诗,无以言。"首次将诗赋提升到了汉语语言之母的地位。他特意指出,诸侯、公卿大夫在社交场合,最好是借助诗歌的语言形式来进行表达,因为诗的凝练性和装饰性特征,有助于提升个人的语言美感和文化品位。如此一来,诗赋这种文体就逐渐成了当官从政的必备技能,是士大夫们在官场里走动时经常使用的语言交流工具。然而,对于后来这群奔赴在仕途上的士人们来讲,除了需要掌握这一语言技能外,他们可能还需要回答另外一个同样迫在眉睫的问题:学了诗,何以言?究竟该怎么开口说话?在面对社会现实时,又究竟要如何抒发自己内心里的真情实感?这其实也是一件关乎他们个人命运走向的大事。

确切说来,科举制度应该萌发于隋文帝开皇年间,到了隋炀帝大业年间正式设进士二科，开始"策试"取士，至唐时而大备。科举考试的项目非常多，隋朝设有秀才、明经两科，到了唐初，在此基础上又增设了进士、明法、明书、明算、道举、童子等科目；考试的内容和文体，多以时务与经书的策论为主，诸如《礼记》《左传》《毛诗》等，有时还加上《道德经》《庄子》等内容。唐初并没有科举考诗的规定，在科考里加试诗歌项目，其实是从唐高宗时才开始的。而那时的诗赋，也多要求为五言六韵这种固定格式。武则天上台后，兴之所至，时常出题命身边的群臣即物赋诗，沈佺期、宋之问、杜审言等，都是她的近臣宫廷诗人，应诏诗和奉酬诗于是盛行，致使官员作诗风气日昌。后来的唐玄宗，因其本身就是一位诗人，至少是一位热爱并懂得诗歌的人，所以，他在登上帝位后，对进士科加考诗赋尤其重视，常常亲临考试现场监考选才。从此，进士科考试加考诗赋，便逐渐演变成了一项定制。这一科考体制的出现，对唐诗的发展和繁荣的推动作用不言自明，终使唐朝成为中国诗歌发展史上无与伦比的黄金时代。

为了参加进士科举考试，唐代士人们考前必须经历如下几个阶段，完成下面几个规定动作：第一是要刻苦攻读"六经"，熟读背记《昭明文选》等，创作出大量的品相不俗的诗歌，并精心打磨这些作品；第二，带上他们各自的代表作，到各大城市或名山大川进行游历，寻找行卷的对象；第三是拜谒,也就是行卷了,士人们把自己创作的满意之作书于卷轴内,呈献给达官贵人们品鉴指点;第四才是参加科举考试。一般来说,如果能把前面的几个功夫都做足、做到位了,那么,通过科举考试就差不多成了顺理成章的事情。

由于有纳卷、行卷制存在,与此相应,就出现了"公荐"和"通榜"等做法,即在科举考试前,主考官可以公开推荐考生,甚至事先决定名次顺序。王维当年入京就曾随岐王李范拜见过玉真公主,得到过公主的力荐。他还入宁王府,作《息夫人》一诗,向权贵们展示自己出口成章的才华。这样的例子在科举史上实在是太多了,最有名的当然要数朱庆馀请托张籍的故事。公元826年,朱庆馀写了一首《近试上张水部》的诗:"洞房昨夜停红烛,待晓堂前拜舅姑。妆罢低声问夫婿:画眉深浅入时无?"以此行卷于时为水部郎中的张籍。张籍当时以擅长文学又乐于推荐后进而著称,朱庆馀想通过他,在主持考试的礼部侍郎那里得到揄扬或优待。在这首构思精巧的小诗里,朱庆馀以新妇自喻,将张籍比作新郎,将考官比作公婆,来试探自己的前程几何。后来,他得到了张籍的回赠诗《酬朱庆馀》:"越女新妆出镜心,自知明艳更沉吟。齐纨未足时人贵,一曲菱歌敌万金。"张籍在诗中将朱庆馀比作"越女",明艳动人,非他人可比。果然,在张籍的推荐下,朱庆馀那年顺利进士及第,授秘书省校书郎。中国自古就是一个人情社会，科举考试虽然有十分明晰的考试规则与程序，但是总有各种缝隙为投机者提供便利。好在在这则故事里，无论是朱庆馀还是张籍，都有真才实学，才没有沦为笑柄。

然而，我们同时也应该看到，尽管诗歌在唐朝被统治者十分看重，备受追捧，但在进士科的考试科目中，它也只是一道附加的试题而已，士人们能否进士及第，主要还是取决于他们对时务和经书的策论。

"欲济无舟楫，端居耻圣明。"孟浩然在《望洞庭湖赠张丞相》里抒发着自己的满腹牢骚。他无疑是当世优秀诗人，但终究耻于献赋求仕，异想天开地想仅凭诗歌才华来打动朝堂，结果科考失败。而另有一些诗人自幼饱读诗书，怀有经世报国的理想，特别擅长作策论文章。譬如杜牧，二十二岁就写出了脍炙人口、流布天下的《阿房宫赋》，其雄辩的才华和条理明晰的思辨能力，确非常人所能及。所以，他极其顺利地通过了由唐文宗亲自主持的殿试，开始了体面的仕途生涯。与孟浩然不同，杜牧的才华不仅体现在诗赋写作上，还体现在他对军事经略的钻研上，他曾著《孙子注》一书，算得上是继曹操之后，第二位对《孙子兵法》进行注解的大注家，该书以"曹注"为基础，但进一步深化了"曹注"的思想，"大量征引史例及其他典籍之言,以阐发《孙子兵法》本旨,弥补了曹注过于简略的不足,多有个人的发明创造"。欧阳修称,杜牧"其学能道春秋战国时事,甚博而详"。只可惜,杜牧一入仕途便稀里糊涂地卷入了牛李党争的旋涡中,一再被外放,身心俱疲,没有机会和精力去发挥和展示他在经世治国方面的才干,只能将创造热情全部投入他的诗歌写作里。

另外一位有策论才华的重要诗人是苏轼。苏轼生活的北宋时期,朝廷已经建立了比唐代更为规范完备的科举考试制度。其一,建立了密封、誊录、编排、锁院等制度,企图以此确保考试的卷面成绩为考生录取的最直接依据,这就最大程度上保证了考场的公平化以及录取的公正;其二,考试内容由前代的重诗赋转向了重策论。如此一来,士人们为了能够通过科考入仕,就逐渐将更多的学习热情转移到了策问的写作上,最终形成了宋人"以文字为诗,以才学为诗,以议论为诗"的时代特色,涌现出了一大批具有时论才华的诗人。"昔祖宗之朝,崇尚辞律,则诗赋之工,曲尽其巧,自嘉祐以来,以古文为贵,则策论盛行于世,而诗赋几至于熄。何者?利之所在,人无不化。"这是苏轼在《拟进士对御试策》中所言,由此,我们可以看出这一时期文风的转变。

公元1057年,苏轼与苏辙一道参加礼部的考试。那年的主考官是欧阳修,他当时任礼部侍郎、翰林侍读学士。那一年的考题是《刑赏忠厚之至论》。苏轼用六百余字的篇幅，阐明了他一生所要遵循的以仁治国的理念。他在文章中说，为政者当"以君子长者之道待天下"，既要赏罚分明，又要做到立法严而责人宽，体现出了他"爱民之深，忧民之切"的忠厚仁爱之心。此论深得欧阳修好评。作为当时的文坛领袖，欧阳修读到此卷时不禁抚掌叫好，他放眼天下，相信除了自己的学生曾巩外，应该不会再有他人具有如此老道犀利的文笔了。按照当时的考试法，为了防止徇私舞弊，考生试卷收齐后，先由办事人员登记，重抄誊录一遍，再隐去考生姓名和笔迹，提交考官审读。为了避师生之嫌，欧阳修就把本来应成为第一名的苏轼，忍痛割爱划归到了第二名。事后，他才懊恼地发现自己多虑了。接下来，在礼部复试中，苏轼又以"春秋对义"获得第一名。四年之后，苏轼再以"贤良方正能直言极谏科"考入第三等，因为按惯例，一、二等形同虚设，所以，第三等实际上是最高等级了，这个等级整个宋朝也只有两人获得过（另外一人是吴育）。苏轼的策论水平，在当时天下无出其右者，其博古通今的雄辩能力，严谨缜密的思维和独到的思想见解、立意，常给人耳目一新之感，连神宗皇帝每每在朝堂读到他的奏章，都忍不住频频击掌称赞，发出"天才"的啧啧声。不仅如此，苏轼进入仕途后政绩显赫，他先后辗转于凤翔、杭州、密州、徐州、登州、湖州、杭州、颍州、扬州、定州等多地任上，赈饥、抗旱、治水、防洪、治蝗、止乱、防疫……有不凡的建树。这种能够将济世理想转化为现实行动能力的人，在古代诗人官员这个特殊的群体里，是非常罕见的。

有的诗人有机会当官却当不好官，有的诗人想当官却苦于没有机会，还有的诗人，稀里糊涂地进入仕途，在任上浑浑噩噩地混迹了一辈子，却根本没有留下任何能让后世记住的政绩。这当然与文人入仕多为言官这一普遍现状有关，但仍与这个群体的集体行为规范有关。他们中的大多数人空怀济世热忱，却缺乏对政治生活的预判与担当，因此，一旦遭遇挫折，便很容易首鼠两端，执迷于孤绝之境。诗人们从政的经历和结局，多向度地回应着他们当初为了入仕所付出的各种努力。然而，从政毕竟是对一个人综合素质的考量，仅凭诗歌才华与成就还是远远不够的，还需具备更加宽阔的现实视野、务实精神，以及将书本知识化为现实实践的能力。

考察士人这一群体在各自仕途上的各种表现，是一件饶有趣味的事情。譬如说杜甫，他或许是古代士人群体中最具有典型意义的范例。杜甫自幼深受儒家思想濡染，一生都以忠君报国、济世为民为人生执念，尽管科考失败，没有能够顺利地进入仕途，但后来他还是有机会当官的，毕竟杜甫的祖上与官场过从甚密。为了得到朝堂的任用，杜甫在长安盘桓了十年之久，东奔西走，四处求告，最后，他不得不向唐明皇献上了"三大礼赋"。在杜甫执拗的不懈努力下，天宝十四载（公元755年），朝廷终于任命他为河西尉（正九品下）。但事到临头，他却不愿意担任这个缉盗催赋的职务了，因为这项工作的主要的职责是，鞭笞那些逃避服役和拖欠赋税的老百姓，这显然有违诗人的本心。杜甫曾作诗道"不作河西尉，凄凉为折腰"（《官定后戏赠》），以明心志。好在唐代官制允许一个被任命者拒绝接受一项他不情愿的职务。后来，朝廷又将杜甫改任为右卫率府兵曹参军。这是一个看管兵甲器械的小吏，由于当时家里已经实在穷得揭不开锅了，杜甫只得硬着头皮，前往距离长安二百里开外的奉先就职。在《自京赴奉先县咏怀五百字》诗中，他写道："生逢尧舜君，不忍便永诀。"由此我们可以看到，杜甫虽然是怀着悲观落寞的情绪走马上任的，但他骨子里仍然对朝廷、对皇上充满了感激。同样是在这首重要的诗篇里，"杜陵布衣"怀揣着"穷年忧黎元，叹息肠内热"的济世之情，发出了"朱门酒肉臭，路有冻死骨"的感慨和控诉。这显然是一首充满了矛盾的诗，正是这种显而易见的矛盾心理，突显出了杜甫真诚的人格和品性，让我们领略到了诗人复杂的内心世界。按照唐制，杜甫在右卫率府兵曹参军这个任上，每月可获得2500文铜钱的俸禄，此外，每年还可以领取60石米（折合为9000文铜钱）。这笔收入虽不算高，但尚可解决一家温饱。可惜，杜甫刚到奉先不久，安史之乱就爆发了，唐明皇仓皇逃往蜀郡，留下太子李亨收拾残局。这年八月，李亨在灵武登上帝位（唐肃宗），而叛军长驱直入进入了长安。杜甫当机立断，决定去寻找流亡朝廷，他从白水出发，带着家眷夹杂在逃难的人群中，前往灵武，半路上被叛军俘获，随后又被带回长安。幸好当时杜甫的官阶和名望都不响亮，不足以吸引叛军的注意力，他趁乱化装成挑夫，从长安城内逃了出来。

公元757年，杜甫赶到了流亡朝廷所在地凤翔。诗人在乱世中的忠诚表现，吸引了朝堂的关注，他旋即被任命为左拾遗。左拾遗属于谏官，从第八品上。杜甫本人对这个头衔非常重视，因为这毕竟是他通过不懈努力而获得的第一个比较正式的也符合他个人气质与素养的职务，当然也是朝廷对他爱国忠君之心的肯定与回报。杜甫谨遵这个职务的传统操守，工作勤勉，积极进取，在任上尽职尽责，不断向皇帝谏言。却不曾想到，因为朝廷要罢免宰相房琯，而杜甫却不识时务，极力疏救房琯这件事，惹恼了早已焦头烂额的皇帝。唐肃宗一怒之下，下令逮捕杜甫，诏三司推问。幸有宰相张镐、御史大夫韦陟等人出面说情，最后才被赦免。事已至此，杜甫只得告假离开了一段时间。此后，杜甫还一度被左迁为华州司功参军,这是一次降职,但官阶却升为第七品下,这或许也是他退而求其次,接受这个职务的主要原因。

> 此道昔归顺,西郊胡正繁。
> 至今残破胆,应有未招魂。
> 近得归京邑,移官岂至尊。
> 无才日衰老,驻马望千门。

在这首题为《至德二载,甫自京金光门出,间道归凤翔。乾元初,从左拾遗移华州掾,与亲故别,因出此门,有悲往事》的诗中,我们看到了诗人落魄酸楚的心境,他好不容易才谋到左拾遗职位,本以为能够就此为朝廷分忧解难,现在却不得不放弃。杜甫委实心有不甘,但他又能怎样呢?杜甫在华州任上的工作很繁杂、琐碎,司功参军不仅负责管理教育、庙宇、考试、典礼等,还要帮刺史起草表奏书简,记录官员们的考勤。一年之后,杜甫实在无心继续在华州碌碌无为地待下去了,索性辞去了职务,前往秦州。从此,也卸下了他一生孜孜以求的沉重的仕途梦。

杜甫的入仕经历,几乎可以涵盖古代士人们尤其是诗人们对仕途庙堂的各种幻想和感受。从早期的迷狂,到日后的厌倦，其间还夹杂对日常生计的掂量，以及理想与现实之间的巨大落差与冲撞，林林总总。这些极为复杂的情感体验，结结实实地塑造着士人们面对现实生活的情态。

与杜甫同期在朝为官的诗人文人们，在安史之乱到来时，表现出了南辕北辙的情貌。譬如写过"银钥开香阁，金台照夜灯。长征君自惯，独卧妾何曾"（《闺情》）的诗人郑虔，在被叛军俘获后来到东都洛阳，被任命为兵部郎中和国子监司业。安史之乱被平定后，郑虔因身陷伪职而获贬台州，最后客死他乡；而时任国子监司业的苏源明，则以生病为由，断然拒绝出任安禄山的伪职，杜甫后来作《怀旧》一诗，以示感念其德操和气节："地下苏司业，情亲独有君。那因丧乱后，便有死生分。老罢知明镜，悲来望白云。自从失词伯，不复更论文。"而当李白在混乱的时局里六神无主，前去追随永王李璘，后来深陷牢狱之灾时，高适则被朝廷任命为淮南节度使，加入讨伐李璘叛乱的大军，随后又讨伐安史叛军，解救睢阳之围，乱事结束后，历任太子詹事、彭蜀二州刺史、剑南东川节度使；而诗人王维呢，在被安禄山俘获后，吃药"佯喑"，半推半就地接受了给事中的官职……相比之下，唯有杜甫，保持住了一位士人入仕时的真实初心，忠于朝廷，忠于本心，贫也罢，困也好，他始终表里如一、小心翼翼地呵护着早年的理想。尽管在朝为官时，也并无多少实质性的建树，但杜甫依然维护了他作为一位士大夫的最后一点自尊。

　　人们常说"愤怒出诗人""苦难出诗人"或"贫穷出诗人"，这些说法，都是基于中国古代诗人们集体的生命表征而言。而且，似乎只有在古代中国，在这群辗转于得意与失意之间的诗人中间，我们才看到，愤怒、困顿、痛苦、挫折……这些司空见惯、习以为常的生活经验，借助于汉语语言的神奇吸附力，传达出附着在普遍的人性之上的旺盛生命力。怀才不遇、愤世嫉俗或扼腕浩叹，成了古代诗歌里极其显豁、最为醒目的书写旨趣。几乎所有杰出的诗人，都无一例外地经受过各种生活的磨难，当济世报国的理想与残酷粗糙的官场现实发生冲突时，一般来说，首先遭受折辱的无疑是理想。问题在于，这是他们主动选择的人生道路。而士人们一旦选择了仕宦生活，就被逼上了这样一条漫漫窄道，像一群羊被驱赶着，前去通过乱石翻滚的危崖险径。聪明如王维者，选择了"朝隐"；圆滑如白居易者，选择了"中隐"；世故如贺知章者，才有幸全身而退……然而，绝大多数士人，尤其是他们中的那些始终执迷于诗学之境的诗人，既受困于理想的破灭，又受制于个人猖狂的心性，难以摆脱被困受缚的人生结局。贬谪，流放，贫穷，疾病，落魄，疯癫……几乎成了诗人们的专用代名词，种种苦厄如影相随。仕途上的打击和磨难，也许会动摇他们早年的理想和抱负,却重新开启了另外一扇智慧之门,即,通过淬炼诗学艺术,由此进入了永生之门,这又何尝不是一种获救呢?

    一封朝奏九重天,夕贬潮州路八千。
    欲为圣明除弊事,肯将衰朽惜残年。
    云横秦岭家何在?雪拥蓝关马不前。
    知汝远来应有意,好收吾骨瘴江边。

  公元819年,时任刑部侍郎的韩愈因反对唐宪宗过于铺张奢靡的佛事做派,写了一篇《谏迎佛骨表》,这只不过是尽了一个臣子"文死谏,武死战"的本分,他劝谏唐宪宗勤俭治国,却惹得龙颜大怒。虽有裴度等人说情,但最后还是被贬为潮州刺史,并责令其即日上道。诗人沉浮宦海,蹉跎半世,五十岁才好不容易爬到了这个任上,却又遭此厄运,不禁心灰意冷,写下了上面这首令人心碎的《左迁至蓝关示侄孙湘》。而无论是"云横秦岭",还是"雪拥蓝关",对于这位自幼就立志为官,却又不得不接受命运摆布的文人来讲,只能算是一种生命的常态。他不可能不明白"犯上"的后果,一如他不可能改变自我耿介的性情,去做一个虚以委蛇的人。相比之下,一直心怀经天纬地的宏愿,却始终没有机会施展抱负的李白，命运则更为不堪了。他在狼烟四起的安史之乱中，慌不择路，情急之下错投"明主"李璘，结果事败之后，差点因此被朝廷流放到了夜郎：

> 杨花落尽子规啼，闻道龙标过五溪。
> 我寄愁心与明月，随君直到夜郎西。
> 　　　　　（《闻王昌龄左迁龙标遥有此寄》）

这是当年李白在闻听好友王昌龄被贬往龙标的消息后，写下的一首情深义重的送别诗。天真的诗人哪里知道，日后的某一天，这个谶言竟然要在他自己身上去验证呢？

二 漫游 何必取长途

漫游　何必取长途

对于古代诗人来讲，漫游无疑是人生中的一件大事，是他们正式踏上仕途之前，或迈向仕途之中的必要功课，甚至，即便是在他们踏上了仕途之后，漫游这种行为本身，也是一桩让诗人们耿耿于怀的事情。正因为如此，那些沉浸在我们脑海里的古代诗人形象，总是以动词的形态呈现出来，仿佛这群人一直在漫无边际地行动着，边走边吟哦，用脚步丈量着他们物理或精神世界的版图。而即便是那些描写宁静与幽谧情态的诗句，也具有动态之美，充满了动与静之间来回拉伸与相互成就的美学张力。譬如说，王维的《过香积寺》："泉声咽危石，日色冷青松。薄暮空潭曲，安禅制毒龙。""咽""冷""空""制"，四个动态的字被均衡有致地穿插在诗里行间，紧紧拽住了读者的视线。诗中所有的静寂，都是为了营造出某种突兀的声响，反过来，所有的响动都是为了突显出一种空寂的力量。

广文遗韵留樗散,鸡犬图书共一船。

(杜牧《郑瓘协律》)

图书鸡犬共扁舟,又续人间汗漫游。

(陆游《遣兴》)

上述两首诗,都向我们形象地描述出了不同时代、近乎雷同的人生现场:漫游中的诗人驾驭着命运的扁舟,穿行在未知的人生道路上,鸡犬与图书共一时空,逼仄的生活场景与广阔的生命图景并置共生。我们现在已经很难想象,这些古代的诗人是如何克服对各种天堑的畏惧,凭借有限的生活道具,行走在广袤崎岖的河流山川之中的了;他们又是怀揣着怎样的心境和愿景,由此及彼,最终抖落浑身的尘埃或雾瘴,走到历史光亮处的。唯一可以肯定的是,前方一定有某种召唤之声,在诱惑或指引着他们。这诱惑或许来自友谊,或许是亲情,或许是对名利的渴望,抑或是闪烁幽冥的仙踪神迹?总之,诗人们一到及冠之年,就天然地行走在了茫茫的天地之间,这几乎成了一种本能或天性。从四处流窜,到广为流传,诗人们通过漫游,一点一滴地积攒着自己的名声,其中经历过多少悲辛并不重要,重要的是,他们的身影将会因此而逐渐变得清晰起来,脚步声也会越来越坚实。

明代画家董其昌在其《画旨》中云："画家六法，一曰'气韵生动'。'气韵'不可学，此生而知之，自然天授。然亦有学得处，读万卷书，行万里路，胸中脱去尘浊，自然丘壑内营。成立郛郭，随手写出，皆为山水传神。"意在总结前人成才的经验，强调游历和见识对一个人心性培养的重要性，只有通过漫游或游历，人生的种种经历才会转化成宝贵的生命情感经验，充盈于书写者的字里行间。"行万里路"的目的，并不在于猎获无限的奇景，而在于"养气"，生气、豪气、吐纳天地之气，以气致象。所以，苏辙有言："文者，气之所形，然文不可以学而能，气可以养而致。"天下文章佳篇，莫不以奇气充盈。

当杜甫说"读书破万卷，下笔如有神"（《奉赠韦左丞丈二十二韵》）的时候，他已经三十七岁了。此前诗人也曾经历过长达数年的下吴越、奔齐赵的漫游期，而科考失利，致使他空有满腹报国经纶，却不得不整日踟蹰于长安豪门之侧，四处求告。"骑驴三十载，旅食京华春。朝扣富儿门，暮随肥马尘。"这绝不是杜甫在逆境中负气的诳语，而是诗人对自我才华的坚信，如同他说"诗是吾家事"一样，慨然平淡的口吻里透露出了毅然和决绝。

杜甫的诗歌才华，早在他入仕之前就已经确凿无疑地展露出来了，但真正让他找准下笔处，酣畅淋漓地抒发自我心志的，还是这首《自京赴奉先县咏怀五百字》。这首诗写在盛唐气象即将被乱世乌云席卷的前夜，诗人好不容易才谋到了右卫率府兵曹参军的职位，离开长安赴奉先县探亲，而此时，安禄山已经在范阳起兵反叛，只是长安方面尚未得到叛乱的准确消息。杜甫途经骊山时，隐隐预感到一场政治风暴正在到来，且无可避免：

岁暮百草零，疾风高冈裂。

天衢阴峥嵘，客子中夜发。

敏感的诗人几乎是在那一瞬间，就疾步冲到了那个时代的最前列，并以报丧人的视角和口吻，发出了"哀民生之多艰"的浩叹。可以设想一下，如果当时诗人依然踯躅徘徊在长安城内，没有从斤斤计较、乌烟瘴气的朝堂内走出来，阔步走向嶙峋斑驳的旷野，他就很难体察到早已被乌云笼罩的社会现实。而事实上，那时候，唐玄宗和杨贵妃他们还在华清池里避寒饮乐，泡着"莲花汤""海棠汤"，酒池肉林，以为天下安泰、岁月静好；如果没有诗人长期以来郁积于心的对民生的深切关注，没有此前他在《兵车行》《丽人行》等诗里所作的情感铺垫，他也就不可能脱口吟出："朱门酒肉臭，路有冻死骨。荣枯咫尺异，惆怅难再述。"

杰出的诗歌总是在生活的正前方，等待着它的主人出现；杰出的诗歌总是会以"失物招领"的方式，存在于各种各样的人生道路旁，或各种各样的生活现场，等候着它的主人去路过，去发现，去认领。但是，每一首优秀作品的真实拥有者，必然事先就得去积攒拥有者的资本，培育出敏感细腻的心灵，以及火眼金睛般的生活之眼。否则，所谓的"杰作"，就只能永远沉睡在情感的旷野中，存在于写作者的想象或幻觉里，既无认领的慧识，也缺乏认领的本钱，即便侥幸得以冒领，也很快就会被时光无情地戳穿。这几乎是一条铁定的文学规律，已经被文学史反复验证过了。

公元749年，年过而立、功名心切的岑参，在经过了一番犹豫和权衡之后，决定应随节度使高仙芝的辟召，前往安西幕府执掌书记（右威卫录事参军）一职。从长安西行，到安西幕府所在地库车，实在是一条漫漫长途，全程长达6000华里。走这样的一段路程，对于一介书生来讲，可不是一件轻而易举的事情，不仅道艰且阻，而且沿途还充满了各种难以预料的凶险。

从诗人留存下来的那些行旅诗篇中，我们可以推测出岑参此次西行的大致路线：他先是取道河西走廊，出阳关，经蒲昌海（罗布泊），到达鄯善；再经由火山（火焰山）西进，至吐鲁番一带，然后由西州经铁门关，最终到达了安西。全程历时两个多月。可以想象，当诗人行走在渺无人烟、黄沙漫漫的旅途中时，心境是何等的愁绪迷漫，心情自然也悲凉到了极点：

沙上见日出，沙上见日没。
悔向万里来，功名是何物。

（《日没贺延碛作》）

当自以为功名在望的诗人，深陷于不知"功名是何物"的田地时，他行前的亢奋和激情，自然就很快消逝在了凄迷无望的茫茫戈壁滩上，被狂沙朔风吹卷到了九天云外。悔恨和自责盘桓于心，使得狼狈的诗人一边朝前走，一边往身后顾盼连连："故园东望路漫漫，双袖龙钟泪不干。马上相逢无纸笔，凭君传语报平安。"（《逢入京使》）这种身心离异的锥痛感，已经提前注定了岑参这趟谋求功名的旅程是一段塞途，不可能达成他早前一鸣惊人的心愿。果然，在抵达目的地后，各种不适便接踵而至，除了思亲念友，诗人心里只剩下了苦闷和厌烦："愁里难消日，归期尚隔年。阳关万里梦，知处杜陵田。"（《过酒泉忆杜陵别业》）两年之后，岑参两手空空，无功而返，不仅没有缓解他在现实生活里的压力，反而对仕途和功名萌生出了退意:"白发悲明镜,青春换敝裘。"(《武威春暮闻宇文判官西使还已到晋昌》)早年的进取之心,还险些因为此次冒进而荡然无存。

发生在岑参身上的这段遭遇并不是孤例,在中国古代,即便是在最为浪漫洒脱的诗歌文人圈中,因理想与现实之间的反差太大,或因个人心性与周遭环境的抵牾,而最终被现实世界无情碾压,沦为命运的齑粉或玩物,这样的例子实在是不胜枚举。

远行或漫游,看似美妙浪漫,撩拨人心,但实则是一把双刃剑,或可劈斩羁绊心灵的镣链,也极有可能会自伤其身。老实说,从古至今,诗和远方的关系,从来就不曾像我们所想象的那样熨帖、自然,远方倒是时常会像一个骗局(即便不是,也近乎迷局),干扰着人类本来的平静生活,困扰着那些深陷在现实生活中而无力自拔的人们。因为远方的存在,凸显出了肉身的困境和乏力;同样,因为远方之远,也会让所有的生命都处于不甘不休的挣扎状态中。

一方面,我们并没有真正弄清楚,也没有能力彻底弄清楚"诗"为何物,它究竟是怎样发生的,又是如何奇妙地作用于你我精神世界的;另一方面,我们也缺乏对"远方"的确切认知,地理意义上的,抑或是心灵意义上的?若是前者,倒也简单,不过是肉身的位移罢了,通过行走就能达成所愿;但倘若是后者呢?心在身中却感觉不到心脏的跳动,身体的疆域越是辽阔宽广,心灵的迷失度可能就越高。这种肉体与精神之间的相互寻找和羁绊,不仅无法缓解我们现实生活的痛苦,而且,还时常会让我们在现实生活里变得更加无所适从。从这个意义上来讲,把"诗"与"远方"这两种原本并无实质性瓜葛的元素,不假思索地相互捆绑在一起,不过是一种简易省事的审美行径,并无多少过人的洞见。这个世界上并不存在绝对的"远方",而"诗",也不过是世人用来短暂逃离现实烦忧的简易的掩体,因为你的身旁往往是他人的"远方",而你身体的边疆又何尝不是自己心灵的边陲呢?就像杜牧《将赴吴兴登乐游原一绝》一诗一样:"清时有味是无能,闲爱孤云静爱僧。"一个人只有在平和的心境和舒展的情绪之下,才会感受到诗意的自然涌泉。倘若我们意识不到诗是(至少曾经是)一项桂冠,是造物主对我们平静庸常生活的某种奖赏,那么,它就会沦落为一顶锈迹斑斑的头盔,兀自在旷野里滚动,等待黄沙来沉埋。

厘清上述疑虑是必要的,不然,诗和远方的关系,就永远犹如乱麻一团,看似浪漫惬意,最终抵达的却是庸常和空虚。

人间熙熙攘攘,远方闪烁不居,所谓漫游,如若没有恒定持久的心志可以凭依,只是以猎奇为乐事,终究是很难安放我们躁动不安的精神世界的。东晋诗人谢灵运或许就是一个典型的例子，出身显贵，才情沛然，年纪轻轻就承袭了"康乐公"的爵位，被后世称为"中国山水诗"的标志性人物之一。挑开这些笼罩在他头顶上的光环，进入谢灵运的内心世界，我们发现，他个人的命运极富悲剧性和启发性。由于官场失意，又心高气傲，恃才傲物，谢灵运在仕途受挫后，只能选择远离官场，转而寄情于山水。他游遍了如画江南，写遍了千里江山，但即便美景处处，依然无法排解诗人内心的怨气和烦恼。所以，我们在谢灵运留下来的那些辞藻华美的诗篇里，只能感受到他非同凡响的才华和文采，却始终感受不到人生的平和昂扬之气，有的只是无休止的愤懑、怨怼和不平：

> 逝将候秋水，息景偃旧崖。
> 我志谁与亮，赏心惟良知。

（《游南亭》）

> 既秉上皇心，岂屑末代诮。
> 目睹严子濑，想属任公钓。
> 谁谓古今殊，异代可同调。

（《七里濑》）

……

在谢灵运身上，我们看到，山水其实并非真正的寄情之物，无论多么优美的山水，也只能让你产生短暂的移情转意，要想根除内心的戾气，仍需要放下执念，融于眼前的景物之中，随物赋形，并从中咀嚼出生命的奇异甘怡。在这一点上，与谢灵运同时代的诗人陶渊明，为世人作出了表率。他是真正回归到了本心的诗人，悠然之于他而言，不是一种故作高古的生活姿态，而是一种豁达开阔的人生观和价值观。陶渊明的一生，始终在"形""影""神"三者之间寻找自己真正的人生坐标，最后他得出了这样的结论："纵浪大化中，不喜亦不惧。应尽便须尽，无复独多虑。"（《神释》）这才是一种真正舒朗刚健的人生态度。而对于谢灵运来说，无限风光终究没有能够喂养出一方超凡脱俗的心灵世界，行得再远，脚力再好，也无济于事。晚年的谢灵运竟被人诬其心存"异志"，一次次被外放，一直流落至广州，最后以"谋逆罪"血溅街市，年仅四十九岁。"恨我君子志，不获岩下泯。"在这首令人唏嘘的《临终诗》里，诗人对自己本应洒脱却如此短促含恨的一生充满了遗憾。

我总觉得，现代人对古人尤其是古代诗人生活的理解，充满了太多的过于丰富随意的想象成分，越是距离遥远，我们的想象越是漫无边际。而这些失却分寸的臆想，往往是建立在我们无视时空对个体肉身的拘囿之上的。也就是说，每当我们在谈论古人的时候，往往会陷入某种既定的文化语境和套路中，总是会在有意无意之间将他们的情感生活，从他们切身的现实处境里剥离出来，只侧重于他们的情感世界，而轻慢其肉身所处的现实困境。这样做的目的，无非是为了更便于从中获取那些能够为我所用的情感信息，以期寄寓我们日益贫乏的情感渴求。无论是"迢迢牵牛星，皎皎河汉女"（《迢迢牵牛星》），还是"乡书不可寄，秋雁又南回"（韦庄《章台夜思》），都将最丰沛的情感压缩在了浩渺无垠的时空之中，一经释放，便会产生出炫目的诗意情感光彩。而这样的光彩，恰恰是今人生活中极为匮乏的，也是我们极力张扬却难以得到的。

在很多现代人的心目中，古人的吃喝拉撒、生老病死，既不是以个体生存的真实面貌呈现出来的，也不是以日复一日的形态来呈现的，时间和空间的概念完全呈混沌状。这无疑是一种简单粗暴的精神预判，它总是以牺牲个体生命的存在为前提，只攫取广义上的"古代生活"图景，而不会顾及个体生命的困境与感受。当这些具体的、日常和繁冗的时空因素被强行抽离之后，我们获得的情感浓度和密度，当然就会大大超过我们的心理预期，同时也更能满足甚至超乎我们原有的情感期待。谁不想"愿得一人心，白首不分离"（卓文君

《白头吟》)呢？谁不愿"但愿人长久，千里共婵娟"(苏轼《水调歌头·明月几时有》)呢？于是，"崇古"便成了今人天经地义的心理积习，一如杜甫所言："别离已昨日，因见古人情。"(杜甫《送远》)再也难有"古人"那般浓烈的离情别意了，在那个乱世纷飞的时刻，杜甫选择了作别自我，自己送自己上路。人生的悲壮感，大抵就是在这般无奈之中产生出来的，需要现代人重返古人的心境状态，还原那样的生活现场才可以感受得到。

举个例子，我们对"大鹏"李白的印象，基本上就近似于一个在空中飞翔的发光体。从白云悠悠到浮云万里，总感觉他生活在另外一个世界，即便诗人偶尔与我们同处于一个空间里，也形同隐身人一般，舞影翩然，却踪迹全无。这种印象的由来，主要还是得自于李白留下来的那些诗文所传递出来的信息，而他在诗文里所透露出来的行迹，展示在任何摊开的地图上，都会让人觉得不可思议，爬梳出来的结果更是令人匪夷所思。

没有人能够准确地计算出，李白的一生究竟走了多少里路，他可能是唐代所有诗人里最好动的那个人，"访""登""望""上""下""送""别"……这些充满了行动力的词汇，结结实实地将诗人的一生完整串联起来，给读者以巨大的想象空间。

  李白二十五岁出川东游，途经江陵时遇上了清道宗司马承祯，计划中的人生路径由此被改变。随后，他沿江东下九江、金陵、扬州、会稽、姑苏等地，走的都是水路；二十七岁时，诗人从天台折返，听闻曾任左丞相的许圉师正在为孙女招婿，便来到了湖北安陆，以布衣之身娶许氏为妻，总算是轻舟靠岸了。但在稍后与好友孟浩然同登黄鹤楼不久，他决定辞家北上南阳，赴长安试试运气。因不受玉真公主的待见，转而郁闷地前往洛阳游玩，而后返回安陆；三十四岁那年，诗人再度北上，游襄阳、洛阳、太原，又一次回到安陆。这是他自称为"酒隐"的十年光景。实际上，在这十年里，李白并没有真正过上几天隐居生活，南游潇湘，北至汝海，东泛金陵、扬州，远涉吴会，"散金三十余万，有落魄公子，悉皆济之"（《上安州裴长史书》）。公元737年，许氏病故，三十七岁的李白携一双儿女（平阳和伯禽）移居东鲁兖州，漫游于山东各地，嘲鲁儒，登泰山。这几年或许算得上是处于"半隐"状态，积蓄能量，静候天启。天宝元年（公元742年）李白终于等来了奉诏入京的这一刻，朝廷诏他为翰林供奉，但入朝不到两年，便被玄宗"赐金放还"，回到鲁郡沙丘家中。不久，李白又萌生南下之意。几年后再下扬州、金陵，前往庐山，此时诗人已经五十岁了。再次回到东鲁，之后经泗水，入济水，至封丘、邯郸,到达幽州、蓟州,得知安禄山意欲反叛,赶紧返回梁宋,至宣城、金陵、扬州、黄山。当他再一次回到宣城时,安史之乱已经爆发。李白急忙赶回梁园,接上家人一路南奔,避入剡中,隐于庐山屏风叠。五十七岁那年,李白入幕永王李璘麾下,结果永王兵败,他被以"附璘谋逆"定罪。朝廷决定将他流放至夜郎,自浔阳,经江夏、涪陵,幸遇新帝登基大赦天下,半途遇赦。折返至江陵、洞庭、浔阳。公元761年,六十一岁的李白自金陵回到当涂,投靠族叔李阳冰。翌年病逝。

纵观李白一生飘忽不定的行迹,我们不难看出,他的漫游基本上都是出于主动选择的结果,其目的地也具有相当大的随意性,常常是心之所至,身必趋之。除了众人皆知的那次"仰天大笑出门去,我辈岂是蓬蒿人"(《南陵别儿童入京》),是得意之行,受诏之举;还有一次就是,晚年的"我欲弯弓向天射,惜其中道失归路"(《独漉篇》),是失落无奈之旅。而这两次,从某种意义上来说,都偏离了世人对李白的心理期待。在世人眼里或心目中,李白应该是"千金骏马换小妾,笑坐雕鞍歌落梅"(《襄阳歌》)的那位风流才子;当然也应该是"白日不照吾精诚,杞国无事忧天倾"(《梁甫吟》)的那位傲世雄才,却断断不应该是"解释春风无限恨,沉香亭北倚阑干"(《清平调·其三》)的那位宫廷奉酬诗人。当然,无论是出于主动还是被动，漫游，行走，干谒，交游，乃至流放，都应该被视为一位诗人对自我人格的重建和加固过程，同时，也是他对自我精神深度和广度的勘测与度量。在不断移步换景的过程中，李白完成了中国山水诗由游记体到游仙体的转换和蜕变，大大刺激并拓展了古代诗人漫游的精神强度和美学向度。

而与李白的漫游生涯形成相互印证的，是唐朝的另外一位大诗人杜甫。只不过，与李白相比，杜甫的游历生活在相当大的程度上，都是被动选择的结果。虽然早年他也曾经有过一段"裘马轻狂"，壮游吴越、齐赵的惬意时光，但很快就陷入了为前程和生计发愁的窘迫状态，不得不接受生活的无情催逼，四处辗转。

公元747年，杜甫自东都洛阳赴长安参加科考，因李林甫从中作梗，他和当年所有应试的学子一起，被以"野无遗贤"为由而集体落榜。此后，就开始了他在京都东奔西走的十年求官生活，无数次辗转于希望与失望之间，最后才谋得个"右卫率府兵曹参军"的小吏职位。随后，经骊山，赴奉先。此时已是"安史之乱"爆发的前夜。两年后杜甫带家眷自奉先至白水，途中被叛军捉住。757年，杜甫逃出长安，奔往凤翔，被肃宗拜为左拾遗。一年后又被贬为华州司功参军，但他旋即弃官而去，从此不再对朝廷抱有幻想。秦州是杜甫从政生涯的终点，也是他日后半世漂泊的起点。759年，杜甫携家眷从秦州出发，前往同谷，历经千难万阻，于年底到达成都。此后五年多的时间，杜甫的活动轨迹都以成都为中心，先后去过绵州、梓州、阆州等地。765年，杜甫出蜀，经忠州到达云安，后移居夔州，作《秋兴八首》，到达他文学生涯的顶峰期。768年，杜甫沿江东下，本来是想投靠亲朋，然后由此走上返乡之途的，结果命运的激流和旋涡将他越冲越远。"故畦遗穗已荡尽，天寒岁暮波涛中。鳞介腥膻素不食，终日忍饥西复东。"(《白凫行》)就在这种颠沛流离、几乎不能自已的状态里，这只折翅"凤凰"越飞越低，叫声也越来越凄惶无助。诗人被迫沿江而下，顺命而行，途经江陵、岳阳、衡州，到达潭州，原本还打算从潭州返回岳阳，再从岳阳到汉阳、北上襄阳的，结果未能走完计划中的最后一程，就病逝在了耒阳至平江的一条小船上。

"古来存老马，不必取长途。"(《江汉》)当这匹老马精疲力尽地倒在时光的洪流中时，我们回溯杜甫这一生的足迹，应该可以清晰看到，诗人留下的每一个脚印，其实都是对他置身其中的那个渐渐坍塌的帝国命运的被迫呼应。风高浪急，大厦将倾，而所谓漫游，于杜甫而言，早已不再是意气风发的远足，而变成了举步维艰的亡命之旅，前方永远是泥泞趔趄，永远是流离失所。也许，更多的诗人漫游当如杜甫这般，把自己的双脚套在时代的辙印里，或者，干脆视时代的分分秒秒为一双双沉重的烂靴，砥砺而行，如此，才能踩着时代腾溅出来的泥浆，见证或引领时代。而这需要极其强健的足力，才能够真正走向远方。

置书怀袖中，三岁字不灭。

（《古诗十九首·孟冬寒气至》）

思君不可得，愁见江水碧。

（李白《江行寄远》）

烽火连三月，家书抵万金。

（杜甫《春望》）

在古代，一封书信的传递都如此艰难，殊为不易，更何况是身体的抵达了。那时候的驿站并非为平民百姓而设，飞驰在栈道上的马匹如一缕缕尘烟，所谓"三百里加急""六百里加急"，甚至"八百里加急"，也只是朝廷出于政务或战事军情的需要而设，至于普通人的音讯传递，则更多只能依靠口口相传，或者，依赖于水道的便捷而送达。因此，那时候的每一封书信往来，总会给人以恍若隔世之感。"岭树重遮千里目，江流曲似九回肠。共来百越文身地，犹自音书滞一乡。"

这是唐宪宗元和十年柳宗元被贬柳州后写下的一首题为《登柳州城楼寄漳汀封连四州》的诗,"音书滞一乡"的痛苦体验,其实是那个时代人们的普遍情状。人人都处于与世隔绝的状态,外界犹如天堑,也就无所谓远方了。

公元770年,杜甫在寂寥孤寒的船舱中翻检自己随身的信函,找到了一首好友高适在公元761年写给他的诗:《人日寄杜二拾遗》。诗中写道:"人日题诗寄草堂,遥怜故人思故乡。柳条弄色不忍见,梅花满枝空断肠。身在远藩无所预,心怀百忧复千虑。今年人日空相忆,明年人日知何处。一卧东山三十春,岂知书剑老风尘。龙钟还忝二千石,愧尔东西南北人。"墨迹斑斑,诗在情长,而作者高适已于五年前病逝于长安。杜甫直到此时才得知这个消息,悔愧之下,他怅望江水,"回赠"了一首答谢故人的诗《追酬故高蜀州人日见寄》:"自蒙蜀州人日作,不意清诗久零落。今晨散帙眼忽开,迸泪幽吟事如昨。呜呼壮士多慷慨,合沓高名动寥廓。叹我凄凄求友篇,感时郁郁匡君略。"斯人已逝,往事随风。只有当我们理解了古诗里所描述的类似这种刻骨锥心的情感体验之后,才能真正走进古人的精神世界里。

而迟到者的命运,以及延后抵达的情感体验,又岂止杜甫一人承受过呢?在广袤的中华大地上,在近乎天荒地老的个体生命的生活现场，除了役卒、士子、贬谪的官员和流离失所的难民，一代又一代人终其一生，几乎都足不出户，方圆之地乃是其存命之所。"见树木交荫，时鸟变声，亦复欢然有喜。"（陶渊明《与子俨等疏》）从这个意义上来讲，人们对美的吁求和恪守，其实应该更多地来自个人内心的修为，以及胸襟的廓大与想象力，与远方并无实质性的瓜联，即便有，也只是对远方人物的牵挂。乐府诗中有一首题为《饮马长城窟行》的诗："客从远方来，遗我双鲤鱼。呼儿烹鲤鱼，中有尺素书。长跪读素书，书中竟何如？上言加餐食，下言长相忆。"如此朴素的情感，这般熟悉的生活面貌，在平静的叙述中产生出了巨大的情感张力。在古代，诗意的彰显，很多时候都是以这种永恒又独我的方式出现的。亘古的情感，静穆的面貌，庄重的形态，以及滴水穿石般的坚执……这些沉淀在世人心中的情感能量，经由语言的淬炼和铸造，瞬间便产生了电光石火的精神力量。

无论是李白，还是杜甫，无论是盛世，还是乱世，诗都应该是，也只能是，诗人在身心合一之后，与世界、自然和生活共振的产物。走得远的人未必能成为诗人，但诗人肯定是心游万仞八极之人，更是自我心灵世界的自觉主宰者。譬如李贺，他可能是唐代诗人中行迹最短暂、步履最踉跄的诗人之一（恰好与李白形成鲜明对照）。李贺的一生只在家乡昌谷与洛阳、长安之间辗转,他最远曾去过一次山西潞州,而且还是为生计所迫,才前去投靠友人的。在李贺短暂的二十七年人世光阴里,漫游从来不是他所渴望和奢望的事,当然也不是他的身体和精力所能允许的事情,但他一直沉迷在恍兮忽兮的个人精神世界里,独自走向了人类身体和心灵的边陲。"梦入神山教神妪,老鱼跳波瘦蛟舞。"(《李凭箜篌引》)李贺在逼仄的生活空间内,所自创出来的诗意世界非肉眼所能及,比远方更远。我们究竟该如何看待诗与远方的关系,在李贺这里,其实可以找到部分答案。

公元754年,岑参又一次开启了他的西行之旅。这一次,他是奉安西、北庭节度使封常清的征召,前去担任判官。在经历上次西行的败绩之后,岑参已经有了足够的心理和精神准备,不再视西域为畏途了。他紧紧鞍辔,轻快地跃上了战马,和所有生活或征战在大漠深处的士卒一样,诗人也全身心地投身于辽阔壮美的边塞疆场。

"忽如一夜春风来,千树万树梨花开。"(《白雪歌送武判官归京》)这样化苦为乐、神采飞扬的诗句,是五年前的岑参难以想象的;同样,"十年只一命,万里如飘蓬。"(《北庭贻宗学士道别》)这样的豪情和雄健,也是五年前的岑参所不具备的。"为言地尽天还尽,行到安西更向西。"(《过碛》)诗人终于在时光深处获得了应得的精神报偿,他付出的汗水和热泪也终于在这里浇灌出了人生的真味。此时的远方,终于再也不是空洞的想象,而变成了一根有形的辔绳,引导着这匹骏马心甘情愿地无畏前行。唯其如此,远方才真正归于远方,漫游也不再是走马观花的旅行,诗歌才能真正成为人类生活的见证,并参与到了重建我们生活乃至生命的序列中。

三　社交　各有稻粱谋

社交　各有稻粱谋

唐天宝十载（公元751年），年届四十的杜甫已经写出了现实主义杰作《兵车行》等，但一首杰作甚或再多几首杰作，于他的生活而言，都并无多少裨益。诗人依然活在极其窘迫狼狈的境况中，仕途没有着落，经济没有来源，精神上的苦闷无以安抚。宋代诗人陆游曾经为这一时期的杜甫作过形象生动的绘像："长安落叶纷可扫，九陌北风吹马倒。杜公四十不成名，袖里空余三赋草。"（《题少陵画像》）正是这种穷衰困顿的生活境遇，不断催逼着这位诗人改变计划中的人生路径，回到身心呼应、灵肉熨帖的文学常态中来。简而言之，就是要回到文学与生活的肉搏现场中来。而在此之前，杜甫还一直生活在对朝堂的渴望和幻想之中，一次次向朝廷权贵们投赠献赋，试图以违心之言来博取功名，打通仕途，结果我们可想而知。在不平等的科举制度下，又遭逢李林甫之类的佞臣当道，像杜甫这种没有门荫特权的士人，虽然怀抱济世宏愿，换来的最终只能是四处碰壁的悲剧性结局。在那首著名

的干谒诗《奉赠韦左丞丈二十二韵》里,苦闷的诗人这样写道:

> 今欲东入海,即将西去秦。
> 尚怜终南山,回首清渭滨。
> 常拟报一饭,况怀辞大臣。
> 白鸥没浩荡,万里谁能驯。

这几乎是一种悲鸣了,充满着激愤之语,也是诗人强抑怒火发出的倔强的抗议之声。当然,抗议归抗议,现实总是铁青着制度的青面獠牙,漠然地伫望着走投无门的诗人,而不会报以一丝怜悯和同情。

翌年秋日,心灰意冷的杜甫,受邀与高适、薛据、岑参、储光羲等五人同登慈恩寺塔。据我们所知,这应该是杜甫第一次以主宾身份参与长安诗人们的社交活动。尽管此前,杜甫曾写过一首《饮中八仙歌》,但从这首诗的视角和内容来看,他仍然只是各路诗人们欢场宴席上的一位旁观者,或叨陪末座,并未真正融入以贺知章、李白为首的京都诗人圈里。从天宝三载在洛阳遇见李白,后与李白、高适同游梁宋,直到天宝五载回到长安,杜甫的漫游经历虽然已经算得上丰富,但他在生活中基本上都处于形单影只的游离状态:"罢琴惆怅月照席，几岁寄我空中书？"(《送孔巢父谢病归游江东兼呈李白》)伶仃、惆怅，是诗人日常生活中的常态。杜甫并不是一个热衷于社交、长袖善舞之人，他生性忠厚纯良，为人素来性情耿直，也缺少心机，"由来意气合，直取性情真"(杜甫《赠王二十四侍御契四十韵》)，这样的真性情，既让他不太见容于官场或名利场，也让他时时宽以待人。不然的话，当年李白戏作赠诗："饭颗山头逢杜甫，头戴笠子日卓午。借问别来太瘦生，总为从前作诗苦。"(《戏赠杜甫》)杜甫怎会非但不生气，没有丝毫牢骚，日后竟还以十多首诗相和、相赠呢？这也印证了他在《遣闷奉呈严公二十韵》中所说的："宽容存性拙，剪拂念途穷。"按照我们现在的说法：性格即命运，杜甫的性格也是促成他命运走势的重要一极力量。

慈恩寺塔位于长安城东南，这座寺院是唐高宗做太子时，为纪念其母亲长孙皇后而专门捐建的，故取名"慈恩"。它是长安城内最为辉煌的著名佛寺，玄奘曾在这里住过八年，主持寺务，并创立了唯识宗。后来，这里也渐渐成了唐时文人骚客的雅集之所。诗人们登塔的这一年，杜甫四十岁，高适已经五十三岁，岑参三十六岁，储光羲四十六岁，薛据年龄不详（估计也应四十有余）。五位诗人唯一的共同点是落魄，只是相比之下，杜甫显得更为落魄潦倒一些。

在尘埃落定后的若干年里，不断有史家方家站出来，从各种角度来谈论这场发生在公元752年秋天的诗界盛会。尽管这场雅集的排场、规模，并没有我们想象中的那么宏大庄重，甚至，诗会之后也没有留下多少令后世过目难忘的名篇佳句，但因为杜甫这位布衣诗人的应声登场，中国古典诗歌的走向与格局在此悄然发生了转变。

"高标跨苍穹，烈风无时休。自非旷士怀，登兹翻百忧。"这是杜甫在《同诸公登慈恩寺塔》一诗里的开篇之联，一下笔就向世人呈现出了一幅谦卑却心怀百忧的诗人形象，枯槁，愁眉，神情凝重。当五位诗人登上慈恩寺塔楼，一齐举目远眺时，映入他们眼帘的是同样壮阔的自然景观，以及斑驳嶙峋的人境，但反射在他们各自心底的情感色彩却不尽相同，有人明亮，有人浅淡，有人自怨自艾，有人却从飘荡在帝国上空的云烟中，看到了一个王朝的暮气与萧瑟：

黄鹄去不息，哀鸣何所投？
君看随阳雁，各有稻粱谋。

乌云低垂，黄鹄哀鸣，大雁分飞，这大概是杜甫站在塔楼上所看到的大唐帝国的黄昏晚景了。但映入他眼帘和心间的，却远不止于此，更有礼崩乐坏、报国无门、家贫如洗的愁苦。十二年后（公元764年，安史之乱刚刚结束），杜甫在这座塔楼上的不祥预感，化成了更为惨烈的现实图像："岂闻一绢直万钱，有田种谷今流血。洛阳宫殿烧焚尽，宗庙新除狐兔穴。伤心不忍问耆旧，复恐初从乱离说。"（《忆昔二首·其二》）我们一直说，杜甫的写作是"以诗证史"，其实，诗人的伟大之处，还在于他对历史走向的准确预判能力，他总是能够从现实的云翳里洞见出人世的未来。在羁绊长安的十年间，杜甫的精神世界大致经历了由狂诞到深沉，由自负到自省，由伤己到忧时——这样的心理修正和建设过程，个人的生存压力时常令他无所适从，使他产生了悲己愁苦之心；而社会的惨痛现状和生存危机，又让他产生了强烈的悯人、忧时、忧世情怀。这两种情感始终在杜甫身上并行不悖，构成了日后诗人创作的总体基调，成为他观察社会、体认生活、触抚未来的探测器。

而在这首应景而作的诗中，我们明显看到，杜甫已经拿定主意，就此将个人命运的蹭蹬搭放在了帝国宽阔浩渺的马背上，他即将跃身而起，由此驰上独属于自己的诗学大道。这显然是一条与唐诗的既有线路——从贞观到开元时期的诗人们所开创和延续的线路——分道扬镳的道路。昔日的理想主义和浪漫主义传统，已经不再是此时的杜甫所看重的和他想要继续遵循与沿袭的了，杜甫更愿意独行在一条贴近时代变迁、忠于现实生活的道路上，嶙峋，坎坷而崎岖，甚至必要时，他不惜以命相搏。而只有当诗人独自在这条道路上渐行渐远，稍后又写出了《丽人行》和《自京赴奉先县咏怀五百字》等诗篇时，我们才能清晰地看到，这是一个多么与众不同的诗人形象。

对于诗人们的这场雅集，后世学人总是习惯于从作品成色的优劣层面上，来评判他们之间的高下或座次，按照自己的美学标准，为这些作品、这群诗人一遍遍排序排位。这就不免陷入了诗艺层面上的清谈。事实上，唐诗在经由了从贞观到开元时期众多天才诗人的合力拓展后，无论是绝句、律诗，还是排律、歌行，此前都已经出现了标高性的经典作品和阶段性的经典诗人，各种诗歌复杂斑驳的技艺都已经发育完备。因此，如果我们单单从这一层面上来谈论这次兴会，就很难得出它的重要性来，更难以看出杜甫的独特性来。

杜甫在这次雅集中的自我蜕变和定调，给后世带来了一个非常重要的启示：诗歌的高度最终是由诗人自身的精神气象来决定的，而一位诗人，之所以能够从一群乃至一代诗人中脱颖而出，凭依的除了天赋和才华，更在于他对时代气象的熟谙和精准的把控能力。在杜甫的身上，我们看到了某种与生活、与时代同归于尽的强悍蛮力，而由此反观他此前对生活所行的种种示弱之举，包括诗人为生活、为生存境况的改善所行的各种弯腰折眉之举，都反映出他在生活中求真务实的勇气和态度。毕竟诗人也是血肉之躯，忠实于自己的肉身所需，同时恪守道德和公义，从来就不是一件容易的事情。在杜甫身上，我们明显看到了人之为人的艰难，甚至不幸。

中国古代文人向来热衷于各种雅集，因为类似这样的集会，或兴会，能够为他们提供展示个人才华学识、结交朋辈、疏通仕途的社交机会，并由此形成了一个个抱团取暖的文人交际圈。这些圈子有大有小，有的紧密，也有的疏离，相互交叉和重叠。事实上，我们很少在文学史上见到自始至终都一直游离于社交圈之外的诗人，即便是那些强力诗人，他们也往往是先入圈，然后再破圈、出圈。孔子说："诗可以群。"意思是，诗歌能够在相互交流的过程中，激发出每个诗人潜在的情志，当然也能够达成共识和友谊，起到凝聚人心、切磋诗艺的作用。在我个人的理解里，"群"分两步：一是面向诗人群，在群内得到认可、赏识；二是面向大众和社会，展现诗歌对世道人心的召唤功能。他们只有在完成了这两个步骤后，可能才算得上是一个完整意义上的诗人。

这种"群"的风气，古已有之，但要想真正形成气候，仍然需要借助于某些强力人物的出现和推动。在古代，那些散轶在四处的文人们，要想改变"终日驰车走，不见所问津"（陶渊明《饮酒·二十》）的状态，往往需要在颠沛动荡的时代现场里，找到和依附于某些权力人物。譬如，建安时期的邺下，就成了文人们争相趋之的栖身之所。由于曹操求贤若渴，天下贤才如孔融、陈琳、阮瑀、徐干、刘桢、应玚、王粲等，纷至沓来，汇成了"建安七子"的文坛格局。而到了南朝齐梁永明年间，又出现了以竟陵王萧子良为首的文人集团，号称"竟陵八友"，他们彼此唱和，相互激赏，形成了风格意趣相近的"永明体"。而梁武帝萧衍也时常厕身其间，推波助澜。文人雅士们常常聚在一起吟诗作赋，竞技才学，举凡曲水流觞、重阳射圃、楼阁新成之日，哪怕是柳绿桃红、雪落初霁等物候的变化，以及几乎所有的节庆佳日，送别、升迁、生辰、婚嫁、祭拜，无一不成为诗人们雅集的理由。"窥情风景之上，钻貌草木之中。"（刘勰《文心雕龙·明诗》）伤春悲秋，吟花弄月，这种文人风气早就成了司空见惯的社交手段。诗人们通过各种社交平台，相互酬赠诗作，相互试探彼此的才学和性情。干求、拜谒、唱和、酬答、奉制，诗歌以一种便捷轻盈、直通心灵的形式，成为人与人之间精神沟通的桥梁，以及展示个人才华和抱负的载体，被广泛地用于林林总总的社会活动中。

南朝诗歌成就最高的诗人庾信，在去国北上之前，同样是这个社交圈里的常客。他常年伴随在萧衍、萧纲身边，吟诵着"荷风惊浴鸟，桥影聚行鱼。日落含山气，云归带雨余"（《奉和山池》）之类的诗行，轻巧，安逸，字里行间弥漫着闲适雅致的文人气息。如果没有后来长期羁北刻骨铭心的生命体验，庾信就不可能摆脱齐梁盛行的文人腔和酸爽味，写不出"见月长垂泪，花开定敛眉。从此一别后，知作几年悲"（《伤往诗·其一》）这样的锥心之作；也写不出"秋风别苏武，寒水送荆轲。谁言气盖世，晨起帐中歌"这样的弹铗悲歌。杜甫自然也不会把晚期的庾信诗奉为圭臬，推崇备至。庾信算得上是那个时代"破圈"最成功的诗人，尽管于他而言，这是被动的选择，但也是命运造化的结果。

魏晋时期的"竹林七贤"自不必说，他们啸聚竹林，饮酒纵歌，放浪形骸。就连人称"素心人"的陶渊明，在归隐南村之后还发起过"斜川之游"："与二三邻曲，同游斜川。临长流，望曾城，鲂鲤跃鳞于将夕，水鸥乘和以翻飞……"（陶渊明《游斜川·序》）虽说他早年多以"失群鸟""孤生松"自况，但到了晚年归隐期间，陶渊明也热衷于与庐山周边文士们交往、饮宴、攀谈。《晋书·隐逸传》里记载了陶公这一时期的交游情况："既绝州郡觐谒，其乡亲张野及周旋人羊松龄、庞遵等，或有酒要之，或要之共至酒座，虽不识主人，亦欣然无忤。"只要有酒，他几乎随叫随到，这多少与我们心目中的那位隐士形象有些忤悖。当时，在庐山一带，形成了以僧慧远为中心的文学团体，吸引了僧俗两界不少文学名士参与，虽说陶渊明与慧远交集颇深，常在一起谈佛论道，但他们之间并无真正意义上的心灵沟通和精神交流。然而，即便如此，每逢文人们雅集，他也是乐于参加的。《莲社高贤传》一书中也记录过这样一桩趣事：某日，慧远请陶渊明去庐山见莲社众人，陶渊明问，我去了能不能喝酒啊，若是有酒给我喝，我就去。慧远让人传话给他说可以。于是，陶渊明就去了，然后，又"忽攒眉而去"。这样的情景描述，合乎陶渊明时而温顺、时而刚烈不阿的性情，因为他从来就不是一个善于掩饰自己好恶感的人，也并非刻意疏离他人与时政，只是，这种世俗意义上的交际，于陶渊明而言，只能算作是日常生活的调剂，管窥社会世相的一个孔道，而丝毫动摇不了他"固穷""守真"的"素志"。

　　由此来看，雅集或交游，与其说是诗人们为了达到某种功利性的目的，不如说是为了心灵探触的需要。无论多么高绝冷僻的诗人，也需要在茫茫人世寻找自己的知音，尽管他们最后真正能够找到的，往往只是那些隔世知音，譬如，荣启期之于陶渊明，庾信之于杜甫，杜甫之于李商隐，陶渊明之于苏轼……以此类推，形成了一个个隐秘的心灵交际圈。这种精神深处的相互守望与寄存，也许比现实生活里的宴乐更具精神交流的实质性。

在科举制出现之前,中国古代的人才选拔制度先后经历了里选制、察举制、征辟制,以及九品中正制等多种形式,举秀才、举孝廉、举隐士是朝廷遴选吏员的常规动作。在长达数千年的历史长河里,诗歌的功能,远不似我们后来所看到的那么显赫和实用,诗赋也还没有被纳入人才选拔的必需内容中。然而,作为一种教养和教化的手段,诗歌却长期而广泛地存在于人们的日常生活中。在现实生活里不被需要,在精神生活里却被广泛渴求,这种看似矛盾的文化处境,让诗歌在漫长的人类文明长河里,始终处于若隐若现、若明若暗的状态:一方面,是大量的目不识丁的普罗大众不知道,也不可能有机会去近距离地接触和亲近诗歌,了解诗为何物,诗有何用;另一方面,诗歌在士子、文人甚或整个士大夫阶层中都广受追捧,成为他们撬动仕途、进阶上流阶层的重要杠杆。而通过诗歌来展示自我的才学,以诗学成就招徕世人钦羡的目光,就成了一条进入仕途相对便捷的路径。这是因为,作为一种作用于个人精神生活的语言艺术形式,诗歌天然就具有这种推己及人的情感传导能力,尽管语言材质会随着时代的迁逝而不断发生改变,但有如电击般的情感体验,有如梦醒之后的若有所失或若有所得,仍然是诗歌语言所要追求的极致效果。

"投我以木瓜,报之以琼琚。匪报也,永以为好也!投我以木桃,报之以琼瑶。匪报也,永以为好也!投我以木李,报之以琼玖。匪报也,永以为好也!"(《诗经·卫风·木瓜》)这种精神上的相互投赠行为,让诗歌成为人与人之间干涩生活的润滑剂。我甚至觉得,在很多时候,诗歌仅仅类似于陌生人之间的接头暗号,有时甚至只是人群中的随意一瞥,或会心一笑,其中都包含着一种人与人之间深层的信任关系。共同的趣味,相互之间的精神感应,达成了人与人之间莫以名状的亲情和友谊。

所以,我们常常可以看到,诗人们总是会在不同的时代现场,在鱼龙混杂的现实生活里,会被当作"另外一类人"来看待。人们对"诗人"这个称谓另眼相待,其用意并不在于揶揄,或者揄扬,真实的意图应该是,"诗人"是如此与众不同的一类人,他们代表了人类语言生活中最清澈纯粹的那一部分,最为深邃,也充满了洞见和活力。诗人对世界仅有的要求是:"请安静",因为只有在安静的环境和氛围里,人们才有望听见造物主的声音。然而,世事嘈杂,历史长河的喧嚣声从来不曾有过安静。每当他们试图向世人转述这样的声音,发出"请听我说"的吁求时,得到的回报往往是:"你闭嘴吧。"这种不堪的情状,几乎贯穿了整个人类文明的精神生活史。

尤其是在正襟危坐的大堂之上，诗人们的言行总是很容易被归为不被信任之列。为了摆脱这样的困局，这些诗人往往会自觉不自觉地主动回撤，回到他们熟悉、能让他们精神放松的生活场域，物以类聚，相互依偎。尽管诗歌内部的争吵声不断，相轻相鄙也是司空见惯的常态，但这种特殊的语言密码，终究是他们可以共享的，每一位诗人也总有轮到自己发出电波之机会。

作于公元737年前后的《望岳》，或可视为诗人杜甫首次向自己的同类发出的精神电波。种种迹象表明，这串铿锵有力的"电文"发出后，在当时并没有得到应有的及时的回应。"岱宗夫如何？齐鲁青未了。"年轻的诗人在这首诗里用一种设问的语气，自问自答的方式，试着向茫茫人境投石问路，他要的其实不是答案，而是一种信念，一种如入无人之境的信念：

会当凌绝顶，一览众山小。

这样的信念，催逼着杜甫去不断提升自我，赋予自己登高之勇、之雄心。事实上，杜甫并没有介意同道者的冷漠，当然他更不会气馁。因为那时候的他正陶醉在"壮游"的人生幻境中，从吴越，到齐赵，"裘马颇清狂""快意八九年"，朝气蓬勃的时代令他对徐徐展开的人生画卷，充满了无尽的幻想和期待。

几年之后，杜甫在洛阳结识了时已名满天下的李白，与他同游梁宋，后来又与他在鲁郡（兖州）重逢。对于这两位诗人的会面，后世曾经做过无数种推演和想象，从杜甫投赠给李白的诗歌数量和质量上，推导二人之间你亲我疏的关系，却往往忽略了杜甫淳朴宽厚的性情，他对李白的颂扬全然发自肺腑。因为李白的存在显然代表了另外一种洒脱不羁的精神能量，而杜甫深知，这样的力量正是自己身上所欠缺的。李白与杜甫的关系完全不同于李白与王维，前者具有代际传承的意味，而后者则是同辈之间的暗自角力关系。作为一位晚辈诗人，杜甫素来谦恭的品性，或许限制了他在社交场合上的临场发挥。有限的文献资料表明，在结识李白之前，他只与严武、高适等屈指可数的几位成名诗人打过交道。作《饮中八仙歌》一诗时，杜甫已身在长安，从诗中对"八仙"的形象刻画来看，他似乎已然能够出入于京都的核心文人圈，并被当世诗人们所接纳，但不可否认，他仍然只是作为一位旁观者、一位看客，并没有机会充分展示自己的才华。正因为如此，杜甫才能够清醒地看着眼前的这些醉态，却一次次把目光投向了别处。

"四十明朝过,飞腾暮景斜。谁能更拘束,烂醉是生涯。"(《杜位宅守岁》)这是杜甫在公元751年除夕之夜,在他远房堂弟杜位家守岁时所作的一首诗。一年又尽,面对阴沉未卜的前途,诗人不免忧心忡忡,他能够像诗中所写的那群人那样烂醉度日吗?显然不行。

按照洪业先生在《杜甫:中国最伟大的诗人》一书中的大胆推论,杜甫应该是那个时代的晚婚晚育者,婚期大约是在诗人们同登慈恩寺塔雅集的那一年,新娘杨氏是司农少卿杨怡的女儿。倘若此说成立,势必会更进一步加剧杜甫在现实生活里的困局。毕竟他已经年近不惑,百事待兴,养家糊口的成本被进一步彰显了出来,他不得不加快问路乞食的步伐,像一个病急乱投医的人,四处向权贵们投赋自荐,为自己寻找明知无望却勉力一试的晋升之阶。

在那封写给玄宗皇帝的《进封西岳赋表》中,杜甫对玄宗皇帝大加颂扬:"今兹人安是已,今兹国富是已,况符瑞翕集,福应交至,何翠华之默默乎?"这几乎是完全无视老皇帝晚年的昏聩了,但却从另外一个侧面证实,诗人对于家庭生活的责任心。当持家与治国尚未达成共同的愿望时,作为一位处于社会微末端的诗人,他只能退而求其次,先解决家人的生计温饱问题再说。这也符合这位以儒家思想为立身之本的诗人一以贯之的为人处世之道。在中国历代诗人里,杜甫可能是家庭伦理观念最重的诗人之一,妻子、儿女、兄弟都被他拉扯在了身边,即便是在最艰难困苦的岁月,也几乎须臾不离其左右。而这一时期,可能也是杜甫个人精神生活最为灰暗的时期,他大量的诗歌才华被无谓地挥霍在了言不由衷的书写中,换来的却是无边无际的空洞回音。

也是在这一年冬天,帝国最阴险的佞臣李林甫病入膏肓,这个当年以"野无遗贤"为借口,断送了杜甫、元结等人希望通过正常的科举入仕之念想的官僚,也终于走到了自己生命的尽头。而接替李林甫主政朝堂的,是另外一个愚蠢且野心勃勃的权臣杨国忠。这是唐朝大动乱的前夜,据说,那一年,长安的霖雨持续不断地下了长达六十余日。杜甫深陷在帝国中心的泥泞中。这没完没了的雨水,毁坏了四周的田舍和道路,也阻隔了诗人出门访友的愿望:"安得诛云师,畴能补天漏?"(《九日寄岑参》)苦闷的诗人孑然站在阴湿的屋檐下,探头探脑地张望着阴云密布的天空和泛滥着的四溢的洪流,内心里充满了孤立无援的伶仃感。不久之后发生的一切,完全验证了杜甫在慈恩寺塔上隐约看见的那番景象,只是更加血雨腥风。

"司直御事,我熙我盛。群公百僚,我嘉我庆。于异卿士,非同我心。三事惟艰,莫我肯矜。赫赫三事,力虽此毕。

非我所度，退其周日。"生活在两汉时期的诗人韦玄成，曾写过这样一首《戒子孙诗》。这首四言诗，意在告诫后辈子孙，在社交场合中应该秉持纯善谦和的为人处世态度，譬如，要多多赞赏他人，以弥补自己的不足，要敢于正视和解剖自我，以求得精神上的进步，等等。在儒家文化主导的文人群体里，以诗的形式来教化后代礼仪规范的作品还有很多，而韦玄成的这首《戒子孙诗》，是最具有代表性的。它以训导的口吻，点明了社会对每个人行为举止的规范和约束，只有遵循者才有望被社会接纳。然而，诗歌的内在精神，又先天性地具有反世俗、反规范的特质，这让写诗变成了一项极具冒犯性质的工作，诗人也很容易被归为危险一类人物。

新、旧《唐书》里都说，杜甫"性褊躁傲诞"，其实并非指他的性格乖戾，而是诗人天性里的不合常规举止，难以见容于世俗意义上的人情世故。而如何在个人性情与社会规范之间找到平衡点，就成了几乎所有诗人在日常生活里、在社交场合上遭遇的一大难题。比如说，那些"奉和""酬和"或"献赋""献诗"，文学史上不可胜数，一方面诗人们需要以这种方式来打通仕途，消弭人情交往中的隔膜和芥蒂；另一方面，又要秉持诗歌的美学节操，以免沦为笑柄。那么，究竟应该操守什么样的尺度去为人处世？这其实不仅是对一个诗人才华的考验，更是对诗人风骨的测度。如果说杜甫投赠给明皇的"三大赋"或有损诗歌的颜面，那么，王维那首著名的应制诗《奉和圣制从蓬莱向兴庆阁道中留春雨中春望之作应制》，则多少还保持了一些诗歌应有的艺术尊严："云里帝城双凤阙，雨中春树万人家。为乘阳气行时令，不是宸游玩物华。"这首诗里同样充满了奉承之意，但格调终究不俗。

同样是生活在大唐王朝最混乱的年代，诗人卢纶愿望中的仕途和前程，也被频仍不休的战事打乱了。由于屡试不第，甚至屡试不成，他与那个时代的许多士子一样，不得不将计划中的人生线路一再作出调整，被迫过上了颠沛流离、左支右绌的生活："久为名所误，春尽始归山。落羽羞言命，逢人强破颜。"（《落第后归终南别业》）幸而这位身处困境里的诗人，还具有这种"羞言命""强破颜"的勇气，才让他的人生理想尚且不至于完全跌进谷底。作为"大历十才子"之首，卢纶因个人才华而吸引了时人目光，又因其社交能力出众，而受人青睐，获得了多个不错的官职。他先是得到了宰相元载的举荐，授阌乡尉；日后，又经由宰相王缙（王维之弟）举荐，成为集贤学士、秘书省校书郎，再之后升至监察御史。除元载、王缙外，卢纶还结交过许多朝中实权派大臣，诸如常衮、李勉、齐映、陆贽、贾耽、裴均、令狐楚、浑瑊……广泛的交游，让他成了那一时期社交场合里远近闻名的活跃人物，最后他在浑瑊的帐下官至正五品的户部郎中。我们完全可以说，卢纶是靠活泛的个人性格和出众的社交能力，将极为不利的人生境遇转化成了有利于自己的生活道场。

从卢纶死后留下来的《卢户部诗集》中，我们大致能够揣摩出这位诗人的情感走势和精神向度。这部集子里收录的五百多首诗，大多是酬和、赠答之作，而最著名的也是在后世流传最广的，却是《和张仆射塞下曲六首》，它们被后世称为唐人边塞诗的"不朽之作"。如其二："林暗草惊风，将军夜引弓。平明寻白羽，没在石棱中"；其三："月黑雁飞高，单于夜遁逃。欲将轻骑逐，大雪满弓刀。"这反映出，卢纶尽管是那一时期文人社交场合上的典范，写过大量的投赠逢迎之作，但他依然固守了诗人应有的风骨，没有因为一味迎合社会及权贵所需，而完全放弃独立自在的诗人精神品位，沦为世故圆滑的生活玩物。这当然属于那个动荡年代的特例，属于不幸中的万幸。

公元698年，杜甫的祖父杜审言因触怒了武后，从洛阳丞任上被贬往吉州，任司户参军。史载，杜审言离京之日，场面极为盛大，在京的四五十位诗人都自动前来为他送行，仿佛不是被贬黜，而是乔迁高就。陈子昂在《送吉州杜司户审言序》中描写道："朝廷相送，驻旌盖于城隅；之子孤游，森风帆于天际。"杜审言在社交圈里的活跃程度，由此可见一斑。

而事实上，杜审言是一位性情刚烈、恃才傲世的诗人，多年来他得罪过的人不在少数，他曾放言："吾之文章，合得屈宋作衙官；吾之书迹，合得王羲之北面。"（《旧唐书·杜审言传》）这当然是其自负自矜之言。宋代梅尧臣作《太师相公篇章真草过人远甚而特奖后进流于咏言辄依韵和》："杜诗尝说少陵豪，祖德兼夸翰墨高。苏李为奴令侍席，钟王北面使持毫。郊麟作瑞唯逢趾，天马能行不辨毛。一诵东山零雨句，无心更学楚离骚。"但是，恰恰是这样一位狂放不羁而非唯唯诺诺的诗人，反倒在社交场合上赢得了许多同道的赞叹和称许。那天，前来为杜审言送行的诗人据说都留下了赠诗，而且都附上了日期，连尚在病中的宋之问也侧身榻前，写下了《送杜审言》："卧病人事绝，嗟君万里行。河桥不相送，江树远含情。别路追孙楚，维舟吊屈平。可惜龙泉剑，流落在丰城。"

这桩足以光耀后世门楣的大事，杜甫不可能没有耳闻，而且，他一定会在心里将祖父的成就引以为荣。只是，作为杜家的后人，杜甫终究没有能够继承到祖父身上的那种纵横捭阖的社交能力。

"乾坤一腐儒"（《江汉》）、"天地一沙鸥"（《旅夜书怀》）是杜甫对自我形象的最终勾勒和确认。"一"是孤独，是伶仃，也是桀骜不驯。当诗人晚年无比凄惶地行走在投亲靠友的湖湘途中，抱着病体，一次次探身看向汹涌浑浊的江水和乌云密布的天际时，沧海一粟的卑微感须臾不曾离开过他，而他的身旁，唯有二子（宗文、宗武）在艰难地帮着他划船。

公元768年暮秋时节，一条简陋破旧的船只，将落魄中的杜甫推送到了城门紧闭的湖北公安。漫漫江堤，秋雨霏霏，只有县尉韦匡赞一人出城，前来渡口探望他。诗人在感慨之余，写下了这首七律《公安送韦二少府匡赞》：

> 逍遥公后世多贤，送尔维舟惜此筵。
> 念我能书数字至，将诗不必万人传。
> 时危兵甲黄尘里，日短江湖白发前。
> 古往今来皆涕泪，断肠分手各风烟。

这是一首无限悲伤的送别诗。杜甫自知此去所剩时日已经不多，于是便抱定了孤独终老的信念，不再对自己留存于世的那些诗篇心存过多的传世侥幸，诗人孑然而坚定地走向了生命的尾声："念我能书数字至，将诗不必万人传。"这番凄凉的景象，固然令人感伤，却益发突显出"诗是吾家事"的豪情和悲壮。

而与杜甫形单影只的形象构成强烈反差的，则是唐元和时代的核心诗人白居易。这位"广德大化教主"（张为《诗人主客图》语）尽管十分钦佩杜甫，但他在现实生活里的行事做派却完全不同于前者，他称得上是当时诗人社交圈里的灵魂人物。在白居易生命的最后十七年里，以洛阳为中心形成了一个庞大的诗人交际圈，留下了无数的唱和奉承之诗，其中包括白居易与元稹、刘禹锡与白居易、白居易与李绅，以及令狐楚与白居易和刘禹锡，还有裴度、李德裕、牛僧孺等诗人之间的相互投赠之作。这些唱和诗，水准参差不齐，并不足以体现诗人们的创作成就，但充分见证了诗歌在人与人交往过程中的情感润滑作用。在诗人们推杯换盏、你来我往的情感推送之际，诗歌的社会交际圈也如雪球一般，越滚越大，而这个时候，或许也是诗歌情感越来越炽烈、即将融化雪球之时。这几乎已经成为文学史的定律，魔咒一样笼罩在这群从历史烟云里走来的、有说有笑、有打有闹的诗人们身上。"人生到处知何似，应似飞鸿踏雪泥。泥上偶然留指爪，鸿飞那复计东西。"（苏轼《和子由渑池怀旧》）雪球终将会化去，雪泥上残留着的是诗人们或深或浅的足印，有的通往殿堂，有的通往陋巷，而有的消逝在了再也无人问津的深山老林中。循着这些足印，我们或许可以觅得诗人们精神世界的一鳞半爪。

四 友谊

但伤知音稀

"无情游"算得上是李白贡献给后世的一种高级情感体验吧。这里的"高级",是指诗人真正摆脱了世俗意义上的那种欢宴酒局场域,以"独酌"的方式回归到了自我精神的酩酊状态,并由此突显出了诗人性格里秘不示人的一面。这一面如月之清辉、光之流转,散发着慎独雅致的光彩。写《月下独酌》这首诗的时候,诗人正在朝中担任翰林待诏。这是一个华而不实的职务,厕身朝堂,却无关朝政,《唐会要》里说,它是"天下以艺能技术见召者之所处也"。世人皆以为,那段时光是李白孜孜以求的人生高光时刻,然而,这首诗却向我们传递出了这样一个信息:诗人并不快乐。

他怎么能够快乐得起来呢?在经历了唐玄宗"以七宝床赐食,御手调羹以饭之"(李阳冰《草堂集序》)的礼遇和厚待之后,李白在空旷静穆的朝堂里,很快就陷入了顾影自怜的寂寥境地。诗人本以为终于有机会一展其"大鹏"之另一翼,可以施展自己的政治抱负了,没想到皇帝老儿诏他的真实目的，只是要他去写写"云想衣裳花想容""名花倾国两相欢"之类的升平曲，而所谓腾达，不过是一场绮丽春梦罢了。"恃才浮诞""褊促""疏散"，不拘绳墨，发生在李白身上的种种狂诞行止，以前无人计较，现在都成了他在朝堂上被人诟病的口实。在意识到自己的帮闲身份或玩偶角色后，诗人过上了终日以酒浇愁、放浪形骸的日子。李白写酒的诗实在太多了，且大多充满了喜感和酣态，却很少有《月下独酌》这首诗里描述的这番情景：没有呼朋唤友、觥筹交错的热闹场面，只有月、影、人之间的相互顾盼和怜惜，清寂却并不冷清，歌舞相伴却遗世独立，全然是一个真正领悟并通达了酒道精髓的饮者形象。这形象，似乎与我们心目中所熟悉的那位"呼童烹鸡酌白酒"的诗人有所出入，然而，当我们转念去思考李白这迷离恍惚的一生时，又不难发现，在他倜傥光鲜的生活表象下，其实始终怀揣着一颗孤独之心。

李白这一生看似无比的热闹风光，其实并没有多少真正精神意义上的朋友，细数起来，他在诗人同道中，也只有贺知章、孟浩然、王昌龄等为数不多的几位至交。尽管他曾与杜甫有过几次交游的经历，杜甫也多有深情款款的诗作呈献于他，譬如《春日忆李白》《冬日有怀李白》《天末怀李白》《梦李白（二首）》《赠李白》《饮中八仙歌》《与李十二白同寻范十隐居》《不见》，等等，但后者毕竟是他心目中的晚辈，无论年龄还是声誉都远逊于他，在他心里的情感分量似乎并不太重。"思君若汶水，浩荡寄南征。"（《沙丘城下寄杜甫》）这种一泻千里的豪情，也只是李白惯有的情感表达方式，远不似杜甫的"三夜频梦君，情亲见君意"（《梦李白·其二》）来得浓烈隐忍。倒是司马承祯、元丹丘、岑勋、吴筠、赵叟等一干道友，是李白十分看重的。沾溉道流，接受道箓，寻仙访道，在李白漫长又曲折的人生线路中，这无疑是一条引人注目的主线，何况他唯一一次厕身朝堂的经历，也与他深厚的道缘有关。除此之外，在李白留下来的诸多诗篇里，还有一些面孔模糊如"汪伦""王十二""荀媪"式的人物，这些来自民间和底层的江湖情谊，几乎贯穿了诗人的整个写作生涯。这样的情状其实非常符合李白身上的"江湖气"，他总是游走在江湖市井之间，"吾亦澹荡人，拂衣可同调"（《古风·齐有倜傥生》）。也可理解为，他不仅可以与那些高古之人异代同调，也能够与当今之世不同阶层的人，尤其是下层平民同气相求，因为"达亦不足贵，穷亦不足悲"（《答王十二寒夜独酌有怀》）。从这个意义来看，李白并非薄情寡义之人，而是他狂放高蹈的性情使然。诗人永远不会也不可能被现实生活所羁绊，哪怕行于穷途末路，也始终秉持着江湖儿女江湖见的爽朗性格："两人对酌山花开，一杯一杯复一杯。我醉欲眠卿且去，明朝有意抱琴来。"(《山中与幽人对酌》)这样近乎陶潜般的散漫旷达形象，终使他虽不见容于朝廷，却深得民间人士欢心。

在觥筹交错的人生现场，李白的孤独或李白式的人生孤独感，只是若干诗人情感面貌的一个缩影，我们既然能够接受那位"高歌取醉欲自慰，起舞落日争光辉"(《南陵别儿童入京》)的酒仙，也就能够接受这位"醒时同交欢，醉后各分散"(《月下独酌·其一》)的伶仃人。

英国汉学家亚瑟·威利长期致力于东方文学尤其是中国诗学的研究，他曾有过许多惊人的发现，其中之一便是，中国古典诗歌里对爱情的书写趋于早熟。他不无钦羡地指出，当西方的诗人们还在全神贯注地沉溺于爱情书写与描摹时，爱情作为文学主题的重要性，在中国诗歌里已经悄然逊位于友谊了。应该说，这样的发现还是极具慧识的。翻开中国古代文学史，从《诗经》到汉魏乐府诗，从两情相悦到生死契阔，我们看到，无论汉语诗歌的语言形态在发生和经历着怎样的变化，诗歌的主题，仍然一直都聚焦于对爱情的书写和刻录上，男女之情在这一时期被推崇到了至高无上的位置：

遵彼汝坟,伐其条枚。未见君子,惄如调饥。

遵彼汝坟,伐其条肄。既见君子,不我遐弃。

(《国风·周南·汝坟》)

愿言追昔爱,情款感四时。

美人在云端,天路隔无期。

(《兰若生春阳》)

还有:"上山采蘼芜,下山逢故夫。长跪问故夫:新人复何如?新人虽言好,未若故人姝。颜色类相似,手爪不相如。"(《上山采蘼芜》)那种爱而不得、得而复失的情感波动,那种丰饶、深沉又专注不二的情感内蕴,那种守身如玉、刻骨锥心的情感体验,占据了古体诗里极大的篇幅。

这种浓墨重彩的书写局面的形成,至少有如下两个方面的原因:一是乱世飘蓬的生存环境,造成了阴阳两隔的情感形态;二是天荒地老的生活现场,造就出了震古烁今的情感面貌。这两种看似相向而行的情感状态,都能够激发和催生出类似于《上邪》里的那种坚若磐石、至清至澈的情感高峰体验。从"与君相知"到"与君绝",这首诗中所呈现出来的情感波峰,有着排山倒海的气势,绵绵不绝的能量。因此,许多人都持有这样的观念:最好的诗都是情诗。我们甚至可以据此进一步推论,最早的诗歌书写者都是以情人的面貌、心态和口吻，在探触和揣摩着人与人之间的关系。而正是这种近乎于"无邪"的书写状态，确保了人类原始情感的纯粹、真挚，以及内在结构的稳定性。

然而，我们同时也应该看到，即便是在爱情主题书写相对集中的这一时期，尤其是魏晋时代，仍然有大量的文人把目光和笔墨投注在了对现实社会生活，以及个人内心世界的深层发掘上，朝向荒凉开阔的生命的谷底，寻找生而为人的意义所在。这样的书写，构成了这一时期文人整体精神的觉醒力量。爱情主题书写也由此逐渐发生转向，变成了写作者对时光、生命、友情、前途、命运等主题的探究与开掘，"人生天地间"或"人生忽如寄"，以及"不惜歌者苦，但伤知音稀"之类的感喟，取代了"以胶投漆中""积念发狂痴"或"同袍与我违"之类的吁求。更加广阔的人生现场、更加混沌的社会现状，催生出了更加丰富、沉郁、陡峭的情感因子。

现在看来，这应该是汉语诗歌精神内部的一次大规模的扩容，而且是顺应了时代气象的自我精神重建与整饬。诗人文士们开始在苍茫的时空里，迷惘的人世间，探寻着生命的意义所在，感受着自我的存在价值，在无意义中探求着生活的意味和真相，同时，也在不断地感应、接收着来自茫茫时空里的情感波段，以期寻找到那种同气相求的声音：

> 嘤其鸣矣，求其友声；
> 相彼鸟矣，犹求友声；
> 矧伊人矣，不求友生？
>
> （《诗经·小雅·伐木》）

这声音里充满了希冀和祈求，简而言之，这声音就是友谊之声。

在诗歌写作尚未被纳为文人士子们求取功名的必备条件的时代，诗歌的功用大多集中在培育和驯化世道人心方面。写诗或许有助于提升个人的社会影响力，但这种影响力仍然局限在文人圈子内部，是一个人才华和学识的象征与展示手段，体现着个人的性情、修为和涵养。诗人们之间的友谊，往往首先是从投赠一首诗赋开始的，之后才有了交游和唱和。这样的风气，自打诗人这一群体出现在社会上之后，就从来不曾间断过。如果说，这样的行为早期还具有某种私密性，只是个人情感生活的外化方式，那么，后来就慢慢演化成了文学内部传统的一部分，甚至，因其更能体现创作者的真实隐秘的内心世界，而成为后世检索历代诗人情感生活的可靠文本。如果我们有心将诗歌史上那些以"送""别""赠"或"和"为题的诗作放在一起，进行研读和品鉴，就能够非常清晰地梳理出诗人们的友谊变化脉络，从中找出诗人与诗人之间隐秘的精神联系来。

唐人孟浩然可能算得上是一位非常典型的唱和诗人，从广义上来看，他一生都在写应景酬和诗。在孟浩然流传后世的两百多首诗篇里，其中一首，是他投赠给张九龄的《望洞庭湖赠张丞相》："八月湖水平，涵虚混太清。气蒸云梦泽，波撼岳阳城。欲济无舟楫，端居耻圣明。坐观垂钓者，徒有羡鱼情。"在我看来，这首诗可以视为我们解锁孟浩然平生心路历程的一把钥匙。与很多年轻时代甚至幼年时期就发愿入仕的诗人不同，孟浩然祖上虽无显赫的仕途背景，但因其家境比较殷实富庶，无太多生计之忧，所以，他在坐享其成的状态中度过了生命的成长期，一直挨到了将近四十岁，才萌生出科考的念想（而非志念）。而他之所以会产生出这样的念头，极有可能是受到了外界朋友们的蛊惑：既然大家都认为自己才华出众，既然他的好友们都差不多位列朝堂了，自己为何不去试一试运气呢？

于是，公元728年，孟浩然也欣然踏上了科举之途。"何当遂荣擢，归及柳条新。"（《长安早春》）本来信心满满地赴京赶考，以为胜券在握，却没有料到自己居然名落孙山了。此事无疑是对孟浩然那颗骄傲之心的一次重击。在长安盘桓干求了一年多后，诗人愤而离京："只应守索寞，还掩故园扉。"

(《留别王侍御维》)自责和难堪让他顿感颜面全失,大有无地自容的涩苦感。实际上,倘若我们在了解了孟浩然的性情,以及他参加科考的动机后,就不难看出,能否入仕对于他来讲,其实真的没有那么重要,至少没有他自己想象中的那么重要(除了颜面无光)。而且,他当时也确实还没有真正做好报国济世的心理准备。孟浩然的诗歌笔触,几乎从来就不曾涉及国家社稷之类的题材,田园山水,世间情谊,才是吸引他一再驻足流连的地方,哪怕是他偶尔发出了"羊公碑尚在,读罢泪沾襟"(《与诸子登岘山》)的喟叹,也只是在抒发自我生不逢时或高山仰止的情感。闲散,好玩,随性,能有更多的机会和朋友们在一起宴乐,这对于孟浩然来说,才是头等的人生大事。"业已饮矣,身行乐尔,遑恤其他。"从《唐书·孟浩然传》所记载的他爽约韩朝宗的这则轶事中,我们明显可以看出,孟浩然其实对官场之事并不热衷,也不愿意为此付出太多的心力。

在唐代的所有诗人中,孟浩然的随性与轻逸,都是十分突出的,他也因此可能是同代诗人中最受朋友们欢迎和追捧的那一类诗人。这类诗人除了要作品写得好外,还要有充裕的生活保障,以及豪爽超然的性情,来确保他的形象。尽管孟浩然并没有像许多诗人那样,广泛交游,结交朋辈,但许多诗人都愿意去襄阳找他游玩,他也始终真心相待。我相信,当李白随口吟哦出"吾爱孟夫子,风流天下闻"(《赠孟浩然》)时,一定是发乎真情的,否则他不会一次次翻山越岭,专程去襄阳寻访这位隐逸的同道;而后,又满目含情地目送着友人挂帆离去的背影:"孤帆远影碧空尽,唯见长江天际流。"(《黄鹤楼送孟浩然之广陵》)用这样缠绵的诗句,来见证他们之间宽阔无碍的情谊。同样,我也相信,晚来者杜甫对孟浩然的赞美发自肺腑:"吾怜孟浩然,短褐即长夜。赋诗何必多,往往凌鲍谢。"(《遣兴五首·其五》)这样的赞美里既有对其才华的钦佩与怜惜,也充满着我生已晚、恨不相逢的遗憾。而在另一位大诗人王维的心目中,放眼整个当世朝野,或许只有孟浩然这位性情舒朗自如的诗人,才是自己真正的知音:"但去莫复问,白云无尽时。"(《送别》)得意与失意都不在话下,唯有清爽自然的人生才是生命的真谛。王维后来把孟浩然的画像绘在自己任上的刺史亭里,日日促膝相对,隔山隔水却不隔情。如此这般深情厚谊,对于仕途失意的孟浩然来说,实在是人生之大幸。那么,反过来讲,虽说仕途受挫,但能够收获到李白、王维、王昌龄等这些当朝大诗人的情谊,对于时运不济的孟浩然来说,其实已算是命运的额外奖赏,至于能不能出将入相,撇开脸上无颜之外,这事儿在他心目中根本就没有必要耿耿于怀了。

公元740年,被朝廷贬往岭南的王昌龄遇赦北归,途经襄阳，专门来鹿门找孟浩然游玩，两人见面心中欢喜，日日饮酒，欢宴达旦。孟浩然当时背部正患有痈疽毒疮，但还是陪着友人吃了不少他喜爱的汉水查头鳊，结果导致旧疾复发，病逝于涧南园内。王昌龄强忍悲伤，一路西行至巴陵，居然意外地碰见了同为孟浩然好友的李白，谈及此事，不禁唏嘘不已，作诗《巴陵送李十二》："山长不见秋城色，日暮蒹葭空水云。"白云苍狗，世事无常，诗人们在感慨嗟叹之余，只能各自驾驭着自己的生命小舟，驶往命运既定的航道。同年，王维以殿中侍御史身份主持南选，路过襄阳，睹物思人，写下了《哭孟浩然》："故人不可见，汉水日东流。借问襄阳老，江山空蔡州。"这是诗人之间神秘又清浅的情谊，笔墨简省，云淡风轻，却饱含着绵绵不绝的人世悲情。

无论哪一个世代或时代，在茫茫人海之中，诗人注定都是少数人，但他们的责任和义务，或者说他们的职业道德，必须是尽可能传达出多数人共有共通的情感，通过个人对生活最独特鲜活的体验和发现，来探触并书写出人世间最普遍、最鲜活、容载量最大的公共情感生活。从根本上来讲，诗人的限度与诗歌的难度均在于此。以少搏多，以小搏大，以一己之力搏万人之心，以有限的生命搏无情的时光与岁月，这几乎不可能完成的事业，笃定了诗写犹如危局中的营生，不可能有大众趋之如鹜的那一天。

　　所谓"人人都是诗人"这一说法，主要是基于诗歌的共情性质而言的，因为每一个人，哪怕是活在恶念中的人，内心深处都会有善念闪过，而这些善念就是诗性的滋生之地。当然，这里存在一个前提：必须有开启世道人心的那扇门存在。诗人以引领者或指认者的身份，打开并穿过这扇门，成为语言的先知先觉者，通过语言来传导普世情感。"诗是吾家事，人传世上情。"（《宗武生日》）杜甫无疑深谙此道，他准确地指出，只有人，才是情感最忠实最可靠的传导材质，人心，人性，达致人情。基于这样的前提，诗人就不应该以蒙面者的形象示人。相反，诗人应当是也必须是人群中面貌最为清晰的"那一个个人"。他们以诗句塑造自我形象和心性，又将这种形象存留在世人的记忆库中，然后，用这样的形象去召唤世道人心。但是，这种形象的塑造，并非由某一位诗人来独立完成（即便是屈原，他也只是完成了诗人整体形象的部分塑造），它往往有赖于众多诗人持续不断的合力建构，从而形成了"这一类人"的概念或总体面貌。因此，当我们在回顾过往文学史的时候，才会有所谓建安、魏晋、初唐、开元、元和，乃至元丰、元祐等所谓"代际诗人"的划分。这种依托于历史断代的截面分类法，固然具有一定的时效和代表性，但仍然会牺牲掉弥散在诗学内部的诸多个性面貌，而恰恰是这样的差异性,才是诗歌生命无穷无尽的活力所在。

煌煌千载,浩瀚文牍,我们之所以津津乐道于诗,愿意把诗歌这一独特的文本,从无数典籍中抽离出来,形成一条勾勒中华文明的金线,在某种程度上,是因为我们更看重诗人面貌的丰富性,以及由这种丰富性所衍生出来的各种歧义与可能。生活的多样性回应着表达生活的语言的丰富性,而诗歌的可能性又一再彰显出了各种可能性的生活。也许在部分人眼中,诗歌只是生活的附属品或附带产物,但在另外一些人心目中,诗歌却是生活的目的和本身。也就是说,通过诗歌,以及诗人们对待诗歌的不同态度,我们可以触及汉语语言对一个人,乃至一个民族性格的培育和塑造。而每一位诗人对诗歌的不同理解,也会造就不同的诗歌品质和全然相悖的诗人情貌与体态。

无论是"文人相轻",还是"文人相亲",最终都能够通过诗人的思想路径,在人世间找到各种各样的呼应关系。而最高的呼应,当然还是应该回到对诗歌本身的忠诚度这一层面上来。譬如,韩愈与李贺,这对差不多隔代相亲的诗人,凭借他们各自对诗歌的忠诚度,从汉语语言内部发掘出了"呕心沥血"的文学品质,也达成了某种为后世广泛接受和推崇的文学友谊;譬如,孟郊与贾岛,他们以相近的美学态度,不仅在写作上相互启发,而且在生活中相互搀扶,形成了"郊寒岛瘦"的文学情貌；又譬如，陶渊明与苏东坡，正是他们前后相衔、遥相呼应的生活态度，为汉民族注入了极具韧性的文化基因，乃至重建了民族的某种生命经验。当然，我们还可以将苏东坡与王安石之间的恩怨并置在一起，他们虽然一度在政坛上相互为敌，但深藏在各自内心里的相互激赏之情，从来不曾断过，因此，才有了两人晚年惺惺相惜的文坛佳话。

公元837年，李商隐在山南西道节度使令狐楚的幕下，结识了一个名叫刘蕡的士人。此人曾在几年前的科考策论中"大放厥词"，猛烈抨击过宦官乱政现象，因此名噪一时。但也终因宦官势力的介入，他终生没有能够踏入政坛半步。李商隐对其不畏权势的思想品格、正直刚烈的个性极为钦佩。后来他游幕桂府，出使江陵途中，在湘阴黄陵又一次与刘蕡相遇，欣喜之余，写下了"万里相逢欢复泣，凤巢西隔九重门"（《赠刘司户蕡》）的诗句。

在留给世人的印象里，李商隐一生除了执着于爱情书写外，似乎并不是一位特别在意友情的诗人，孤寒、高冷、不近人情，无论是《新唐书》还是《旧唐书》里，都说他"无持操，恃才诡激，为当涂者所薄"。可事实是，刘蕡在衔怨客死江州后，李商隐居然一连写下了四首哭吊诗，而且，其中有诸如"一叫千回首，天高不为闻""并将添恨泪，一洒问乾坤"

友谊　但伤知音稀

(《哭刘司户二首》)等金句,而且有不少。对于这位向来内敛慎独的诗人来说,这种情况是非常罕见的。在《哭刘蕡》里,李商隐这样写道:"只有安仁能作诔,何曾宋玉解招魂。平生风义兼师友,不敢同君哭寝门。"可谓字字藏情锥心,痛彻心扉,丝毫不亚于他的爱情诗。但从两人的实际交往来看,他们应该不会有非常深厚的生活与情感交集,然而,刘蕡的去世,竟然会在李商隐内心深处产生了如此巨大的震荡。这显然是后者在借前者之死,来抒泄自己长久以来郁结于胸的情绪,既有对朝堂政治的义愤,也有对知己同道的忆念。刘蕡是牛党的重要人物,而李商隐在后期已经倾向于李党集团,那么,这件事情只能说明,李商隐的处世原则,或许并不是我们所认为的那样,见风使舵或两面三刀,他其实也有自己的是非判断,以及难言之隐。我们甚至可以说,刘、李之间的友谊,超越了当时狭隘的党争派系,成为人世间少有的真挚情谊。而这样的友谊,才更加纯粹,才是更需要文学尤其是诗歌来精心呵护的人性的力量。

"颜公二十万,尽付酒家钱。兴发每取之,聊向醉中仙。"这是李白在其五言古诗《赠宣城宇文太守兼呈崔侍御》中所书,诗中借颜延之与陶渊明交好的故事,抒发自己对崔侍御的感念之情。李白留存下来的献给崔侍御崔成甫的诗篇多达十一首,而这首是他晚年落魄于宣城时期的作品,从中我们不难看出诗人对世间友谊的渴望,即便是像李白这样放浪的大诗人,也同样心存对人间情谊的珍视。

我们知道,在南朝刘宋文坛上,陶渊明是一位极其孤傲的诗人,无论是早年在政坛还是后来躬耕山野,身边几无可以推心置腹的文人同道,他与同时期著名的文士谢混、殷仲文没有什么交往,与稍晚些的鲍照、谢灵运也没有任何交集,可谓知音寥落。不仅精神孤寂,而且生活也时常处于困窘状态,陶渊明在自己的诗中对这种状态多有描述:"饥来驱我去,不知竟何之。行行至斯里,叩门拙言辞。"(《乞食》)对"素志"的坚守当然是需要代价的。所以,颜延之的到访,对于身处困境中的陶渊明来说,尤显重要。《宋书·隐逸传》里记载了陶渊明与颜延之交好的故事:"先是,颜延之为刘柳后军功曹,在浔阳与潜情款。后为始安郡,经过,日日造潜。每往,必酣饮致醉。临去,留二万钱与潜;潜悉送酒家,稍就取酒。"颜延之在造访陶渊明的那些日子里,从这位前辈身上发现了其如"璇玉""桂椒"般的精神品质,作为性情通透、性格率真的文坛后进,颜延之在陶渊明死后,作《陶征士诔》,第一次对陶渊明的隐逸行为和高尚的人格作出了清晰的阐述,对陶渊明流传后世的人物形象,起到了奠定性的作用。

李白的性情当然与陶渊明相去甚远,但同为诗人,他也深知友谊的宝贵:"思君若汶水,浩荡寄南征。"就像他在这首五言古体诗《沙丘城下寄杜甫》中所言,人间情谊才是生命中与我们一路相伴的情感保证。孤独时常有,但只要一想到这世上还有另外的孤独如我者,你就不会感到孤单了,因为总有某种浩荡宽阔的真情实谊,将我们联系在一起,追随着我们一路"南征"。

《旧唐书·元稹传》记载:"(元稹)既以俊爽不容于朝,流放荆蛮者仅十年。俄而白居易亦贬江州司马,稹量移通州司马。虽通、江悬邈,而二人来往赠答,凡所为诗,有自三十、五十韵乃至百韵者。江南人士,传道讽诵,流闻阙下,里巷相传,为之纸贵。观其流离放逐之意,靡不凄婉。"而在《旧唐书·白居易传》中也有类似的记载:"时元稹在通州,篇咏赠答往来,不以数千里为远。"这两则文献,都记录了唐元和一代诗人群里,元、白二人令后世心驰神往又瞠目结舌的情谊,以至于南宋诗人杨万里在《读元白长庆二集诗》中这样写道:"读遍元诗与白诗,一生少傅重微之。再三不晓渠何意,半是交情半是私。"元和四年(公元809年),元稹公差梓州,在他离开之后大约半月,白居易和朋友们一道去城南曲江游玩,其间,他蓦然想起了流落在外的元稹,题笔在墙上写道:"花时同醉破春愁,醉折花枝作酒筹。忽忆故人天际去,计程今日到梁州。"(《同李十一醉忆元九》)巧合的是,那天元稹刚好来到了梁州,当晚他也做了一个梦,梦见自己正与白居易等人在曲江游玩,醒来,他还写了一首《梁州梦》:"梦君同绕曲江头,也向慈恩院院游。亭吏呼人排去马,忽惊身在古梁州。"这难道仅仅是巧合吗?这种现实与梦境之间的重叠和缠绕,只能视为诗歌情谊在诗人日常生活中最完美的贯注。

元稹去世后,白居易好不容易才逐渐将友谊的注意力,从逝去的故友身上转移到了刘禹锡这里,两人之间同和、赠答之诗多达百余首,形成了三卷本的《刘白吴洛寄和集》,并以他们为中心,形成了文学史上蔚为壮观的"刘白诗人群"。这个群体中还包括李绅、裴度、张籍、令狐楚、李德裕、王起等人。刘禹锡死后,白居易作《哭刘尚书梦得》:"四海齐名白与刘,百年交分两绸缪。同贫同病退闲日,一死一生临老头。杯酒英雄君与操,文章微婉我知丘。贤豪虽殁精灵在,应共微之地下游。"真正是字字如泣,缠绵哀伤至极。发生在元稹与白居易、白居易与刘禹锡之间的同性之谊,最终将诗人之间的友谊推送到了无以复加的地步。

朱光潜先生在《中西诗在情趣上的比较》一文中说:"西方关于人伦的诗大半以恋爱为中心。中国诗言爱情的虽然很多，但是没有让爱情把其他人伦抹煞。朋友的交情和君臣的恩谊在西方诗中不甚重要，而在中国诗中则几与爱情占同等位置。"他还说："中国叙人伦的诗，通盘计算，关于友朋交谊的比关于男女恋爱的还要多，在许多诗人的集中，赠答酬唱的作品，往往占其大半。"这样的说法，与亚瑟·威利在前文中的发现异曲同工。而这种独特的中国文化现象，通过一代代诗人的接力和轮番演绎，最终汇成了我们探源中国文化的又一条幽秘而丰富的情感通道。

究竟是诗歌成全了友谊，还是友谊触发了诗情，抑或是，建立在友谊之上的诗歌写作，更能加固和确保情感的丰沛性？对此我们就难以给出定论了。我们只知道，所有的诗人，无论得意者还是失意者，都是对孤独有着深刻体验的人，同时也是对友情有着深刻眷恋的人。而诗歌，应该是诗人擎举在手的火把，除了驱赶旷野里的黑暗、雪夜里的孤冷、塞途中的愁闷，还能在黑暗深处发现和照见另外的同行者。"君埋泉下泥销骨，我寄人间雪满头。"（白居易《梦微之》）这应该是一支火把熄灭之后，另一支火把的喃喃自语。

五 传播 字字飞琼英

"煮豆燃豆萁，豆在釜中泣。本自同根生，相煎何太急？"你有没有仔细想过，自己正在吟诵的这首《七步诗》，并非曹植的原作呢？如果不是，这首诗的原作究竟是何种面貌？我们吟诵它的意义又究竟何在？而这只是我们在面对无数从历史上游飘过来的文学云烟时，所生发出来的最质朴的疑惑与感慨。事实上，这首流传至今的《七步诗》确实还有另外一种面貌：

煮豆持作羹，漉菽以为汁。

萁在釜下燃，豆在釜中泣。

本自同根生，相煎何太急？

也许还有更多其他的面貌，我们暂时无从知晓。那么，上述两种面貌，哪一种更接近曹植诗作的原始面目呢？这可能是一个无解的问题，却是一个值得去探究的问题。我们只知道，这首诗之所以能够成立，是因为它在流传后世的过程中，部分面目兴许遭受到了毁损，但这首诗的内核并没有因此耗散、丢失。这个核就是：兄弟阋墙，悲己悯人。一般来讲，这样的诗核，越是具有公共性、普世性或兼容性，就越有利于诗歌的流传。

在早期的文学尤其是诗歌传播史上，类似于《七步诗》命运的作品比比皆是。许多流传至今的古典诗词，我们现在已经很难信誓旦旦地说出它们的原貌了，即便是国人耳熟能详的李白的那首《静夜思》，也有若干个版本流诸于后世。《静夜思》的首句，究竟是"明月光"，还是"看月光""望月光"，抑或是"望明月"？各种各样的典籍版本，哪一个才是正版，我们并不知情，只能揣测和推论。此外，还有杜牧的名句："远上寒山石径斜，白云生处有人家。"究竟是"生"还是"深"，也各有说法。又比如说，有"孤篇横绝全唐"之称的《春江花月夜》起句"春江潮水连海平，海上明月共潮生"，究竟是"生"还是"升"，后世也有不少争论；还有"人生代代无穷已，江月年年只相似"句中，有的版本将"只相似"写为"望相似"……由于过往的文献资料里，对张若虚其人的记载非常有限，《旧唐书》里只有六字涉及："若虚，兖州兵曹。"而且，还是附加在《贺知章传》中出现的。《全唐诗》里也只收录过张若虚的两首诗，除了这首，还有一首稀疏平常的五言排律《代答闺梦还》；再加上"春江花月夜"本身就是一个宫体诗名，很多人都曾写过，譬如说，梁简文帝、陈后主、隋炀帝等，都曾作过填写。"暮江平不动，春花满正开。流波将月去，潮水带星来。"杨广的这首《春江花月夜》，也并不算差。因此，后世在对待张若虚的这首诗时，起初，往往会因为它的"宫体"之貌而心生厌弃，将它弃置一旁，一直没有予以足够的重视。唐代的各种选集里基本上都没有收录过它。

张若虚的《春江花月夜》，最早见录于北宋郭茂倩的《乐府诗集》，被放在这部百卷乐府诗选的"卷肆拾柒"内，属于乐府古题诗。到了明代，钟惺、谭元春在《唐诗归·卷陆》里这样评价它："浅浅说去，节节相生，使人伤感，自不能读，读不能厌。"这说明后世对张氏《春江花月夜》的看法已经有了相当大的改观。王夫之在《唐诗选评·卷壹》里盛赞它："句句翻新，千条一缕，以动古今人心脾，灵愚共感。其自然独绝处，则在顺手积去，宛尔成章。"直到晚清经学家、文学家王闿运称之为"孤篇横绝，竟为大家"，这首诗仿佛才横空出世一样，吸引了众人的目光。闻一多先生后来更是把各种溢美之辞都用在了对这首诗的赞誉上，称此诗是"诗中的诗，顶峰上的顶峰"，誉之为宫体诗之集大成者。由张氏的这首《春江花月夜》的传播命运，我们不难想象到，在漫长的岁月里，任何一首诗，要想跌跌撞撞地从荫翳厚重的历史烟云中钻出来，成为被后世传诵的经典，它必须能够经受住各种各样的误读、忽视，甚至埋汰，而它还需始终保持住足够坚韧纯粹的质地，如此，才有望抖落尘垢，脱颖而出。

一首诗被后人不断增删、修订或篡改，甚或张冠李戴，在古代，这些现象都属于非常平常的事情。这与那时候的书写材质有关，也与书写者的性情有关，更与阅读和传抄者有关。但只要诗核还在，还残存着，我们就总会找到办法，通过对其被剥蚀受损伤的肌体进行修复，重新确立其体貌骨相，找出诗意传递的有效路径。尤其值得我们注意的是，往往那些越是四散流布、传播久远的诗歌，越是有可能偏离了原作的本来面貌。在印刷术产生之前，几乎所有的誊抄者都是参与创作的人，他们都有可能根据自己的好恶、心情、抄录时的身体状况，乃至笔迹习惯，共同成为某一首诗的额外作者，深刻影响着后世的审美、鉴赏和判断力。

这种由"多情阅读"所带来的"群体创作"现象，无疑是古代文学史上的一种奇观。阅读上的"多情"来自文本中的"共情"，正是源于诗歌文本的公共性和共情性特征，造成了阅读意义上的开放性质。而隐藏在这种奇观背后的，是一个不由分说的事实：真正的好诗，真正具有情感穿透力的优秀作品，其实是不用担心自己命运的，因为它一出生就具备了永生的能力，即便被后人反复涂抹改写，哪怕是被张冠李戴或隐姓埋名，它都会给足自己生生不息、流芳千古的理由。

人人皆知，苏东坡是陶渊明的隔代知音。七年的岭海生涯是苏东坡生命中最后的、最艰难的一个阶段，也正是在这一时期，他开始了"饱吃惠州饭，细和渊明诗"（黄庭坚《跋子瞻和陶诗》）的生活。在反复研读陶诗后，苏东坡大胆地给出了自己的判断："吾于诗人无所甚好，独好渊明之诗。渊明作诗不多，然其诗质而实绮，癯而实腴。自曹、刘、鲍、谢、李、杜诸人，皆莫及也。"（苏辙《追和陶渊明诗引》）这无疑是一个前无古人的评价了。陶渊明在诗歌史上的地位，尽管先前有颜延之关于其人格的定调，而后又有多位唐代诗人对其人品的推崇，但是，作为极具个性化和美学标识的诗歌文本，陶渊明还是第一次被人提到了如此高度，而且还是出自当时的文坛巨擘苏东坡之口，以至于两宋之间的张戒在《岁寒堂诗话》中说："陶渊明、柳子厚之诗，得东坡而后发明。"请注意，张戒在这里使用了"发明"一词，以强调后来者的阅读对前代书写者的重要性。

通过阅读和感受，苏东坡轻巧地拭去了蒙罩在陶渊明身上的层层尘埃，用自己对人生的理解，厘清并还原了陶诗原有的丰富肌理,然后作出了自己独特的诗学判断。一般来讲,举凡重要的诗人,都具有这种启迪后来者的作用,他们的存在绝对不应该是一堵壁垒,而应该是一条通道或阶梯。每一位后来者,都能够从前者的作品中发展出自己的文学路径,可以从中发现和寻找到自己所需的精神能量,最终使文学之树生长出无数的枝叶,直到日趋蓬勃茂盛,最终与前方的那棵文学大树并肩而立。而这才是文学在人世间长盛不衰的魅力和根本所在。阅读者实际上在这里扮演了文本解放者的角色,他用自己对人生和世界的理解,将阅读对象从各种既有的禁锢里解放了出来,让一直以来囚禁固化在纸面上的文字,随心所欲地流淌起来,这样的阅读能够使双方受益。从这个意义上来讲,苏东坡对陶渊明的推崇,看似是他在成全陶渊明,其实是为了更加坚定地成全他自己的人生,即使视之为某种自救的手段也毫不为过。

"借我三亩地,结茅为子邻。"(《和陶田舍始春怀古二首其二》)古人拟古作诗,原本是一种很常见的手法,譬如陆机,他就曾写过许多"拟古诗""拟乐府诗"。但是,像苏东坡这样"追和"古人作诗的现象,则鲜为人见,追和者必得事先化身成为被和者的潜在知音,因为这样的"和诗"是换不回"酬答"的,只能视作是作者的一腔孤情。而苏东坡却开创了从"细和陶诗"到"尽和陶诗"的先河。究竟是一种什么样的魔力，让他在这一时期如此执迷于陶诗呢？按说，他们两人的性情、阅历以及人生经验，都全然不同，苏东坡大致属于"大块假我以文章"的那类文人，而陶渊明则属于"吁嗟身后名，于我若浮烟"的隐者。然而，当苏东坡在面对这样一位沉静素雅的先辈时，仿佛某种潜在的精神喷泉突然被凿开了，他居然孜孜不倦地和了一首又一首陶诗：

孤生知永弃，末路叹长勤。
久安儋耳陋，日与雕题亲。
海国此奇士，官居我东邻。
卯酒无虚日，夜棋有达晨。
小瓮多自酿，一瓢时见分。
仍将对床梦，伴我五更春。
暂聚水上萍，忽散风中云。
恐无再见日，笑谈来生因。
空吟清诗送，不救归装贫。

（《和陶与殷晋安别》）

不得不说，这些诗句里确有陶诗的神韵和风采，耿介、率性、通达。不独和陶，苏东坡对陶诗的研究也极为缜密，几近考据之学。陶渊明流传最广的作品是《饮酒》系列组诗，其中第五首是：

> 结庐在人境，而无车马喧。
> 问君何能尔，心远地自偏。
> 采菊东篱下，悠然见南山。
> 山气日夕佳，飞鸟相与还。
> 此中有真意，欲辨已忘言。

这首诗自打面世，就一直都是以异文的形式，在世上流传着，特别是诗中最重要的一联："采菊东篱下，悠然见南山。"究竟应该是"见"还是"望"呢，在此之前一直都是众说纷纭。直到传至苏轼手里，它的面貌才被一锤定音："因采菊而见山，境与意会，此句最有妙处。近岁俗本皆作'望南山'，则此一篇神奇都索然矣。"在苏轼看来，"见"是一种平视的视觉，与"现"互通，更能体现出陶渊明其人随性自然的心境和气象，而"望"则显得主观牵强了，仿佛作者需要渴求和努力才能达到和实现，这显然与诗人恬淡随性的性情和气质相悖。南山之"见"与南山之"望"，一字之谬，意境却相隔天壤，唯有真正能够理解陶渊明精神气象的人，才能融入陶诗所开创的那片独特的"人境"之中，并由此获得物我两忘的自由和任真。元代元好问说："东坡和陶，气象只是坡诗。"这或许就是他们两人隔空相融相守的内在原因：苏东坡其实是在借陶诗之酒杯，浇自我胸中之块垒。"纵浪大化中，不喜亦不惧。应尽便须尽，无复独多虑。"（陶渊明《神释》）陶渊明在命运的浊流里乘运任化的态度，深深影响了晚年的苏东坡。

陶渊明可能是活字印刷术出现之前，在中国文学史上被异文化最多的诗人之一，他的诗几乎没有一首没被人异文过，以致他传诸后世的每一首诗都有着不同的面貌。令人惊讶的是，在不断传抄、临摹和改写的过程中，陶诗非但没有被损耗，其精神肌理随着岁月的变迁，反而越来越被强化突显了出来。这一独特显明的文化现象，既反映出了陶诗的流传之广、影响之深远，也从某一个侧面佐证出，后人对陶渊明的拥戴，不仅仅是源于他的诗文之美，还源于陶渊明所开创出来的独特的精神生活范式，在很大程度上加入了后世之人，尤其是后世文人，对现实生活的想象成分，以及他们对个体生命的宽阔理解，当然还有中华文明里根深蒂固的田园农耕文化基因。也就是说，陶渊明的人格形象，以及这种形象与中国人的生活态度之间的熨帖感，注定会让他的诗文以随性自然的方式被人喜爱，又会以异文化的形式被广泛持久地传承下来；同理，这些千奇百怪、漏洞百出的异文，又会反过来强化、佐证他坚毅清晰的人格形象。多重声部的加入带来的并非只有嘈杂和无序，而是更为盛大也更加恢宏的生命合唱。苏东坡就是这支合唱队伍里的领唱者，隔着六百多年的时空，他们共用着同样的心跳和呼吸。

颇具意味的是，苏东坡恰巧生活在与陶渊明完全不一样的现实语境里，他在活字印刷术出现的时代大放异彩，却因这一改变了人类文明走向和进程的伟大发明，彻底改变了自身的命运。

印刷术在中国出现后，有一个渐变的发展脉络。大致来看，它先后经历了由印章、墨拓石碑到雕版，再到活字版印刷等几个阶段。北宋的活字印刷术，不仅为汉语文字的传播提供了前所未有的便利，也让诗文的刊印速度与传播范围，开始呈几何倍数增长。而且，从某种角度上来讲，活字印刷术的出现，也同时改变了社会的意识形态。最直接的体现是，印刷成本的下降，让更多的人特别是下层民众，开始有机会接触到文学——这种原本高居庙堂之上的精神生活。作为那一时期风靡天下的大文豪，苏轼的诗、文、书、画，每每一面世，就会形成洛阳纸贵的局面。加上他本人素来性情随和，交游、交友都极其广泛，遍布社会各个阶层，这样就致使他的作品四处散轶，常常被世人当作珍品来收藏，阅读品鉴者更是数不胜数。如此一来，就为那些别有用心的好事者（他的政敌和忌惮他才华的人），提供了搜集和整理苏轼"罪证"的便利条件。简而言之，成就苏轼辉煌的社会现实环境，也助推了阴险之人对他的毁损节奏。

"乌台诗案"就是在这样一种时代背景下出笼的。心怀叵意的御史们在确定了攻击目标之后，就开始四处搜罗苏轼留下的诗文、字迹——这些形同"雪泥鸿爪"似的心灵印迹。很快，他们就有了巨大的"发现"和"成果"。这些从四处搜得的文字，连同苏轼刚刚问世的文集《元丰续添苏子瞻学士钱塘集》等，都被御史们一并用于呈堂证供。更为可恶的是，凡是与苏轼有过文字交往的人士，包括他的弟弟苏辙、弟子黄庭坚、秦观，老臣司马光，甚至驸马王诜等人，均被勒令交出苏轼作品，几乎无一遗漏。举个例子，苏轼与王诜往来甚密，常有诗文唱和，王诜赠送给他的礼品，包括茶叶或字画墨宝等，也被当作赃物收缴了。杭州百姓不屑地称之为翻"诗账"。这些材料收集好之后，御史们开始绞尽脑汁，仔细研究，从字里行间细致爬梳，寻找各种蛛丝马迹，随意联想、引申、断章取义，逐一罗列成骇人听闻的罪名，予以构陷。而在高压之下，苏轼被迫承认了这些"莫须有"的"罪名"。

"平生文字为吾累，此去声名不厌低。"（《出狱次前韵二首》）高压之下，一向桀骜的诗人，终于在狱后劫生之时，意识到了文字潜在的危险性，所谓祸从口出，文字为据。

苏东坡的命运显然被印刷术的出现彻底改变了。然而，这样的改变，终究是历史、社会、文化，以及个人性情合力而为的产物，在强大而锋利的时代齿轮的碾压下，纸浆越多，命比纸薄的人也就越多。

公元725年前后，年轻的诗人崔颢从北地一路南游，漫游到了位于长江中游南岸的一座木楼上。当时这座木楼尚未变身为观景楼，还承担着临江负险的军事功能。诗人凭栏望江，怅望天际，苍茫人境，山川起伏，江水奔流，他回想起自己一直以来坎坷失意的仕途，不禁愁眉紧锁，愁绪翻涌。于是，他信笔在斑驳黯淡的墙壁上，留下了几行新鲜的墨迹。这就是后来被世人推为"唐人七律第一"的诗《黄鹤楼》——

　　昔人已乘黄鹤去，此地空余黄鹤楼。
　　黄鹤一去不复返，白云千载空悠悠。
　　晴川历历汉阳树，芳草萋萋鹦鹉洲。
　　日暮乡关何处是？烟波江上使人愁。

《黄鹤楼》自从面世之后，就成为历代选本的宠儿，入选过各种各样的选本典籍。但它在传世的过程中，也经历了与作者本人相似的坎坷命运，无数次被人涂改、篡写。如今这个世人耳熟能详的版本,只是我们通用的版本,却不是唯一的版本。

与李白的《静夜思》在唐代选本中屡遭冷遇不同,崔颢的《黄鹤楼》从诞生之始就备受青睐。唐人诗选《河岳英灵集》(殷璠编选)、《国秀集》(芮挺章编选)、《又玄集》(韦庄编选),还有五代十国时期后蜀韦縠编选的《才调集》,以及敦煌现存的抄本中都曾收录过此诗。在后世的选本中,它更是频频出现。然而,这首诗在几乎每一个选本中的面貌,都存在着或多或少文字上的差异性。譬如,在《国秀集》里,不仅版本文字不一样,连标题也改成了《题黄鹤楼》:"昔人已乘白云去,兹地空余黄鹤楼。黄鹤一去不复返,白云千里空悠悠。晴川历历汉阳树,春草萋萋鹦鹉洲。日暮乡关何处是,烟波江上使人愁。"在这个版本中,"黄鹤"变成了"白云","此地"变成了"兹地","千载"变成了"千里","芳草"变成了"春草"。而在其他的版本中,"兹地"又有作"此地"(《河岳英灵集》《才调集》)的;"空余"作"空遗"(《河岳英灵集》),还有作"空作"(《才调集》)的;"千里"又作"千载"(《河岳英灵集》《又玄集》《才调集》);"何处是"又作"何处在"(《河岳英灵集》);还有,"萋萋"作"青青","烟波"作"烟花"……真是五花八门,疑窦丛生,孰是孰非,莫衷一是。

我们知道,在格律诗时代,真正的好诗向来都有"一字不易"之说，每一处改动都有可能会影响诗意的整体彰显与走向，即便是原作者自己后来又进行过修订，也会产生意外的效果。但是，崔颢的这首《黄鹤楼》在流传后世的过程中，所遭遇的各种误传或误读，一再提醒我们，好诗的生命力，虽说是由一字一词一句一联逐一搭建而成的，但还有另外一种超越语言的神秘力量存在，即，真正的好诗所依赖的，应该是它迥异奇崛坚韧的筋骨，以及能够无限延展的美学空间。有时候，这种力量会突破字词的拘囿，别样生花，达致另外一番共情的效果。

在印刷术出现之前，以手抄本的形式流传于世的诗文，何止万千，它们在不同的抄录者手里，也经历了各自被修订的命运，甚至抄录者本人也会不时停笔思忖，不断参与到创作者的精神世界里。窥视、斟酌、想象，凭借着自己对原作的理解和认知，加以再度"创作"。很难说，这是后来这些抄录者的别有用心，只能视为作品在流传中所应该经受的命运吧。这种广泛存在的阅读现象，其本质仍然属于一种阅读上的自我多情活动，一种窥情的心理使然，掺杂了阅读者个人对生活、对人生的宽泛理解。阅读者或抄录者，常常会在阅读的过程中化身为创作者，至少是隐形的创作者，参与到对原作的命运改造和重建的过程中。但是，也有一种情况可以避免这样的被改造命运,譬如,孟浩然的那句名诗:"微云淡河汉,疏雨滴梧桐。"因为这首《句》,是诗人在大庭广众之下随口吟出的,而作者和读者(听众)又都同时在场,因此,就不会出现以讹传讹的现象。但这样的情况毕竟少见,并不是每一个诗人都有这种锦心绣口的才华的。

正因为如此,像《黄鹤楼》这样广为流传的经典之作,在一次又一次被修订后,竟然仍旧不失原作的大致面貌,这种少见的、反常的情况,得以让这首诗在文学史上显得尤其醒目。后人在甄别各种版本的过程中,无疑又加深了对这首诗的认知。永恒的宇宙、过客般的人生体验、无尽的愁绪、无情的岁月,这种虚与实、有限与无限、短暂与永恒、多情与无意、苍茫与渺小的生命辩证法则,被崔颢在这首诗里特别突出地渲染了出来,愁绪绵绵无期,却又参透了人生命理,最后直达人的生命存在真相。正是这样一种璞玉般存在的质地,确保了这首诗在回旋的节奏和情绪中,始终真气荡漾,内核越凝越紧,而不会每修订一次就耗散一部分,终至面目全非。所谓"以诗立意,而不因词废意",以及"意不落空,境不落实",或许,正是因为诗人自己乃至后来传诵此诗的读者都遵从了这样的创作原则,崔诗才最终逃脱了面目全非的命运,成为经得起后世反复误读和改写的名篇杰作,成为唐七律中罕见的高耸入云的经典,被后人推崇为题写黄鹤楼的千古绝唱。元代赵熙说:"此诗万难嗣响,其妙则殷璠所谓'神来,气来,情来'者也。"用神、气、情三种元素来衡量那些千古不朽的诗篇,可以让我们更加明晰地了解到,真正优秀的作品自有流传后世的坚定意志,犹如始于雪山之巅的长江黄河,它们一来到这片神奇的土地上,就心无旁骛,抱定了奔赴大海的决心和力量。也许,大海不知道自己的源头在哪里,但源头会一再提醒河流,从哪里来,到哪里去。而这才是一首诗不朽的根源:它朝向无边无际的宇宙,也朝向了最真实质朴的世道人心。

"一住寒山万事休,更无杂念挂心头。闲书石壁题诗句,任运还同不系舟。"唐代寒山则活在诗歌传播史上的另外一极,这位心境淡泊的诗僧不管不顾,只是一味地随意书写。他常常以大地上的任意一物为纸为笔,心随意念,信手四处题写。据说,寒山一人就题写过六百多首诗,石壁、墙面、木板、竹竿、荷叶、芭蕉、屏风、扇面、布片……无一不能成为其诗写的载体,"五言五百篇,七字七十九。三字二十一,都来六百首。一例书岩石,自夸云好手。"(寒山《五言五百篇》)诗人完全不考虑传播介质,写作这个行为本身就是写作的目的。

类似于寒山的这种随手创作的风气,其实在古代中国民间的社会各个角落里一直广泛存在。题壁写诗的行为，最早大约始于两汉时期，假若把那些先民刻录在石壁上的字符也算上，兴许还可以追溯到更久以前。而以完整的诗的形式和面貌出现，则数唐宋时期蔚为壮观。或许正是因为这样的行为已经是一种司空见惯的社会文化现象了，《全唐诗》里才会收录有不少的题壁之作。这也说明，当时的大众文化已经逐渐接受了这种"题壁"现象，不再视之为轻佻的涂鸦行为。

山水佳处，题诗留名。在古代，不少酒馆、驿站、客舍、洞窟，甚至寺庙等场所，干脆投其所好，主人们专门预留下一面面"诗壁"，提供墨宝，以供骚客文人在酒后放浪之余，留存心迹。因为这既是文人们高标风流的雅事，也是各种公众场合可以引以为傲的事情。

"壁"的种类又可以细分为很多种：屋壁、厅壁、亭壁、楼壁、殿壁、墙壁、洞壁、寺观壁、驿馆壁、山石壁，等等。其中，题诗于屋壁是最常见的行为，而题写在山壁上的墨迹最壮观，也最为昂贵费力。"磨崖勒唐颂，字字飞琼英。"这是宋代诗人吴杭在《摩崖颂》中所看到的文字磅礴景象。然而，这番景象还需诗人自身的气量与格局来衬托和加持，否则只会贻笑大方。摩崖石刻除了题诗题字外，后来还渐渐演变成了书法艺术的展示。于是，民间就有了许多关于"斗字"的传说。有"杨疯子"之称的唐末五代书法家杨凝式，平生唯一的嗜好就是题壁写字，"洛川寺观蓝墙粉壁之上，题纪殆遍"。总之，到了唐宋时期，题壁作诗、斗字的现象已经十分普遍，屡见不鲜。但它们中的绝大多数，都免不了"到此一游"的命运，真正有价值的能够存留下来的题诗，并不多见。"最是临风凄切处，壁间俱是断肠诗。"明代朱长祚在《书驿亭壁方寿州诗后》里记述的就是这样一种现象。

"邮亭壁上数行字，崔李题名王白诗。尽日无人共言语，不离墙下至行时。"据元稹在《骆口驿·其一》里的记载，当年题壁作诗的盛况，已经非常普遍。除了我们熟知的元白之诗外，在唐代的诗人中，宋之问也是一位题壁诗的高手，他几乎是一路贬谪一路题，留存下来的《途中寒食题黄梅临江驿寄崔融》《题大庾岭北驿》等题壁诗，大多写于颠沛流离的路途中，诗中充满孤独、思乡和想念旧友的情绪。"云摇雨散各翻飞，海阔天长音信稀。处处山川同瘴疠，自怜能得几人归。"宋之问题写在大庾岭石壁间的诗行，醒目地刻录着他当时哀怨的心迹，后来历代被贬谪的文人从岭上路过时，都会望文生情，意绪难平。

作为一种特殊的文学样式，题壁诗因其开阔的空间感和完全裸露的性质，又因为这种书写行为的一次性特征，使其在流传的过程中被赋予了许多传奇色彩。在公共场合题壁作诗，自然有助于诗文的传播，但更多的目的，其实仍然在于抒发作者即时的情绪与感受。所以，我们看到的很多题壁诗，都充满了戏谑和牢骚，嗟贫叹厄、怀才不遇，类似的写照占据这种诗写行为的相当大一部分内容。这种即兴发挥似的诗文创作，尽管水准参差，但都传达出了某种神秘的心灵和情感信息，即，交流和沟通的渴望。而这样的愿望，在还原文学本义的同时，也让诗歌之光如薪火相传，生生不息，照亮了河山大川。

公元1048年，年仅十二岁的苏轼，从漫游归来的父亲苏洵口里听到了一首诗。它是苏洵在虔州天竺寺的墙壁上，无意中读到的一首白居易的诗：

> 一山门作两山门，两寺原从一寺分。
> 东涧水流西涧水，南山云起北山云。
> 前台花发后台见，上界钟声下界闻。
> 遥想吾师行道处，天香桂子落纷纷。

（《寄韬光禅师》）

写这首诗的时候，白居易正在杭州担任刺史，因思念从灵隐寺移居至虔州的僧友韬光，故作此诗。想必是韬光和尚觉得此诗甚好，后来又将它刻录在了虔州天竺寺的石壁上。那天晚上，兴奋的苏洵在幽冥闪烁的烛光里，绘声绘色地对儿子们吟诵着。他或许不会想到，这首清新活泼的小诗，已经在苏轼稚嫩的心灵深处埋下了诗意的种子。

而当这粒种子慢慢萌发时，又一片汉语诗歌的沃野已经开始集体苏醒过来，永恒的汉语之光也将再度催生出新一代文学的使命。这或许才是诗歌传播的有效途径，它甚至不再依附于任何载体，无论是龟甲、竹片、丝帛、旗幡，还是纸张与石壁，都不需要了，诗歌只是以一种纯粹的声音方式，抑扬顿挫、铿锵有致，如春雨润物一般，潜入到了聆听者的精神世界里，并轻轻搅动起了这个世界对于各种生命的渴望与热忱。"老僧已死成新塔，坏壁无由见旧题。"（《和子由渑池怀旧》）正是面对着这种无常的生命和世界，让苏轼后来对自己的人生产生出了"雪泥鸿爪"的独特理解，由此开启了诗人跌宕又无畏的传奇的一生。

六　登高　我辈复登临

北宋庆历四年（公元1044年），朝廷新旧两党之争已臻白热化。在长江中游、洞庭湖畔，一座颓败的木楼在被谪郡守滕子京的主持下，即将修葺一新。这座始建于三国时期的木楼，原名为"阅军楼"，乃东吴大将鲁肃检阅水师的场所，其功能与古代诸多的亭台楼阁一样，主要是用于军事瞭望及守备之用。"气蒸云梦泽，波撼岳阳城。"孟浩然作这首诗的时间应为公元733年，说明当时尚无"岳阳楼"之说。直到公元759年，李白被流放夜郎，途中遇赦，回返路过江陵、岳阳，登临此楼，并赋诗《与夏十二登岳阳楼》之后，它才被正式更名为"岳阳楼"："楼观岳阳尽，川迥洞庭开。雁引愁心去，山衔好月来。云间连下榻，天上接行杯。醉后凉风起，吹人舞袖回。"此时，李白的醉影尚在浩渺的烟波之中晃荡摇曳，这座焕然一新的木楼已经又迎来了新一拨骚客。

新楼落成之际，身在邓州知府任上的范仲淹，突然收到同科好友滕子京的书信，以及一幅《洞庭晚秋图》，并附言：

"山水非有楼观登览者不为显，楼观非有文字称记者不为久。"看着这幅图，想象着自己从未去过的洞庭湖和岳阳楼，范仲淹禁不住浮想联翩。作为庆历革新运动的领导者，范仲淹多年来一直秉持着"宁鸣而死，不默而生"的政治救国理念，极力倡导新政，开启了王安石"熙宁变法"的前奏。然而，在积弊日深的大宋朝堂，他的主张孤掌难鸣，屡遭挫败。此时，当他面对好友的请求，联想到自己的遭遇，范仲淹难掩其为民请命的博大胸襟，宕笔写出了千古传诵的名赋《岳阳楼记》。这种缺席审美的创作手法，开创了"身不能至而心至之"的文学典范。当后世的读者在惊叹于作者奇诡卓绝的笔力和想象力，摇头晃脑地吟诵着"先天下之忧而忧，后天下之乐而乐"时，滕子京是这样解释该楼功用的：足可以让人"凭阑大恸数场"。

在江南三大名楼（另两座是黄鹤楼、滕王阁）里，岳阳楼是最低的一座，楼高不足二十米，仅有三层，但它的外形采用了非常独特的盔顶结构，远观像一顶旧时的军盔扣在楼顶上，引人遐思。滕子京之恸，让我们想到了古代文人尤其是诗人们常有的凭阑思幽之情，站在高处，目力所及无非是苍茫的大地、浩渺的山川、圆满而孤单的落日，以及袅袅升起的炊烟……每一种物象都会引人反观自省，兴味无穷。而"凭阑大恸"之说，看似滕子京有牢骚苦闷之意，实则体现了那个时代每一个心怀理想的文人，对社会现实的一腔隐忍苦情。

"不歌而诵谓之赋，登高能赋可以为大夫。"(《汉书·艺文志》)在中国古代，登高不仅仅是肉身的拉抻或自我精神的提携，这种寻常的人类肢体行为，很早就被赋予了更为深刻丰厚的文化内核。简而言之，登高而赋，既是检阅士大夫心性的思想标尺，也是评判个人才华的重要手段。汉代韩婴曾写过一部内容庞杂的传记《韩诗外传》，以儒家思想为本，阐发《诗经》内容。在"卷七"中，记载了这样一件事情："孔子游于景山之上，子路子贡颜渊从。子曰：'君子登高必赋。小子愿者何？言其愿，丘将启汝。'"在孔子看来，登高具有启发人心智的功用，甚至你无须专门发愿，这一行为本身就会替你传达出某种精神意愿来。也就是说，一个人登临高处以后，那些山顶、楼台、庙宇或碣石，托举的不仅仅是我们的身体了，更是我们腾空达观的心灵世界。从这个基点出发，我们可以看得更加高远浩渺。对此，刘勰说得更为明白："原夫登高之旨，盖睹物兴情。情以物兴，故义必明雅；物以情观，故词必巧丽。"对于古代的文人来讲，登高既可以明义理，巧辞令，还能够通古今，这的确是一件具有相当诱惑力的事情，不仅是风雅之举，而且可以大大提升廓展自我的胸襟，平添壮志豪情。

"登昆仑兮四望,心飞扬兮浩荡。日将暮兮怅忘归,惟极浦兮寤怀。"(《九歌·河伯》)在屈原发出了"目极千里兮伤春心"(《招魂》)的心声之后,宋玉随后又发出了悲秋之声:"憭栗兮若在远行,登山临水兮送将归。"(《九辩》)送春迎秋,望川见月,总在高处,正是通过历代诗人前赴后继的精神接力,登高这一身体行为,最终成了中国古代诗歌中被反复书写的醒目主题之一。

公元204年(东汉建安九年)秋,才华卓异却被荆州牧刘表弃用的王粲,为了排解心中的郁闷之气,来到了麦城(今湖北当阳),登临沮漳河岸边的一座城楼,写下了《登楼赋》。这篇赋不仅为后世历代文人提供了一种经典的登高姿势:"凭轩槛以遥望兮,向北风而开襟。"而且,也将登高文学的基调清晰地定位在了"忧"字上,忧国、忧世、忧民、忧乡、忧己。此后,举凡登高者,不仅具备了一种形象可感的固定的登高姿势,而且总有类似的情感泛涌喷薄而出。王粲的忧情并非空穴来风,作为一介大夫,他无疑读过《大学》里的这段话:"知止而后有定,定而后能静,静而后能安,安而后能虑,虑而后能得。"高处是一个人的行止之地,当我们再也无力向上、向前时,内心中就会腾涌出一缕缕空蒙苍茫的情绪,恰如朱熹所言:"止者,所当止之地,即至善之所在也。"止,定,静,安,虑,而后得,这个过程囊括了一个人在高处所有的情感行为线路,而"登高必自卑"与"止于至善""知止后有定",因果相循,环环相扣,逐步形成了一种整体的情感行为模式,构成了中国文人"修身齐家治国平天下"的人生理想和实现路径。

到了初唐诗人陈子昂的手里,这种恣意蓬勃的情感,一下子被推向了高峰和极致:

前不见古人,后不见来者。念天地之悠悠,独怆然而涕下。

(《登幽州台歌》)

短短四句话,二十二个字,通过诗人的长啸,瞬间道出了几乎所有文人的命运和心声。如果说,此前中国文人的心跳声尚且处于时隐时现状态,那么,这首诗则将这种声音放大到了极致,变成了山呼海啸般的回荡之音。

《登幽州台歌》所引发的情感共鸣,千百年来之所以反响这么强烈,是因为它触及了自古以来中国文士普遍的悲剧性命运,具有深刻的自省意识和反讽意味。据史料记载,燕昭王姬职当年筑台招贤,取名为幽州台,又称黄金台,本意是为了用这种醒目招摇的方式招贤纳士,吸引天下人才归燕:"乐毅自魏往,邹衍自齐往,剧辛自赵往,士争走燕。"(刘向《新序·杂事第三》)而事实上,他也达到了这个目的,终使燕国跻身战国七雄之列。然而,一个毋庸置疑的事实是,历朝历代被朝廷招来却弃置不用,甚至时遭贬谪杀头的文人,比比皆是。陈子昂这次本来是以随军参谋的身份,跟随武攸宜前往幽州平乱的,在唐军兵败契丹后,他的谏言不仅被武攸宜断然否决,而且还因此被怒斥、降职。于是,万般无奈的诗人在极度郁闷、彷徨无助之下,来到了这座具有象征意味的求贤台,登台赋诗。这首诗中没有一字情景描摹,它采用的是直抒胸襟、大开大合的语言策略,其苍茫遒劲的笔力,直逼屈原的《远游》:"惟天地之无穷兮,哀人生之长勤。往者余弗及兮,来者吾不闻。"这种天地苍茫、满目空蒙的忧伤感和悲怆感,深刻的孤独体验,以及生之有涯又无限的宏大无垠的宇宙观,正是这首诗歌越拧越紧、越吟越响遏行云的深刻内核。

历代文人无不热衷于登高赋诗,而且这类题材的名篇佳作不断,登高的主题也在争相书写的过程中被不断地发掘拓展开来。从早期的游子思乡、思妇怀人、怀才不遇、嗟贫叹厄,到后来的国破家亡、壮士悲歌、矢志不渝,诸如此类的心灵密码,被登高者一一破译出来,化成了他们一啸愁怀的重要传导介质。而除此之外,叹古抚今,抒怀励志,咏唱亲情,展现自由美好的心性，赞美大好山河风物，也是登高者不可或缺的主题内容。

"城上高楼接大荒，海天愁思正茫茫。惊风乱飐芙蓉水，密雨斜侵薜荔墙。岭树重遮千里目，江流曲似九回肠。共来百越文身地，犹自音书滞一乡。"（《登柳州城楼寄漳汀封连四州刺史》）这是一首充满了感伤之情的七律，作者柳宗元当时因参与"永贞革新"，失败后被贬至柳州。站在城上高楼，望着满目的萧瑟肃杀之气，诗人想到自己困守一隅，而那些与自己同时落难的朋友韩泰、韩晔、陈谏、刘禹锡等人，又天各一方，思念之情一时难以遏制，却又因为身处僻乡而滞涩难遣，唯有愁绪漫涌。柳宗元的"愁思"，不在于他登得不够高、看得不够远，而在于他纵有"千里目"，也无法看清楚自己人生的出路究竟在哪里。

"少年不识愁滋味，爱上层楼、爱上层楼，为赋新词强说愁。"（《丑奴儿·书博山道中壁》）辛弃疾索性将文人们热衷于登高的心理原因和盘托出，"强说"虽说是一种普遍存在的书写现象，但也不排除，有人的确将个人之愁升华成了时代的审美所需，在移步换景的过程中，实现了对时空和生命气象的精准把握。唐人李峤作《楚望赋》，他在序中分析了登高给人带来的心理反应："思必深而深必怨，望必远而远必伤。千里开年，且悲春目；一叶早落，足动秋襟。坦荡忘情，临大川而永息；忧喜在色，陟崇冈以累叹。故惜逝慜时，思深之怨也；摇情荡虑，望远之伤也。伤则感遥而悼近，怨则恋始而悲终。"无论是谁，当他望远而思近时，都不免感伤在怀，这实在是没有办法的事。在历代文人的心目中，登高其实已经不是肉身的简单位移了，而演变成了一种具有强烈指征性和连续性的精神活动。当这种身体行为与诗人的心境相熨帖时，某种极具感染力的声音就会脱口而出，由自我述怀变成一个时代的情感共同表达。

公元725年前后，黄鹤楼迎来了它建楼以来最重要的一位访客：崔颢。此时，这位年轻的诗人并非我们现在想象中的那样神采飞扬，相反，他的眉宇间深藏着一丝愁怨。据史料记载，年少成名的崔颢因作《王家少妇》一诗，"增饰古典，语近佻闼"，而"名陷轻薄"，被时人视为有才无行之人，曾遭时为户部郎中的李邕斥责。这件事在新旧《唐书》和《唐才子传》中均有记载。进士及第之后，崔颢一直因为仕途坎坷，郁郁寡欢。为了平复内心的孤愤，他一气之下，索性远离长安这个是非之地，四处漫游。不知是出于有意还是无意，有一天，崔颢转悠到了自己的"政敌"李邕的故里江夏，"登黄鹤楼，感慨赋诗"。《唐才子传》中说崔颢"晚节忽变常体，风骨凛然。一窥塞垣，状极戎旅，奇造往往并驱江、鲍"。所谓"忽变常体",主要说的是崔颢在题写了这首《黄鹤楼》之后,由此改变了他在世人心目中的形象,从以往"流于浮艳"转变成了"风骨凛然"。

历史总是以这样一种令人啼笑皆非的方式,为后世提供各种饭后茶余的谈资,让我们在感叹造化弄人的同时,不免想窥探命运的玄机。而彼时的黄鹤楼,也远非我们现在想象中的峻拔和宏阔,它还只是一座临江负险、作军事瞭望指挥之用的岗楼,这种局面还要等将近一百年之后才得以改观(直到唐敬宗宝历年间,权臣牛僧孺建江夏城,才首次将黄鹤楼与城垣分离,使之成为一座独立的观景楼)。事实上,在崔颢之前,已有南朝宋诗人鲍照和南朝陈诗人张正见等人,先后为黄鹤楼赋诗,写下了"木落江渡寒,雁还风送秋""飞栋临黄鹤,高窗度白云"等诗句。但他们留下的诗篇,终究没有能扛过岁月的淘洗,最终湮没在了时光的江滩上或淤泥中。唯有后来者崔颢的这首《黄鹤楼》,突破江险,灿烂夜空,成就了这样一座巍然于华夏文明之巅的"诗楼",被后代誉为"唐人七言律诗之首"。

"楼真千尺回,地以一诗传",清人赵瓯北因此而感叹不已。而在他感喟之余,崔颢早已从后来者变成了先临者,永久性地占据了黄鹤楼最为显赫醒目的位置,全方位地俯瞰着随后蜂拥而至的登临者,让此后所有的人都变成了"后来者",

唯有他，一劳永逸地拥有了对黄鹤楼的永久的署名权。

中国历史上几乎所有著名的景点，无论是云台寺庙，还是河流山川，大到云山雾水，小到花木虫鱼，一切自然、人文景观，甚至飞禽走兽，既是物质的，同时也是精神的。一个简单的、无一例外的事实是：凡是没有被文学之光探照过，尤其是没有被诗歌的语言闪电划亮过的地方，无论它多么优美丰饶，都不过是人类文明的精神偏僻之乡。

诗歌的"照见"功能，在"诗教"浓郁、重视自然书写的古典中国，一直具有独特的、无可替代的使用价值。而无用之诗，也只有在穿越了时光隧道之后，才会显示出它对岁月、对时光本身的强大吸附力，通过擦拭、上色等语言的转化功能，重新呈示出岁月的廓大、深邃与静美。因此，真正优秀的诗文，其实就应该是这样一束光，先是照亮，然后才是唤醒和复活人类的心灵世界。

崔颢的到来，以及他的提笔赋诗行为，就完成了这样一个由幽冥到璀璨的转换过程，奠定了黄鹤楼在中国人心目中的位置。这位置超越了一座楼在建筑学上的地位，赋予了这座建筑物独特的精神坐标意味。反过来讲，黄鹤楼的存在也成就了崔颢在文学史上的地位。这种名与物之间的相互成全关系，事实上也是一种精神互惠，构成了人类文明的内在基石，即，文学说到底终究是一种"照见"，既可探幽去蔽，又能够拨云见日，唯有被语言之光探照过的地方，才能在人类文明的长河里熠熠生辉。

"眼前有景道不得，崔颢题诗在上头。"在崔颢吟罢搁笔之后的数十年间，不断有文人骚客前来登临黄鹤楼，一个个摩拳擦掌，一试笔锋，但随即就陷入了"吾生晚矣"的困扰之中。而在这群跃跃欲试、欲言又止的骚客中间，就包括素来以"大鹏"自居的天才诗人李白。

我们现在已经无法考证，李白第一眼看到崔颢的那首题诗《黄鹤楼》时的情形，他究竟是在怎样一种心境和环境里，阅读到这首壁上之诗的？种种迹象表明，这位自视甚高的大诗人，在一眼瞅见这首崔诗时，一定有过恍若电击般的震惊体验。优秀的读者其实是可遇不可求的，往往是在冥冥之中，上苍馈赠给优秀作品的额外奖赏。对于崔颢的《黄鹤楼》而言，李白就是被命运之手推送到它跟前的。如果没有李白这位杰出的读者，如果李白不是这样一位夸张、内行而真诚的阅读者，那么，崔颢的《黄鹤楼》也许就不可能吸引到那么多世人的关注。李白一生曾多次路过和登临黄鹤楼，前前后后写下过数首关于黄鹤楼的诗篇，如《黄鹤楼送孟浩然之广陵》

《望黄鹤楼》《与史郎中钦听黄鹤楼上吹笛》《江夏送友人》等,也写出过"孤帆远影碧空尽,唯见长江天际流""黄鹤楼中吹玉笛,江城五月落梅花"等名震江湖的诗句,然而,无论怎样题写,他始终觉得,自己的这些诗篇都不足以与崔颢的《黄鹤楼》相媲美;而且,关于黄鹤楼的诗,甚至还有鹦鹉洲的诗,他写得越多,沮丧感和挫败感就越是强烈。这无疑是一桩让李白难以接受的事情。

在"崔白之争"这段文坛公案里,我们看到强力诗人之间的角逐,明显地带有"精神赤子"的意味。也就是说,作为后来者或晚生者的李白,他耿耿于怀的其实已经不是对黄鹤楼的"署名权",前后上下都不重要,李白真正看重的是,他面对先临者崔颢的题诗时,该如何全面而彻底地激发出内心的"斗志",使自己的书写也能与这首崔诗一样,精确地达到名与物之间相互照见、相互成全的效果。

强力诗人之间的角逐,往往会超出普罗大众的想象和期待,因为在他们宽阔的心目中,好诗存在的根本目的,就在于,等待后来者去发现、去超越,而且,这世上绝无无可超越的好诗,只有不一样的好诗。何处最高与哪首诗最好,这两个完全不同的问题,在黄鹤楼这里,被绝妙地并置在了一起,成为古往今来历代文人检视自我精神度量的标尺。这或许才是登高的本义,就像南宋词人韩元吉所言:"登临自古骚人事。"文人墨客们在登高的过程中,将历史和文化积淀下来的复杂情感与个人的现实处境两相映照,从中生发出独具气象、富有个人语言魅力的诗句,由此形成某种生命的呼应感。如果说,"我徂东山,慆慆不归;我来自东,零雨其濛。我东曰归,我心西悲"(《诗经·豳风·东山》),这种无法落地的恍惚感是这种情感模式的前文本之一,是某种登临与踏空之间的一再错位,那么,后来者则需要创造出超越它们的"后文本"来,以一种更加身心合一的方式,避开物与名之间的断裂。如此,他们才能真正摆脱被前人遮蔽的命运。而这样的命运,在黄鹤楼这里,在所谓的"崔白之争"中,显得格外引人注目。

李白怀着执念,在不停地强攻,甚或佯攻,却始终久攻不下的过程中,最后完成了某种心境转换,也实现了某种对自我的精神超越。公元748年前后,李白第二次来金陵游历,突然灵机一动,决定另起灶炉,写一首关于凤凰台的诗,而且他暗自要求这首诗,一定要能足以与崔颢的《黄鹤楼》旗鼓相当。"凤凰台上凤凰游,凤去台空江自流。吴宫花草埋幽径,晋代衣冠成古丘。三山半落青天外,二水中分白鹭洲。总为浮云能蔽日,长安不见使人愁。"从《登金陵凤凰台》这首诗的结构和意境营造来看,李白无疑是以某种雄心来完成这首杰作的,他借助了前者的经验,同时也超越了自我的局限。正是这首同为杰作的《登金陵凤凰台》，体面地挽回了这位天才的颜面。作为一位强力诗人，李白的不甘不屈之心，的确显得天真可爱，甚至多少还带有一点孩子气，但恰恰是这种同行之间纯粹的诗艺竞技行为，成就了为后世津津乐道的一段诗坛佳话，也为中国文学带来了后浪推前浪、前浪堆后浪的活水之源。

"诗的影响不是一种分离的力量，而是一种摧残的力量——对欲望的摧残。""诗没有来源，没有一首诗仅仅是对另一首诗的应和。诗是由人而写就的，而不是无名无姓的'光辉'。越是强者的人，他的怨恨就越强……"我在青年时期，就读到过著名批评家哈罗德·布鲁姆的《影响的焦虑》，随着后来我在诗学中浸淫越深，越感觉类似的"焦虑感"，其实也是每一位写作者命运的必然。在这部影响巨大的专著中，布鲁姆坚持认为，欧美十八世纪以后的大诗人其实都生活在弥尔顿的阴影之下，而当代的英美诗人，则都活在那些与弥尔顿做过殊死搏斗之后，最终幸存下来的诗人的阴影里。他甚至断言，历史上所有的强力诗人，都无法摆脱迟到者身份的影响焦虑。我们看到，这一论断不仅在李白身上，哪怕是在更晚者杜甫身上，都得到过确实的印证。

"人事有代谢，往来成古今。江山留胜迹，我辈复登临。"

这是同为唐代优秀诗人的孟浩然，在《与诸子登岘山》中生发出来的感慨，诗人以一种释然的姿态和心境面对着命运的无常，勉力书写着自己命理中应有的文字，他已然明了，只有把焦虑放置到更加广阔的人生空间中去观照，一个人才能获得命运的原宥。每一位诗写者在登临复登临的过程中，该如何完成自己对眼前江山物象的命名，真是一桩"哀莫大于心死"的事情，但怎样去克服和战胜这样的哀怨和心魔，重新激活我们原本澎湃的内心世界，却是考察一个诗人心智和才华的晴雨表。孟浩然的这首诗，之所以后来拥有无数的拥趸，就在于它以一种完全开放的态度，参与到了人类历史与个人精神世界的构建进程中，不卑不亢地承受着命运击打，并始终心怀蒙恩者的复杂情感。

公元769年，已经在无可挽回的命运之途中行至人生暮年的杜甫，拖着病体残躯来到了岳麓山上的道林寺，望着眼前那一块块覆满藤蔓和苔藓的石壁，以及前辈诗人宋之问题写在石壁间的诗行，他写下了《岳麓山道林二寺行》，在这首诗的末联，诗人写道：

> 宋公放逐曾题壁，物色分留待老夫。

好一个"分"字和"待"字，充分体现出了诗人对造物主公允之情的信赖，也体现出了杜甫对自我才华的信任。就像他先前在《后游》一诗中所言："江山如有待，花柳更无私。""待"在这里体现为诗人与造物主的双重耐心和相互期许。而唯其如此，后来者才有望获得命运的厚待。

杜甫在道林寺这里，承认了自己处于迟到者的不利位置，但面对无可逃避的命运，他没有任何犹豫，而是义无反顾地选择了信，信任造物主，也相信自己，因为无论如何，江山和花柳的情谊是我们不能辜负的。这显然与李白执拗的行事风格不同，也与孟浩然看淡世事的态度不一样，因为杜甫始终相信，无论多么逼仄的人世间，仍有可以题写的空间存在，在等待着他，甚至是，专门为他的到来而静静等候在那里的。尽管这种局面略显尴尬，留给后来者的可题写之处，很有可能只是前人余下的"物色"，但即便是这些边角废料，又有何妨？这样的坚执与自信，让我们在文学史上看到了一个与李白全然不同的大诗人形象，而这种形象，也完全与我们心目中的那位吟哦着"诗是吾家事"的诗人情貌相吻合。杜甫的道林寺以一种近乎自谑的轻松方式，消解了前人施加给他的压力，以四两拨千斤的手法，完成了对人间"物色"的再次分配和拥有，他也理所当然地成了对道林寺的永久占据者。以至于晚唐诗人崔珏再来道林寺时，根本就不再提及先前题过诗的宋之问了:"我吟杜诗清入骨,灌顶何必须醍醐。"以示弱之势行霸气之实,杜甫反宾为主的做法,不得不令人叹服,难怪后来者嗟叹:"壁间杜甫真少恩(唐扶《使南海道长沙题道林岳麓寺》)"。

不留余地,倾尽才华,这才是杜甫作为晚来的大师,在面对晚来者的命运这一重大的人生命题时,所葆有的强力诗人的本色。

"愿意工作的人将生下他自己的父亲。"这是基尔克果在《恐惧与战栗》中所作出的论断。尼采在此基础上补充道:"当一个人缺少好的父亲时,就必须创造出一个来。"与其在焦虑面前缩手缩脚,倒不如放手一搏。问题是,如若已经有了一位好"父亲",或好"祖父",作为后辈晚生究竟有没有勇气和能力去超越?如是,就造成了这样一种我们在文学史上屡见不鲜的现象:死去的前者,会依附于正在书写的后来者身上复活,而每一次复活,都是一次新生,一次无怨无悔、愿赌服输的登临。

这是一个先来者与后到者相互唤醒、相互成全和相互致敬的过程。李白与杜甫采取的路径全然不同,但是他们都各自完成了对前人的超越,至少后来者与先临者在此打成了平手。无论是黄鹤楼、凤凰台,还是道林寺,都经由他们之手完成了自足的文学构造，诗人也因此参与到了对江山、自然、社稷的反复重建过程中，并由此获得了不死不朽的豁免权。

"危楼高百尺，手可摘星辰。不敢高声语，恐惊天上人。"李白在这首《夜宿山寺》里向世人传递出了一种普遍的情感体验，即，对高处的渴望，同样也伴随着对高处的惊惶。这样的体验，已不似当年王之涣在《登鹳雀楼》里所发出的那种欣喜感："欲穷千里目，更上一层楼。"如果说，王之涣是怀着更大的期待登临鹳雀楼的，那么，李白则是在体验到了身在最高处的惶恐感后，提醒我们，高处虽美，但不可造次。

如今，我们已经很难查证，李白这首诗里的那座"山寺"具体位置究竟在哪里了，有人说它在湖北黄梅，也有人说在诗人老家绵阳，但无论在哪里，都不妨碍我们对这种情感的真实体验。"摘星辰"的美妙与"惊天人"的惶恐相互交织，这种心理上的悖论，其实与陈子昂在《登幽州台》中所生发出来的长喟，有着异曲同工之处。差别仅仅在于，李白的情感是纵向的，一飞冲天的；而陈子昂是横向的，亘古至今的。他们共同编织出了一张纵横交错的情感的时空大网，时刻捕捉着从我们内心深处发出来的情感信息。而正是这种信息电波的强弱，决定了人与人之间相互寻找的艰难，以及相互慰藉之必要，即所谓：

海内存知己，天涯若比邻。

无为在歧路，儿女共沾巾。

（王勃《送杜少府之任蜀州》）

公元675年，时为洪州牧的阎伯屿，在新近落成的滕王阁上宴请同僚，他本来想借此机会，向众人推荐其婿吴子章的文采。而此时，恰逢年轻的诗人王勃正打算前往交趾探望父亲，路过此地，听闻盛会，他"无路请缨"，用自己的惊世才华，为中国古代的登高文学又添上了浓墨重彩的一笔。

《新唐书》本传里说，王勃"属文，初不精思，先磨墨数升，则酣饮，引被覆面卧，及寤，援笔成篇，不易一字"。从这段关于诗人写作习惯的情景描述中，我们大致可以推想出王勃登上滕王阁时的盛况：在众目睽睽之下，这位年轻的天才诗人旁若无人地研墨、畅饮、酣睡，而后，忽然一跃而起，奋笔疾书。当"落霞与孤鹜齐飞，秋水共长天一色"如游龙惊凤一般，落于纸上时，满堂喝彩震耳欲聋。"阁中帝子今何在，槛外长江空自流。"一阵唏嘘过后，是更加热烈的掌声。这掌声是世人送给王勃的，更是王勃送给落霞、孤鹜、秋水和长天的，是所有登临高处的诗人对生命纵情的礼赞。

"我欲乘风归去，又恐琼楼玉宇，高处不胜寒。"若干年后，苏轼在《水调歌头》里再一次发出了类似于李白的浩叹，而此时，这位身在密州的诗人已经无数次体味过宦海的惊险，练就出了从容自如的人生观。当这样的生命意志与磅礴的宇宙观相融时，苏轼就能将人世间的悲欢离合，置放在更加博大的时空中来进行审视："高处不胜寒"从来就不是孤寒，而是对明知有涯却心中无挂的人生真相的逼近。当然，也只有像他们这样，真正登临过孤绝的人世之境的诗人，才能真正感受和体味到人生的薄凉与苍劲。

七 风骨

猛志逸四海

风骨　猛志逸四海

公元684年是中国历史上真正的混乱之年。先是刚刚继位不久的唐中宗李显被废,接着是登基没有几天的唐睿宗李旦遭到软禁;再之后,武则天临朝称制。一年之中,先后出现了"嗣圣""文明"和"光宅"三个年号。

在中国古代,年号蕴含着帝王君临天下、宣誓正统的特殊意义,往往也代表着时运的转换。而如此频繁的年号更替,若非统治者的草率或鲁莽,就意味着,朝政确实进入到了让人焦头烂额的无序状态。一时之间,朝堂熙攘,纲常紊乱,人心惶然。各种权谋乱象的背后,都可以看见一双大手在悄然助力。据史书记载,这一年七月,唐朝上空出现了一颗彗星,"彗星见西北方,长二丈余,经三十三日乃灭"(《旧唐书》)。若非夸张,这番不可思议的景象发生在任何时代,都会令人惊悚不已。巨大的、经久不息的光焰扫过天宇,照见了黑暗中一张张惊恐万状的面容。

就在这飞蓬丛生、光怪陆离的林林乱象之中,一篇题为

《代李敬业传檄天下文》的骈文，横空出世，迅即传遍了大江南北。这篇掷地有声的檄文，或许是唐朝历史上最具政治攻击性和蛊惑性的雄文，堪与五百年前陈琳所作的那篇《为袁绍檄豫州》相媲美，不仅辞藻华美，节奏铿锵，而且，从头到尾句句诛心：

> 伪临朝武氏者，性非和顺，地实寒微。昔充太宗下陈，曾以更衣入侍。
>
> 洎乎晚节，秽乱春宫。潜隐先帝之私，阴图后庭之嬖。入门见嫉，蛾眉不肯让人；掩袖工谗，狐媚偏能惑主。践元后于翚翟，陷吾君于聚麀。加以虺蜴为心，豺狼成性，近狎邪僻，残害忠良，杀姊屠兄，弑君鸩母。人神之所同疾，天地之所不容……

据说，武则天当时是强忍着满腔怒火读完这篇文章的。但读罢之后，竟也禁不住长叹一声，转念盛赞作者雄健开阔的笔力了。《唐才子传》记载："为敬业作檄传天下，暴斥武后罪。后见读之，矍然曰：'谁为之？'或以宾王对，后曰：'有如此才不用，宰相过也。'"时任宰相狄仁杰唯唯诺诺，躬身侧立一旁，无言以对。

其时，这篇檄文的作者骆宾王，刚刚弃下临海县丞之职，投身于叛军英国公李敬业幕下。这位七岁时便以《咏鹅》一诗名世,四十九岁那年,又写出了名动天下的长篇歌行体长诗《帝京篇》的诗人,一生仕途不顺,后来他索性投笔从戎,戍边塞,平蛮夷,由西域而巴蜀,终于,硬生生地将自己活成了大唐历史上少有的骨骼奇骏的文人。

南宋诗人魏庆之在《诗人玉屑》里说道:"骆宾王为诗,格高指远,若在天上物外,神仙会集,云行鹤驾,想见飘然之状。"这无疑是极高的评价。文学史上,一般将骆宾王与王勃、杨炯、卢照邻并称为"初唐四杰"。但我们若是细究骆宾王在人世间留下的鬼魅足迹,很快就会发现,这个人的人生线路实在是与另外"三杰",乃至大多数文人大不一样的。这些足印时而清晰有力,时而却戛然而止,如雪地狡兔,踪迹难觅。总之,他是一位不走寻常路的诗人。

骆宾王早年因文辞出众而顺利入仕,但他耻于自炫,不愿用才华求取仕途捷径:"若乃脂韦其迹,乾没其心;说己之长,言身之善;腼容冒进,贪禄要君;上以紊国家之大猷,下以渎狷介之高节;此凶人以为耻,况吉士之为荣乎?"(骆宾王《自叙状》)他不仅主动放弃了晋进的机会,而且,在后来遭贬后干脆远走边塞,弃文从军,奔走于沙场。可以说,骆宾王始终主动把握住了自己的人生走向,其忽隐忽现的身姿,包括他最后的扑朔迷离的人生结局，都给世人留下了太多的谜团和想象空间。而他在世时的每一次出场，一定都会不同凡响。

"边烽警榆塞，侠客度桑乾。柳叶开银镝，桃花照玉鞍。满月临弓影，连星入剑端。不学燕丹客，徒歌易水寒。"（《送郑少府入辽共赋侠客远从戎》）在骆宾王之前，也有许多诗人下笔书写边关风云、塞外烽火，但大多数诗篇都还停留于外在景物的描写上，充满了愁苦悲情，缺少坚实可靠的细节作为支撑。而同样是这样的风貌，在骆宾王笔下，则完全呈现出了另外一番气象，笔力雄浑，充满了昂扬峻拔的斗志，尤其是，诗人对细节的精准把控，往往给人以身临其境之感："野日分戈影，天星合剑文。弓弦抱汉月，马足践胡尘。"（《从军行》）武则天上台后，骆宾王多有讥讽之言，还曾因言获罪下狱。"西陆蝉声唱，南冠客思深。那堪玄鬓影，来对白头吟。露重飞难进，风多响易沉。无人信高洁，谁为表予心？"在这首著名的《在狱咏蝉》里，一种孤绝之美直入云霄，显示出骆宾王的诗，已经完全摆脱了齐梁文士咏物游戏式的写作范式，突破了南朝诗人"缘题设境"式的写法和低沉消极的格调，形成了独特的高亢的声腔。

总而言之，骆宾王行事、行文都爱剑走偏锋，属于那个时代的文学异类。其赋辞藻华丽，抒情与叙事夹陈，形式上灵活多变，又非常讲究对仗和韵律，读来朗朗上口；其歌行通过抒发时代之兴衰，改造了传统的帝京、艳情题材的写法，呈现出阔大和昂扬的精神风貌，具有开疆拓土的文体意义。这是后世对他的公论。汉语诗歌在从齐梁走向盛唐的发展脉络中，骆宾王无疑是一位挺立于最前沿，又承前启后的过渡式人物，深刻影响了唐代近体诗歌的走向。骆宾王一生都处在理想与现实、怀才与不遇的矛盾冲突中，由此形成了他耿介正直的性格和汲汲进取的人生态度，诗文中贯注着饱满的激情和强烈的自我意识，这是他的作品有着刚健风骨的根本原因。

在汉语世界里，"风骨"一词，最早是用来评价人物的精神面貌而非文风的，特指人物的风神骨相。刘勰最早将这一概念引入到了文学评论中，在《文心雕龙》第二十八篇，他仔细探讨了文学作品应该具备的美学特征："《诗》总六义，风冠其首，斯乃化感之本源，志气之符契也。是以怊怅述情，必始乎风；沉吟铺辞，莫先于骨。故辞之待骨，如体之树骸；情之含风，犹形之包气。""风"源于"六义"之风，即，风、雅、颂、赋、比、兴的"风"，有风化之意；"骨"，犹如体之骨干，强劲有力，所谓风吹骨立，谓之气节。刘勰在这里将作品的风骨与风格区别开来，探讨了风骨与文采之间难以割舍的关系，首次将风骨定义为一切文学的总体面貌。此后，"风骨说"就成了后人品评文学的核心标准之一。

稍晚于骆宾王出场的诗人陈子昂,在其《修竹篇序》中说:"汉魏风骨,晋宋莫传。"他主要是有感于六朝文风"彩丽竞繁,而兴寄都绝"的状况而生发的。陈子昂推崇的是建安时期的文学体貌,即,那种情思蕴藉与华丽壮大相互结合的文学品相,或磅礴,或清癯,或俊逸,或疏朗,或超迈,都充满了难以名状的"骨气"。钟嵘在《诗品》里曾这样评论曹植:"骨气奇高,词彩华茂,情兼雅怨,体被文质,粲溢古今,卓尔不群。"从这些评价中,我们大致可以推断出,在这些论家或诗家的心目中,讲究风骨的文学作品应该是什么样的体貌。

> 对酒当歌,人生几何?譬如朝露,去日苦多。
> 慨当以慷,忧思难忘。何以解忧,唯有杜康。
> 青青子衿,悠悠我心。但为君故,沉吟至今。
> ……

这是建安文学的开创者曹操在《短歌行》中发出的长喟,托古叹今,音色高古,音质有若钟磬,绕梁不绝。尽管这首诗里的许多意象,乃至语言,都是从《诗经》中化来的,并无多大的原创性,但其体态和气质,则完全合乎刘勰对建安文学的总体概括:"观其时文,雅好慷慨,良由世积离乱,风衰俗怨,并志深而笔长,故梗概而多气也。"(《文心雕龙·时序》)而比照一下齐梁时期宫体诗的推手和代表人物萧纲所作的《咏内人昼眠》:

> 北窗聊就枕,南檐日未斜。
> 攀钩落绮障,插捩举琵琶。
> 梦笑开娇靥,眠鬟压落花。
> 簟纹生玉腕,香汗浸红纱。
> 夫婿恒相伴,莫误是倡家。

我们不难看出,两者之间有云泥之别。无论是情思、体态,还是气韵、脉象,建安文学之后数百年间的六朝文学,一直都被类似的盛行的华丽绮曼、感情苍白的文风所笼罩,精致、纤弱、溺于声色,在人生志向被抽空之后,人情世故便化成了"你侬我侬"的缱绻。因此,这才有了后来杜甫的醒世之论:"不薄今人爱古人,清词丽句必为邻。窃攀屈宋宜方驾,恐与齐梁作后尘。"(《戏为六绝句·其五》)

公元696年,身为右拾遗,一直爱在朝堂上挑刺的陈子昂,被武则天任命为她侄子武攸宜的随军参谋,前往北地征讨犯境的契丹人。诗人断然不会想到，这既是一次断送了他个人仕途生涯的旅程，同时也是成就他伟大诗人之名的荣耀之路。

自古中国文人大多具有这样一种绝处逢生的能力，即，只有当他们在政治生涯遭遇到了挫折，政治理想彻底破灭的时候，才会忽然惊觉过来，发现自己活在世上，实际上还有另外一个身份：诗人。而正是这个附身于他们却或隐或现的身份，在绝望中，在绝境里，重新唤醒和激发出了他们内心深处的精神活力，无用之诗也只有在这样的时候，才变成了支撑他们人生信念的又一根拐杖，让他们再一次抬头凝视生命的意义和价值。也许穷途末路的尽头，才有可能是诗歌险象环生的地方，反过来说，诗人总是站立在他原以为光鲜敞亮的道路尽头，在一次一次接受过失败者的命运之后，才会服膺于命运的锤击，并从中觉悟出顽强的反抗志念。正是这样一种绝处逢生的志念，催生出了庸常生命里的一朵朵灿烂之花。

这种隐秘而伟大的力量，在陈子昂身上得到了异常集中的反映和体现。

我们可以假设，倘若陈子昂没有这番出使的经历，又假如说他素来就不是一个性格倔强、直言极谏的臣子，而是一个委曲求全、明哲自保的人，现实生活也许就不会将他抛向那种孤绝无望的境地，当然，也就不会有后来《登幽州台歌》这首诗的出现了。这是可以肯定的。事实上，在此之前，陈子昂已经写出了大量的咏古抚今之作，这些诗，有的被统摄在《感遇诗》这一总题之下，也有一些独立成篇，它们无一例外充满了苍虬高古的力量，在同时代的诗人群体里，业已具有了相当显明的个人辨识度：

吾爱鬼谷子，青溪无垢氛。
囊括经世道，遗身在白云。

（《感遇诗·其十一》）

野树苍烟断，津楼晚气孤。
谁知万里客，怀古正踟蹰。

（《岘山怀古》）

遥遥去巫峡，望望下章台。
巴国山川尽，荆门烟雾开。
城分苍野外，树断白云隈。
今日狂歌客，谁知入楚来。

（《度荆门望楚》）

……

这些诗，其实都可以视为《登幽州台歌》的前奏曲，它们呼应和赓续着陈子昂一直以来极力推崇的建安风骨："骨气端翔，音情顿挫，光英朗练，有金石声。"(《修竹篇序》)无论是从理念上，还是在创作实践中，陈子昂都是继"初唐四杰"之后，真正的诗歌革新者，而其革新的动力，并非来自他对文学史的执念，而是来自他狂热的政治热情、济世恤民的理想，以及对国家社稷深刻的危机意识。在陈子昂看来，诗歌的"风骨"绝非空穴来风，更不可能是媚言软骨，诗人只有以充沛而高尚的情操和德行，来书写现实生活，传达现实生活里的刚健之声，他笔下的文字才能够获得与心灵相匹配的庄重情貌。然而，造化弄人，也只有当《登幽州台歌》出现之后，世人才终于将目光投射向这位倒霉的小吏，真正听清楚诗人强健的心跳和有力的脉动。

《登幽州台歌》以一种久违的高古之音，奏出了一曲雄厚慷慨的悲歌，其中蕴含的旷世悲怆与哽咽之情，以及苍茫遒劲的人生观和宇宙观，不唯诗人自己独有，更是世世代代中国文人郁积于胸的情愫写照。博大、深沉，悲壮又昂扬，因此，显得格外沉郁有力。孤独感其实是这首诗的外貌，它真实的内力，来自人生有如沧海一粟的悲怆与孤绝之情，无人可以例外。所以，这首诗的出现，满足了一直以来人们对"风骨"之说的几乎所有期待，成为唐诗风骨的典范之作。《新唐书·陈子昂传》载："唐兴，文章承徐庾余风，天下祖尚，子昂始变雅正。"也就是说，建安之后的六朝之音，在传唱了数

风骨　猛志逸四海

百年之后，也只有到了陈子昂这里，才真正发生了变调。"国朝盛文章，子昂始高蹈。"韩愈后来在盛赞陈子昂的同时，力倡"古文运动"，其实，也是意在进一步衔接陈子昂留下来的这笔宝贵的文学遗产。

有"孤篇横绝"之称的《春江花月夜》，出自初唐至盛唐过渡时期的诗人张若虚之手。实际上，这首诗在问世后的很长一段时间里，并没有引起多少人的注意。其中一个很重要的原因，或许是当时的诗坛正在力倡刚健雄迈的精神气象，至少是那种表面上看来显得超迈峻阔的诗作。而《春江花月夜》却是一个过去常见的、为时下世风所摒弃的宫体诗名。魏晋以来，有不少诗人都曾以它为题写过诗。但让时人没有想到的是，张若虚的这个版本，会与此前所有的那些同题诗作迥乎不同，完全是旧瓶装新酒，它彻底摆脱了宫体诗的束缚，一改以往宫体诗矫饰旖旎的面貌，在其中注入了苍茫博大的宇宙观，创造出了深沉、寥落、高远、静穆的艺术境界，非但不同于旧瓶之酒，而且从形式到内容都作出了全新的拓展。

　　江畔何人初见月？江月何年初照人？
　　人生代代无穷已，江月年年只相似。

张氏的这个版本共有九韵三十六句，采取四句一换韵的手法，通过韵脚的转换和平仄的交错运用，达到了一唱三叹、缠绵悱恻的审美效果。在情景前后呼应的同时，又产生出前后回旋、层次不穷的音乐之美。诗人紧扣着春、江、花、月、夜这五个元素，通过对这五种情景的精确描述，将个人之情完美地融入了亘绝古今的人类情感里，并赋予了生生不息、代代相似的情感渴望。所以，当张若虚的这首《春江花月夜》后来如朗月一般，钻出秋日厚重的云层，其光泽一直铺展到明清之后，才逐渐被更多的慧眼所识别，被重新打探和重视，并很快被提升到了前所未有的审美高度。

沈德潜在《唐诗别裁》里说它：“前半见人有变易，月明常在，江月不必待人，惟江流与月同无尽也。后半写思妇怅望之情，曲折三致。题中五字安放自然，犹是王、杨、卢、骆之体。”他显然看出了这首所谓的"宫体诗"，其实是奔着雄健而来的，直接衔接了"初唐四杰"的气韵。正是弥漫在这首诗里的强健筋骨和绵绵情思，才使它最终摆脱了被湮没的命运，成为唐诗之林里响遏行云的又一绝唱。这个例子给我们的启示是，风骨可能还不只存在于文学的面貌和体态上，更存在于文学内部的肌理和气息中。

在唐代传诸后世的无数诗篇中，除了陈子昂的《登幽州台歌》和张若虚的《春江花月夜》，还有一首是崔颢的《黄鹤楼》,这三首诗,都有这样一个共同特点:表达了博大深邃又生生不息的宇宙观。这样的宇宙观作用于诗人的精神世界,形成了某种穿透世相的孤绝力量,而这种力量,恰恰是人类共同情感的某种见证,具有震古烁今的内在驱动力。有趣的是,这三首诗都被笼罩在某种廓大苍茫的愁绪里,见证出人类的局限,以及为克服和突破这种局限所作的努力。我们看到,张若虚正是在这首诗里,用"人生代代无穷已"的观点,对这一终极的美学命题作出了独具个人情思的回应。

如前文所述,"风骨"之说,虽然是从对人物的品评现场挪用到文学批评里的概念,但是,这一概念最终还是要回归、还原到创作者的生命状态中去,如此才能在古今人物的精神呼应过程里,产生出直击现实的黄钟大吕之声。

诗人在确立自我风骨时,最简易的办法是,首先找到某种情感的参照物,然后,从中发掘出与自身精神气质相匹配的人生信念,并以此为支柱,构架出个人的整体精神风貌来。这种办法尽管简省,但必得有一个前提,即,写作者必须对自身的现实处境有着确切的把握,这样才能打通他与所咏对象之间的时空隔膜。所以,我们常常看到,文学史上有无数作品都惯于以史为镜,通过咏史吊古来传达诗人的情感志趣。杜牧在黄州、池州、睦州时期，就曾做过许多这样的尝试，他常常使用论家所说的"翻案法"作诗，通过对历史人物或事件的命运进行反推，来呈示个人的精神状态："楚国大夫憔悴日，应寻此路去潇湘"（《兰溪》）；"折戟沉沙铁未销，自将磨洗认前朝"（《赤壁》）……诗人以历史人物自况，怀古论今，以求某种精神上的参照物作为自证，以此为受挫的生命找到精神缓冲地带，并从中获得与命运和解的机会。

在这里，我们仅以历史人物荆轲为例，便能从中窥见一斑。自从《易水歌》吟出了"风萧萧兮易水寒，壮士一去兮不复还"的诗句之后，便引来了无数代诗人的唱和，由此形成了一支庞大的、雄厚又悲壮的声音天团：

> 燕丹善勇士，荆轲为上宾。
> 图尽擢匕首，长驱西入秦。
> 素车驾白马，相送易水津。
> 渐离击筑歌，悲声感路人。
> 举坐同咨嗟，叹气若青云。
>
> （阮瑀《咏史诗》）

> 此地别燕丹，壮士发冲冠。
> 昔时人已没，今日水犹寒。
>
> （骆宾王《易水送别》）

可悲燕丹事，终被狼虎灭。

一举无两全，荆轲遂为血。

诚知匹夫勇，何取万人杰。

无道吞诸侯，坐见九州裂。

（王昌龄《杂兴》）

荆卿重虚死，节烈书前史。

我叹方寸心，谁论一时事。

至今易水桥，寒风兮萧萧。

易水流得尽，荆卿名不消。

（贾岛《易水怀古》）

朔风动易水，挥爵前长驱。

函首致宿怨，献田开版图。

（柳宗元《咏荆轲》）

蛟胎皮老蒺藜刺，鸊鹈淬花白鹇尾。

直是荆轲一片心，莫教照见春坊字。

（李贺《春坊正字剑子歌》）

班行想望岁空多，知有龙门未敢过。

和近圣人师展季，勇为君子盗荆轲。

三刀旧协庭闱梦，五袴今传里巷歌。

复道谏书尝满箧，不唯诗句似阴何。

（王安石《奉酬圣从侍制》）

贯日白虹可奈何,书生容易笑荆轲。

美新伾党临遗冢,惭愧绝无狐兔过。

(晁说之《过荆轲冢四绝句》)

我友剑侠非常人,袖中青蛇生细鳞。

腾空顷刻已千里,手决风云惊鬼神。

荆轲专诸何足数,正昼入燕诛逆房。

一身独报万国雠,归告昌陵泪如雨。

(陆游《剑客行》)

……

不同的诗人集中在同一个历史人物身上重新发现自我,并整饬重建出个人的精神向度。这一现象清楚地表明,荆轲所践行的悲剧美学,一直蕴含着某种巨大的情感能量,能够不断催生出崭新的生命光焰。"士为知己者死",这一古老的人生准则,依然是固守在许多汉语诗人内心深处的道德律令。不同时代、不同经历的诗人们通过讴歌荆轲的壮举,唤醒沉睡甚或泯灭在自我内心深处的那种心力,以此砥砺人生。从这种意义上来看,诗人的工作不过是在借尸还魂,为自己的人生夜路擎得一盏光亮在手,以驱散身边厚重的黑暗。

而在这震耳欲聋的唱和声中,有一位诗人的声音显得尤其特别，这个人就是陶渊明。

公元405年冬，在彭泽县令任上待了八十多天的陶渊明，终于不胜其烦，辞掉了他人生仕途中的最后一个职位，开始了他心心念念的隐居生活。虽说彭泽县令是诗人入官以来俸禄相对比较丰厚的职位，但它并没有给陶渊明带来丝毫快乐。"误入尘网中，一去三十年。"（《归园田居·其一》）从二十九岁出任州祭酒，到后来陆续辗转于桓玄、刘裕、刘敬宣几个幕府，我们的诗人一直以来都在过着"违己交病"的窝囊日子。萧统编《文选·陶渊明传》里载："岁终，会郡遣督邮至。县吏请曰：'应束带见之。'渊明叹曰：'我岂能为五斗米折腰向乡里小儿！'即日解绶去职，赋《归去来》。"向来坚守"素志"，"守真""固穷"的陶渊明，自然不会"为五斗米折腰"。这位生性淳朴耿介的诗人，平素就不惯以文字事人，其作品也极少涉猎重大社会现实题材，但他所有的诗文必须发自肺腑，充满真情实感，即便是劳作躬耕，也必得亲力亲为。由于生活在晋宋交迭之际，政治旋涡此起彼伏，诗人没有被裹挟而葬身宦海，已属万幸。然而，即便身处险境，陶渊明仍然有感于当时伦理纲常的沦丧，写下了一些借史咏怀、托古喻今的作品，《咏荆轲》就是其中之一：

　　燕丹善养士，志在报强嬴。

招集百夫良，岁暮得荆卿。

君子死知己，提剑出燕京。

素骥鸣广陌，慷慨送我行。

雄发指危冠，猛气冲长缨。

饮饯易水上，四座列群英。

渐离击悲筑，宋意唱高声。

萧萧哀风逝，淡淡寒波生。

商音更流涕，羽奏壮士惊。

心知去不归，且有后世名。

登车何时顾，飞盖入秦庭。

凌厉越万里，逶迤过千城。

图穷事自至，豪主正怔营。

惜哉剑术疏，奇功遂不成。

其人虽已没，千载有余情。

这是一首真气饱满的长调，笔墨酣畅，诗情沛然，其遒劲的笔法和笔力也是陶诗里极为少见的。这首诗取材于《战国策·燕策》《史记·刺客列传》等史料，诗人钩沉索古，放弃了他惯于对日常生活有感而发的作诗方法，在这首诗中以一种隔空交心的方式，按照事件发展的脉络和线索，截取了荆轲出京、饮饯、登程、搏击等几个场面，尤其着力于对人物动作的刻画,生动塑造出一个大义凛然的除暴英雄形象。但陶渊明并非简单地用诗的形式复述、罗列"荆轲刺秦"这一历史典故,而是以豪迈的诗笔,赞叹歌颂了荆轲的英雄壮举,抒发出了诗人内心中无限的感慨。这种身虽不能至而心至之的咏叹,其实就是陶渊明面对混乱的政局所发出的反抗之声。

发思古之幽情,其实都是为了观照现实,观照自身,更确切地说,是为了给眼前的生活找到某种可资借鉴的人生模板,不让困顿中的自我迷失在现实生活的迷雾中。就像诗人所言:"忆我少壮时,无乐自欣豫。猛志逸四海,骞翮思远翥。"(《杂诗》之五)陶渊明的生活、志趣和性格里,其实早已具有豪放、侠义的色彩和气质,他的血液里始终沉淀着他祖父陶侃的豪情,只需轻轻摇晃,便会澎湃汹涌。如果我们不了解这一点,就很难明白他创作这首诗的初衷。对于陶渊明来说,避世其实只是假象,他真正的目的,是要从"社会人"的身份回归到"自然人"的状态,用这种状态去抵抗俗世的滚滚洪流。

陶渊明所选择的这一生活姿态,也是同时代的"竹林七贤"们的共同选择,既然无法随波逐流,那么,就洁身自好,在佯狂或傲世的表象之下,选择做一个真实的纯粹的人,存留和呵护好自己的"道骨"。这无疑也是风骨的另外一种体现:"岂为夸誉名,憔悴使心悲。宁与燕雀翔,不随黄鹄飞。"

这是阮籍在其规模庞大的《咏怀》诗里写下的两联，体现出了那一时期、那样一批有风骨的文人，对自我操守的坚执，他们宁肯不求所谓的"上进"，也要保持人格的独立。"举世混浊而我独清，世人皆醉而我独醒。是以见放。"发生在屈原身上的悲剧，被魏晋时代的这批文人一再改良、变通，其根本目的，也在于保全他们各自的"素志"。而这正是刘勰所说的"骨气"之本："情与气偕，辞共体并。文明以健，珪璋乃聘。蔚彼风力，严此骨鲠。才锋峻立，符采克炳。"(《文心雕龙·风骨》)

六百年后，苏轼在充满劫难的宦海途中，重读了陶渊明这首《咏荆轲》，不禁感慨万千，于是，作《和陶咏荆轲》："秦如马后牛，吕氏非复嬴。天欲厚其毒，假手李客卿。功成志自满，积恶如陵京。灭身会有时，徐观可安行。沙丘一狼狈，笑落冠与缨。太子不少忍，顾非万人英。魏韩裂智伯，肘足本无声。胡为弃成谋，托国此狂生。荆轲不足说，田子老可惊。燕赵多奇士，惜哉亦虚名。杀父囚其母，此岂容天庭。亡秦只三户，况我数十城。渐离虽不伤，陛戟加周营。至今天下人，愍燕欲其成。废书一太息，可见千古情。"同样是十五联三十句，苏轼用几乎与陶诗相同的音韵和声腔，唱和着同一个主题，两位隔代知音又一次在这里找到共通同享的情感界面。

又过了数百年，龚自珍从前辈手里接过笔墨，再作《己亥杂诗·一二九》相和："陶潜诗喜说荆轲，想见停云发浩歌。吟到恩仇心事涌，江湖侠骨恐无多。"这或许就是好诗的品格与力量，其中蕴含着一个强大而坚韧的内核，吸引着不同时代的诗人不断去靠近它，发生感应并引起裂变，催生出一代代灿烂夜空里的光焰。而获取这种感应的途径，不外乎是通过培育自我的精神定力，获得强大自如的心力。这样的心力当然不可能凭空而来，一定是诗人的骨力在发挥作用，唯有强健的骨力，才能让他始终固守住心灵的本真之气，保持住内心的敏感和纯粹。只有这样，诗人的元气才不被纷乱世相所侵扰，诗人的文采才不会被无端地挥霍，他的笔下就是世人心目中的山河莽川。

> 泽国江山入战图，生民何计乐樵苏。
> 凭君莫话封侯事，一将功成万骨枯。

晚唐诗人曹松有感于唐末频仍的社会乱象，创作了这样一首《己亥岁》。这位才华横溢却又屡试不第，直到七十一岁时才考中进士的诗人，面对着战祸、饥馑和人生的反复挫败，在乱世中承继了前辈诗人的风骨，用"苦吟"的笔法，为垂危的大唐王朝吟诵出了一首绝妙的挽歌，歌声里充满了悲情、血泪和控诉。尽管这首诗里面早已没有了"醉卧沙场君莫笑，古来征战几人回"（王瀚《凉州词·其一》）的高蹈和豪迈，但读来依然让人心生恻隐，涕泪涟涟，毕竟一个像曹松这样的士子，手无缚鸡之力，身无尺寸之功，一辈子避乱于世，东藏西躲，也只是体验到了做人的艰辛。

也许，风骨就应该是这样一种矢志不渝的情志，在旁人眼里，它可能会显得不合时宜，也难以理喻。但当曹松或曹松们终其一生为此一役，以蹇驴为战马，在一次次发起对科举考场的冲锋，忍受了人世间所有的冷嘲热讽和薄情寡义之后，终于，在古稀之年荣登"五老榜"（另外"四老"为王希羽、刘象、柯崇和郑希颜）时，世人才能从他们竭尽全力，终至精疲力竭的身影上，看出人之为人的端倪。

成功者的喜悦里总是会不时闪现出失败者的面貌，而失败者因其执拗不懈的努力，获得了岁月的厚待。当这两种同样庄重的面容重叠在一起时，悲欣交集就成了人生的底色和本事。所以，历史的真味，从来只在"功成"与"骨枯"之间来回游弋，最后思来想去，我们只能用涩苦来形容它。

八　悲秋　　清秋宋玉悲

悲秋　清秋宋玉悲

公元805年，唐德宗李适驾崩，忍气吞声地做了二十多年储君的太子李诵，终于带着极其虚弱的病体，登上了皇位，是为唐顺宗。面对安史之乱遗留下来的各种乱局，譬如，宦官弄权、藩镇割据、民怨四起等，新皇帝决定起用王叔文、王伾等一干东宫旧臣，实行大刀阔斧的体制改革，史称"永贞革新"。改革的主要内容为褫夺宦官兵权、裁惩藩镇跋扈、打击贪官污吏，废宫市、五坊小儿及进奉等弊政，免除民间各种苛捐杂税，选拔德才兼备的人为官，等等。史书记载：一时之间，"市里欢呼""人情大悦"。围绕在新皇帝身边的改革派，除却宫中旧臣外，还有刘禹锡、柳宗元、韦执谊、韩泰、陈谏、韩晔、凌准、程异等一批文人，他们不断为新政鼓噪欢呼，终于惹恼了政敌，招致宦官与藩镇联手疯狂反扑。

这场试图挽救大唐帝国颓势的改革，最终只持续了短短的三个月时间，因唐顺宗中风，身体每况愈下，力不从心，不得不宣布废止。顺宗也被迫禅位于宪宗李纯，不久卒亡，而参与改革的"二王八司马"均遭贬杀或罢黜。其中,柳宗元被贬为永州司马,刘禹锡被贬为朗州司马。

后世在评价这场虎头蛇尾的"永贞革新"时,一致认为,这或许是大唐帝国后期最有希望,也是最后一次复兴的机会,只可惜功败垂成。此后,一个庞大王朝的背影便渐渐隐进了萧瑟肃杀的深秋,如无可奈何的落日,一头栽进了越来越凄迷冷清的旷野深处。

"从来系日乏长绳,水去云回恨不胜。"李商隐在《谒山》里的悲叹,正是因为看见了晚唐凄迷的景象后,触景生情,而发出的浩叹。"吾闻田成子,诈仁犹自王。吁嗟逢橡媪,不觉泪沾裳。"再晚一些,诗人皮日休作《橡媪叹》,借一位在秋天深处捡拾橡子的驼背老妇之情状,描述了当时社会普遍存在的众生苦相,发出了对现实生活惨状的长喟。

这一年的秋天,这场政治风暴同样冲卷到了在湖南常德担任闲差的刘禹锡,他放眼四野里浓郁的秋色,写下了那首著名的《秋词》:

自古逢秋悲寂寥,我言秋日胜春朝。
晴空一鹤排云上,便引诗情到碧霄。

如果不了解这首诗的创作背景，我们就会想当然地以为，这不过是诗人惯有的豪言壮语罢了。几乎没有人能够从这首诗所营造出来的情景氛围里，看出诗人在遭贬谪后有过丝毫落寞和沮丧，相反，诗中的那股豪情一如既往，直干云霄，仿佛因改革失败而弥漫在王朝头顶上的那片阴云并不存在似的。然而，但凡熟悉历史的人都应该明白，王朝的更迭犹如时序的变化一样，从来都是不以个人的意志为转移的，"反季节"的现象尽管偶有发生，但节令或节律依然是主宰一切生命的大势。作为诗人的刘禹锡，尽可以在自己的诗中慷慨述怀，但他毕其一生，最终能够成全的也只是自我精神高度，却丝毫也改变不了秋意渐浓、萧瑟日盛的帝国晚景。

在中国古代庞大的诗人群体里，由于对政治生活环境倍感压抑，大多数诗人都具有沉郁感伤、悲情难遣的书写风格，要么就游戏人生，颓废而迷茫。而刘禹锡属于少见的乐观豪放派，刚毅，雄阔，壮怀激烈，《新唐书》中说他"恃才而废，褊心不能无怨望"。无论仕途多么坎坷，遭受任何贬损，刘禹锡都坚守"陋室"之志，保持着金刚怒目式的昂扬充盈的斗志。刘禹锡传世的诗篇几乎都是那种豪情澎湃、达观向上的，譬如："东边日出西边雨，道是无晴却有晴。"（《竹枝词》）"沉舟侧畔千帆过，病树前头万木春。"（《酬乐天扬州初逢席上见赠》）即便是到了晚年，他照旧发出了"莫道桑榆晚，为霞尚满天"（《酬乐天咏老见示》）的豪言壮语。确有这样一类诗人，是靠自我揄扬而非他者提携来成就自己人生的，他的天性就是他的书写风格。《旧唐书》里称刘禹锡："彭城刘梦得，诗豪者也。其锋森然，少敢当者。"在那个浊流排涌、甚嚣尘上的时代，能够像"诗豪"刘禹锡这样身处逆境，仍然不顾一切提升自我精神意志的诗人，毕竟还是少数。

中国古人素来喜欢用阴阳五行理论，来测算和观照人世间的一切运势及其走向，对天、地、人之间的运行规律进行归类、类推，并由此形成了一整套玄奥的文化参照系统。这个系统不仅对庙堂管用，而且在民间也蔚然成风。根据五行之说，"秋"属金，其色白，所以李白写过这样的诗句："春容舍我去，秋发已衰改。"（《古风五十九首·其十一》）"秋发"即白发之意。而作为天地之变的征兆，"秋"主肃杀，故又有"春生秋杀""秋后问斩""沙场秋点兵"之说。由此衍生出来的物象与情感，自然与别离、去国、思乡、悲古、伤今等情绪存在着深层的呼应关系。

"其色惨淡，烟霏云敛；其容清明，天高日晶；其气栗冽，砭人肌骨；其意萧条，山川寂寥。故其为声也，凄凄切切，呼号愤发。"这是宋时欧阳修在《秋声赋》中，对他心目中的秋意所作出的注解。他从色、容、气、意等几个方面，推导出秋声之凄切，秋色之凝重，秋气之凛冽，秋意之沉郁，将古代文人悲秋的主题意旨进行了简明扼要的概括。如果说，安史之乱是大唐帝国由极盛到极衰的转折点，那么，永贞革新的失败，则如横扫中原大地的一夜秋风，冷雨漫卷，意味着凋零的季节来到了眼前。唐宪宗继位后，尽管采取了更加强力的削藩措施，"以法度制裁藩镇"，避免了唐朝因藩镇割据而出现四分五裂的局面，但是，无论统治者怎么努力或作为，终究无力改变大唐王朝已经千疮百孔的现状，历史也循此进入晚唐时期。

事实上，我们还可以更进一步推导，将唐朝末年的这番萧瑟景象，放到两千年间中国封建社会的历史大场域里来看，也可作如是观。毫无疑问，中华文明在开元盛世到来前，尽管时有低谷乱象出现，但总体上一直是处于旺盛蓬勃的生长期的。直到开元盛世的到来，并以此事件为节点，由极盛走向极衰，安史之乱后，这种衰象和颓势已经难以挽回。历史的大致走向虽依然是分分合合、治乱相间，但文明内部的肌体已经逐渐锈蚀，机制运转出现了老化和疲态。

在永贞革新失败三百年后，深陷在中华文明深秋里的诗人陆游，面对破碎的中原山河，面对着这里刚刚平息而那里又陡然燃起的战火狼烟，他已经有些心灰意冷了，北伐抗金

的愿望,如被秋风洞穿的一场幻梦,再也难以付诸现实。诗人在无望之中,写下了一首题为《悲秋》的诗:

> 病后支离不自持,湖边萧瑟早寒时。
> 已惊白发冯唐老,又起清秋宋玉悲。
> 枕上数声新到雁,灯前一局欲残棋。
> 丈夫几许襟怀事,天地无情似不知。

陆游从自身的处境和困境出发,写到了大宋王朝所面临的窘境,发出了"天地无情"的长喟。同为豪放派诗人,陆游在这里所流露出来的心境,显然已不似前辈诗人刘禹锡那般豁达了,他似乎已经悄然放下了当年的志念:"夜阑卧听风吹雨,铁马冰河入梦来。"(《十一月四日风雨大作》)"位卑未敢忘忧国,事定犹须待阖棺。"(《病起书怀》)"一身报国有万死,双鬓向人无再青。"(《夜泊水村》)……这位宋代历史上最优秀的诗人之一,或许也是宋代文坛唯一坚持写诗而鲜少作词的著名诗人,在他留存后世的近万首诗篇中,像《悲秋》这种被笼罩在沮丧情绪里的作品,并不多见。从诗歌发生学的角度来看,格律诗至大唐业已完成了它的美学使命,到了宋代,依然像陆游这样固守着格律诗步韵,坚持延展唐诗成果的诗人,已经屈指可数了。因此,陆游的存在,以及从他诗歌文本里所呈现出来的语言变调，其实是具有某种隐喻性的。在从豪放到现实的转变过程中，我们能够发现，唐诗所代表的那种蓬勃与朝气，传至宋代显然难以为继了。晚年的陆游，更是体会到了"宋玉悲"的深味，而"家祭无忘告乃翁"，则是诗人的生命在走向彻底凋零之际发出的深情哀告，充满了不甘与不舍之情。

稍晚于陆游出场的词人辛弃疾，同样以豪放名世，在一次次"醉里挑灯看剑，梦回吹角连营"（《破阵子》）后，醒来惊觉，身边的一切早已物是人非了，曾经的豪情也与眼前的社会气象相去甚远，他在无奈之中写下了《定风波》："少日犹堪话离别。老来怕作送行诗。极目南云无过雁。君看：梅花也解寄相思。无限江山行未了。父老。不须和泪看旌旗。后会丁宁何日是。须记：春风十里放灯时。"这乍看是一首送别词，但字里行间不时有哀怨在弥漫和蹿涌，因为词人此时的心境，同样也充满了沧桑和无力感。宋代几乎所有的诗人词人，都具有大同小异的沉郁悲怆风格，时代的气象映照在他们心间，所呈现和折射出来的风貌和体征，大抵都与这种"悲秋"的心境和气质有关。

"悲哉秋之为气也！萧瑟兮草木摇落而变衰。憭栗兮若在远行，登山临水兮送将归。泬漻兮天高而气清，寂寥兮收潦而水清。憯悽增欷兮,薄寒之中人,怆怳懭悢兮,去故而就新。坎廪兮贫士失职而志不平,廓落兮羁旅而无友生,惆怅兮而私自怜……"这是"悲秋"的鼻祖宋玉,在《九辩》里为中国文学的秋天定下的基调。自然物象的变化,被统摄在了某种寂寥凄清的色彩之中,与书写者的心境相互印证,成为沉淀在人类情感里的内驱力,凄清悲凉,却也摇曳生姿。所谓"气",不仅仅是指天气与物候,更是一个人生命的气象,乃至咏叹者的语气和调式。在宋玉给出的这一基调之下,汉语世界里所有关于秋天的描写与抒怀,都被悄然涂抹上了一层或浓或淡的哀愁色彩,即便是高蹈如刘禹锡者,也得事先挣脱愁苦,再展欢颜(虽说他很少在诗中表露出愁苦的一面)。从这个角度上来看,宋玉不愧为一代文学宗师,他以一己之感受,触发了一个民族普遍的情绪感应器。

《九辩》与其说是宋玉哀悼屈原之作,不如说是他在自哀自悼。在《九辩》里,贫士失职、怀才不遇、老而无成、报国无门,种种情绪借助筝音一般的铿锵之声,营造出了一浪盖过一浪的萧瑟肃杀气象,反反复复,层层叠加和推进,犹如秋风过境、秋雨洗枝一般,让人无端战栗,凝噎。王夫之说:"辩,犹遍也,一阕谓之一遍。"(《楚辞通释》)从这首大气磅礴的长诗里,我们完全可以领略到宋玉无与伦比的语言天赋、极其饱满的情绪与精准的语言把控能力,这种能力使得

《九辩》宛若璞玉，浑然天成。

"屈宋长逝，无堪与言。"这是李白对宋玉的至高评价，而后来，他又在《宿巫山下》里写道："雨色风吹去，南行拂楚王。高丘怀宋玉，访古一沾裳。"公元758年，五十八岁的李白从浔阳狱中出来，在踏上流放至夜郎的忐忑行旅中，他写下了《独漉篇》一诗："落叶别树，飘零随风；客无所托，悲与此同。罗帏舒卷，似有人开；明月直入，无心可猜。"此景此情，似曾相识，却是无数代落魄诗人一遍遍共同经受的命运。

以宋玉《九辩》为发轫的汉语文学的悲秋传统，作为一种重要的文学情感母题，就此被后世文人延续拓展下来，四处开枝散叶。

仅以杜甫为例，就有多首诗歌将宋玉与悲秋主题联系到了一起：

垂白冯唐老，清秋宋玉悲。

（《垂白》）

悲秋宋玉宅，失路武陵源。

（《奉汉中王手札》）

传告后代人

  直觉巫山暮，兼催宋玉悲。

           （《雨》）

  ……

  我们看到，只要一进入秋天，中国诗人们的情绪就不可避免地与"宋玉之悲"狭路相逢了。不仅如此，杜甫出川途经江陵时，还曾专程来到宋玉旧宅凭吊，探寻悲之根源所在。而时序正是秋天，诗人饱含深情写下了《咏怀古迹·其二》："摇落深知宋玉悲，风流儒雅亦吾师。怅望千秋一洒泪，萧条异代不同时。江山故宅空文藻，云雨荒台岂梦思。最是楚宫俱泯灭，舟人指点到今疑。"面对着这位命运多舛的前辈，杜甫唯有以诚挚之心，表达他的隔代相怜且相知之情。在杜甫看来，宋玉之悲还不只是其生不逢时的命运，更有不为世人所理解的苦闷。而这样的苦闷感，即便是在诗人去世许多年之后，仍然经受着各种误解或曲解，这更让宋玉的悲剧性命运显得极为突兀。在《戏为六绝句·其五》中，杜甫又一次将宋玉璞玉般的思想品质，推到了时代的正对面，让他像镜子一般照临时人世人，以正衣冠："不薄今人爱古人，清词丽句必为邻。窃攀屈宋宜方驾，恐与齐梁作后尘。"在杜甫的笔下，宋玉就是"悲秋"的化身，意味着生命的能量，由蓬勃放浪转向了某种自觉的持守和坚韧。在杜甫的心目中，宋玉之悲，并非庸常意义的悲观或落魄，而是对沉郁生命的觉悟和醒转。往后的若干岁月里，"悲秋"的意象更是从对物象的描绘与体认，慢慢渗进了杜甫的情感生活里，渐渐化成了他奇崛雄浑的诗歌筋骨，长进了诗人的精神世界，让他写出了《茅屋为秋风所破歌》和《登高》等伟大的诗篇。

以宋玉为师的诗人，历朝历代真正是层出不穷。我们甚至可以说，在中国古代，几乎每一位诗人都带有显而易见的"悲秋"特质和体征。

譬如，晚唐的李商隐，也时常以宋玉的传人自居，他在游幕桂府时曾奉使江陵，身临心仪已久的前辈故里，同样也发出了与杜甫类似的隔代知音的感慨："何事荆台百万家，惟教宋玉擅才华？楚辞已不饶唐勒，风赋何曾让景差。"(《宋玉》)这首诗里充满了对命运的盘诘，而这种不平和悲愤之气，也是诗人在为自己的命运鸣冤叫屈。几乎相同的气质，以及几乎雷同的遭际，让李商隐在许多场合多次以宋玉自比，抒发着异代同悲："料得也应怜宋玉，一生唯事楚襄王"(《席上作》)；"非关宋玉有微辞，却是襄王梦觉迟"(《有感》)；"楚天长短黄昏雨，宋玉无愁亦自愁"(《楚吟》)……然而，与许多诗人对宋玉之才的纯粹推崇有所不同，李商隐从宋玉身上厘出了一条能够完整延续其悲秋风格的情感线路，而后，他在自己的写作里，将这样的肃杀气象予以进一步推进。李商隐的

诗将由秋色秋意所带来的凄迷绮丽的文风,发挥到了极致:

  君问归期未有期,巴山夜雨涨秋池。

(《夜雨寄北》)

  如何肯到清秋日,已带斜阳又带蝉。

(《柳》)

秋天的自然物象被诗人信手拈来,赋予了浓郁的伤感色彩,但这样的色彩再也不是经由某种物象来比拟和承载了,而是内化成了汉语语言内部的词语整饬,造就了诗人收放自如的情感张力,如同"荷叶生时春恨生,荷叶枯时秋恨成"(《暮秋独游曲江》)一样,被净化和提纯的感情,专注而热烈地投注在季节的变化中,给人以难以释怀又无力排解的尖锐痛感。从这个意义上来看,我们将李商隐视为沉湎在深秋里的诗人并不为过。

  毋庸置疑,几千年来的中华文明一直有着非凡倔强的生命韧性,即使是笼罩在历久弥浓的悲秋文化氛围里,这样的韧性和精神张力,也不断在自我生长着,蜕变着,绝不会被肃杀萧瑟的外在气息所遏制,以至于从中氤氲培育出了民族文化里某些共同的审美体验和诗学路径。每当大雁飞过、蝉鸣凄切、蟋蟀嘶鸣、菊花盛开、梧桐落叶、柳条枯黄、河道变仄、谷粒归仓等诸如此类的各种景象，逐一闪现在我们身边、眼前时，马上就会让人产生出某种情绪或情感的代入感，而根本不需要文人们再去刻意捕捉，哪怕是没有受到过文学深刻浸染的人们，也能够感同身受。

"秋丛绕舍似陶家，遍绕篱边日渐斜。不是花中偏爱菊，此花开尽更无花。"这是元稹的一首咏菊诗《菊花》。诗人用浅白晓畅的语言，向我们传递了一个简单的事实：围绕在我们身边的所有物象和主体，其实都是造物主在不经意间对我们心灵的某种提示，而只有具有慧眼和慧心的人，才感受得到这样的怜惜和惜别之情，并用精妙的语言予以定型。造物主在大千世界里设置了种种机关和迷局，需要感受力和好奇心强烈的诗人去发现和指认。所有美妙的奇异的诗篇，均是这种感应和接收的结果。

"景者，情之景也；情者，景之情也。"（王夫之《姜斋诗话》）自古以来中国文人的悲秋意识，都是通过对自然的书写来呈现的。在他们笔下，自然世界里的各种风光，从来都是一种无声的情感语言，同时也是一种活跃丰饶的生活态度，正如《管子》所言："人与天调，然后天地之美生。"也如《庄子》所言："天地与我并生，万物与我为一。"人类作为从大自然中化生出来的一类物种，通过对自然节律的感应，来调节自己的情绪，顺应自然的变化："夫大人者，与天地合其德，与日月合其明，与四时合其序，与鬼神合其吉凶。"（《周易·乾·文言》）也就是说，人类只有与天地万物合为一体之后，才有望达到一种完满和理想的精神境界，这是历代中国文人精神追求的极致目标。而诗人呢，也只有化身为万物万象，才能触抚到生命的节律和脉动，获得对自然之物的本体性认知。正因为如此，在中国古代诗人留下来的难以计数的诗篇中，对自然的书写总是显赫地占据了绝大多数篇幅，而在吟咏自然的诗歌里，关于秋天的诗篇，以及描写悲秋主题的诗，赫然成为古体诗和近体诗里最为醒目的篇什，也是最为深入人心的篇章。

在所有的物种中，人类无疑是情感最为丰沛的物种，甚至，我们可以说，人类本质上就是一种感发性或抒情性的物种，喜怒哀乐，根于心，源于情，溢于言。而诗人或许又是整个人类中最易感，情感最为丰富、最为炽烈的那一类人，感时伤逝，比兴寄情，吊古述怀。尤其是当他们将个人的悲剧性命运与四季景色的流转联系起来时，往往就会诗情满溢。从这个意义来看，悲秋与伤春一样，二者其实并无天壤之别，同样是心灵世界参照外观物象所作出的心理反应。中国古代文人尤其是诗人，自幼就以博取功名为人生不二之理想，但是，社会的运转机制提供给他们的现实选择极其有限，在与现实的每一次博弈中，轻则头破血流，重则祸及九族。这种普遍的悲剧性的命运，也在不断成就和渲染着悲秋——这一主题的艺术感染力，使他们在无可选择中选择了寄情于山水草木，以此纾解内心的积怨和哀伤。世人皆知草木无情，但又有多少人能够了悟到，正是因为诗人的存在，才让这些草木具有了传情的可能性呢？

"何处合成愁，离人心上秋。"按照南宋吴文英在《唐多令》中的说法，"愁"字不过是"心"上有"秋"。这或许是一种望文生义的解读，但又何尝不是汉语文化作用于我们心灵世界的密码暗示呢？这位生活在末代南宋的婉约派诗人，一生未曾及第，与李商隐一样，吴文英也终生游幕于江南，写下了大量的残山剩水，却依然没有排解掉内心的愁苦。这丝毫也不奇怪，因为诗人生活的时代，原本就是一个秋意墨浓的时代，只要你是一个用心生活、用心感受的人，就难免被时代的悲凉之气所侵扰。

就在永贞革新失败的当年，柳宗元带着年过六旬的老母亲卢氏一路南行，他本来是要被贬往邵州担任刺史的，结果朝堂上的那帮政敌，思前想后仍觉得不甘心，于是临时起意，决定再将他贬远一点。这样，柳宗元就被迫中途改道，来到了更为偏僻险峻的永州，予以的官名为"永州司马员外置同正员"，相当于六品闲职。没想到，诗人在这里一待就是十年。更让人没有想到的是，正是这十年政治生活上的失意，造就出了这样一位文学大家。

柳宗元传于后世的作品大约有五百来首（篇），其中就有三百余首（篇）写于永州。正当柳宗元被贬黜到蛮荒之地时，他昔日的好友、如今的政敌韩愈，从广东阳山县令任上重新回到朝中，虽说此时两人关系已经由亲到疏，但并不影响韩愈对柳宗元才学的钦佩。后来，柳宗元客死柳州后，韩愈在《柳子厚墓志铭》里写道："然子厚斥不久，穷不极，虽有出于人，其文学辞章，必不能自力，以致必传于后如今，无疑也。虽使子厚得所愿，为将相于一时，以彼易此，孰得孰失，必有能辨之者。"在韩愈看来，倘若柳宗元没有这段被贬的遭遇，他就不可能这么穷顿，想必他在事业上也将更进一步。然而，"文章憎命达，魑魅喜人过"（杜甫《天末怀李白》），谁能说清楚其中的得失呢，更何况，"事业"这种东西又岂能等同于"功名"？

    杨白花，风吹渡江水。
    坐令宫树无颜色，摇荡春光千万里。
    茫茫晓日下长秋，哀歌未断城鸦起。

在这首仿乐府杂曲辞名的《杨白花》中,柳宗元强抑着内心的悲愤,描述了身处偏僻南国的瑟瑟秋意。而当他决意终老于此后,又写出了更为孤独更加极端的绝唱《江雪》:"千山鸟飞绝,万径人踪灭。孤舟蓑笠翁,独钓寒江雪。"大雪落在这位身处孤寒中的钓翁身上,那些轻飘飘的清白碎片破空而降,仿佛是从世界尽头传来的声音,清凉而孤绝。

面对浓浓的秋意秋色,也许只有那些少数天生筋骨的诗人,才能够强忍着不发出悲鸣之声,或者,以另外一种方式来化解自己内心的悲凉。刘禹锡是一类,李白则属于另外一类。在李白传世的作品里,有这样一首题为《夜泊牛渚怀古》的五律:

牛渚西江夜,青天无片云。
登舟望秋月,空忆谢将军。
余亦能高咏,斯人不可闻。
明朝挂帆去,枫叶落纷纷。

根据后世论家的注疏,这首诗"色相俱空,正如'羚羊挂角,无迹可寻',画家所谓'逸品'是也。(王士禛《带经堂诗话》)"意思是,这首诗写得自然超妙,声调全合五律,却通篇不用对偶，犹如行云流水一般。作为一位炼句大师，这种现象，在李白的诗中是非常少见的。牛渚就是著名的采石矶，诗人生前曾多次路经此地，考虑到诗中所营造出来的萧瑟的氛围，这首诗很有可能是他晚年流放夜郎遇赦归来途中所作。

李白一生总在云端穿行，尽管孤寂有之，愤懑有之，但总体上还是充满了高蹈无羁的力量。然而，我们却从这首诗里读到了某种"空忆"之哀，诗人置身于江清月白之境，借助自然物象的烘托，摆脱了因功名失落而给自己带来的沮丧和挫败感，从而将眼前之景与逝去之景、历史与现实、时间与空间融为一体，达到了一种悟道悦己的情感效果。同样是悲秋的主题，在李白的笔下显示出了非同寻常的力量，但这种力量已然不像刘禹锡似的高迈，也非陆游似的沮丧，而是某种对生命的超然与彻悟。这力量应该得自诗人长期沉湎于修道，晚年从中悟出的"知空而戏空"的能力。当李白在经历了失落、大喜和大悲的不断反转之后，当他踉跄着来到人生的晚年、空旷的秋天，"挂帆"而去的愿望，终于让诗人执拗的生命意志获得了彻底的解放。在"悲秋"主题写作越来越受困于"宋玉之悲"的基调，情感越来越模式化的背景下，李白的这首《夜泊牛渚怀古》，无疑是对悲秋主题书写的一种提醒。因为四季总在循环，即便是被一遍遍符号化了的深秋，也有崭新的生命意志在不断地涌现出来，等待着后来者用别样的情怀予以呈示。

"穷则独善其身,达则兼济天下。"儒家思想附着在中国古代文人身上的理想,促使他们矢志前行于一条漫漫无期的单行道上,生命的意义究竟该怎样体现,又该如何践行,这些早在魏晋时期就被文人儒生们反复思考过的问题,其实也是一件让人充满困惑又无解的事情。即便是像杜甫这样的强力诗人,身上背负着沉重的"悲秋"之苦,他也只能将自己视为茫茫时空里的行旅者:"万里悲秋常作客,百年多病独登台。"(《登高》)从这个意义上来看,所谓"悲秋",其实不是对曾经繁茂景象的送别,也不是对眼前景象的"物哀",而是对生命真相的还原,犹如落叶归根一般,诗人的工作不过是在正本清源而已。

九 雅趣 能饮一杯无

雅趣　能饮一杯无

在古代，文学尤其是诗歌，大多数时候还是有闲阶层的精神活动及其心理呈示，无论是仰视、俯视，还是平视，大多属于文人雅士们观照自我和他者，观照自然、世界和生活的产物。姑且不说频繁的战祸、天灾或疾疫，即便是在和顺太平之年，漫天的星光、头顶的明月，也不一定能够唤醒那些终日为生计奔波的市井黎民，那些脸朝黄土背朝天的农人佃户。晚归的路上，和风徐徐，蟋蟀鸣叫，溪流潺潺，萤光明灭、炊烟袅袅……这些足以抚慰人心的自然物象，兴许可以短暂地成为劳作者苟活于世的理由，但并不一定能够激荡起沉睡在他们内心深处的诗情画意，那种情、那种意，早已臣服于肉身的苦与累，不再觊觎肉身之外的一切。这也是我始终无法完全相信白居易能作真正意义上的"老妪能解"之诗的原因，除非他每写下一首，都会躬身田间地头或瓦肆巷陌，向大字不识的老妪们解说其中真味。况且，这种被"解读"过的语言，究竟还能保存多少诗意的成分，也值得探讨。

白居易在《与元九书》里自述:"自长安抵江西三四千里,凡乡校、佛寺、逆旅、行舟之中,往往有题仆诗者;士庶、僧徒、孀妇、处女之口,每有咏仆诗者。"从这段自述中我们可见,他的诗歌在当时的确拥有面积广大的拥趸,且多数受众为社会底层的民众。元稹在《白氏长庆集序》中也提到过:"予尝于平水市中,见村校诸童,竞习歌咏,召而问之,皆对曰:先生教我乐天(即白居易)、微之(即元稹)诗,固亦不知予之为微之也。"从这则资料里我们能进一步发现,这种局面的形成,其实还应该归功于"先生教我"。也就是说,元白之诗在当世的流行,仍然是教化的结果,并非完全是由他们文风的浅白明晓特质所成就的。事实上,白居易关于诗歌语言方面的理念,在当时一直饱受非议。他自己也意识到这一点,在《自吟拙什,因有所怀》一诗中,白居易甚至用略带牢骚的口吻抱怨道:"诗成淡无味,多被众人嗤。上怪落声韵,下嫌拙言词。时时自吟咏,吟罢有所思。苏州及彭泽,与我不同时。此外谁复爱,唯有元微之。"那些嗤笑他的"众人",说他的诗"淡无味",但白居易还是坚持"时时自吟咏",并且明确表示,只有韦苏州和陶彭泽这些人,当然还有元稹等人,才是他真正的知音,才能理解和欣赏他的诗歌。正是因为有这些下层官员、先生和知音们的推崇与推广,白诗才有了逐渐流行的趋势,收获了大量的读者,并由此成为张为在《诗人主客图》所说的"广德大化教主"。

对于诗歌而言,字面之意从来就不全是诗歌的本意,它只是一首诗的起始部分,如音乐的序曲或一段过门,剩下的那部分,则是由那些看不见的"无字之字"来传递,由此形成所谓纸短情长的艺术效果。字穷而意尽显,绝非好诗的标准;字穷而意始发,才是一首诗令人回味无穷的美妙之处。对于内行的有阅读经验的读者来讲,这自然不算什么深奥的学问,但对于相对刻板的读者来说,总是希望能在有限的诗行中框定诗歌的意义。这就对读者提出了要求。"君看一叶舟,出没风波里。"(范仲淹《江上渔者》)写作者固然需要目力,读者也同样需要。举凡目力不够的诗,或缺乏目力的读者,都只能停留在浅显的诗意层面上,难以体味到隐藏在诗意背后的人生真意。

同样是悯人诗,同样的作者,白居易的《村民哭寒》几无意境、只有事实陈述:"八年十二月,五日雪纷纷。竹柏皆冻死,况彼无衣民。"显然就远不如他的《闻衣砧》:"八月九月正长夜,千声万声无了时。应到天明头尽白,一声添得一茎丝。"当然更不如这首《江楼闻砧》更富意蕴:"江人授衣晚,十月始闻砧。一夕高楼月,万里故园心。"这说明,平实的语言,真切的意象,即便饱含了作者的真情实感,也不能确保诗意的自然涌现和有效传达，它至多能引导读者触抚到诗歌的门楣，甚至有可能进入到诗歌内部，感受到诗人的部分情怀，而至于读者能否真正感受到诗意的独特存在，得另当别论。

白居易真正厉害的地方，其实不在于他所竭力倡导的通俗、浅白、口语的诗学观念，而在于他对汉字音韵的熟稔调度和把握能力，他总是能在浅显刻板的诗写中，注入流淌润滑的唱腔韵律，从而拯救和提升诗意的呈现效果。这一点，连他的批评者也不得不承认："诗者可以歌，可以流于竹，鼓于丝，妇人小儿，皆欲讽诵，国俗薄厚，扇之于诗，如风之疾速……"杜牧在给好友李戡作碑文时，借李戡之口对白居易的浅俗之风表达了委婉的批评，而这样的不满，从反面佐证了白诗异于常人的地方，即，歌咏性。具有歌咏性的诗篇，一般都要求诗人用字简省，句法平实，尤其是字词的音韵口吻，以及转调效果，必须做到自然流畅，犹如天成一般。由于声音本身所具有的亲和力和感染力，特别是在音乐元素的介入后，诗的唱腔性质更加明晰，从而更便于诗歌的传播。在这方面，自幼通晓音律的白居易，无疑是有着先天优势的。白诗在当世广为传唱，不仅是一个不争的事实，而且说明，他诗歌里所透露出来的关于日常性的讯息，对普罗大众也是具有感染力的：

> 绿蚁新醅酒，红泥小火炉。
>
> 晚来天欲雪，能饮一杯无？
>
> （《问刘十九》）

诸如此类充满日常生活情调和气息的雅趣之诗，借助柔软、明快、祈愿式的声腔，总能在人群中迅速找到自己的知音或听众。这也是即便在海外，白诗也照样能够受人喜爱的重要原因。生活在江户至明治时期的日本著名诗人大沼枕山，曾写过一首《题芳斋所藏袁中郎集尾兼示抑斋·其三》："乐天开口即成章，千古中郎得此方。刻画不追李王迹，直从游戏入三唐。"白居易的诗在他生前就传到了国外。有明确记载的时间是，公元838年，《日本文德天皇实录》云："承和五年，太宰少贰藤原岳守因检唐人货物，得《元白诗笔》，奏上。帝甚悦，授依从五位上累官至右近卫中将。"而这一年白居易67岁。有人推测，更早应该是在公元809年，白居易39岁时，他的一些诗歌就被人整理成了《白氏文集》《白氏长庆集》，并以此为名被传带到了日本。从九世纪到十二世纪，白居易的诗歌在日本，不仅只是被视为异国文学珍品，供人品鉴，更多的还是作为一种文学创作的模板，供写作者们在创作中加以仿效。日本汉诗、和歌、物语、散文，几乎在一切文学样式中，都不同程度显露了模拟白居易文学手法的痕迹。而正是因为白居易诗中所具有的简洁、平实和音乐性特征,才使他的作品能够在另外一种语境里被人广泛接受。

唐人殷璠编《河岳英灵集》,这个集子可能是由唐人编撰的唐诗选本中最早,也是最好的选本。殷璠在集序的开篇里说道:"夫文有神来、气来、情来,有雅体、野体、鄙体、俗体。"这篇序言里的许多文学观点,包括它的选录标准,以及对每首诗的品评,都对后世解读唐诗产生过深远的影响。

由于该选本编定于盛唐时期,"起甲寅、终癸巳",也即从玄宗开元二年到天宝十二载,其中收录的自然都是唐上半叶的诗人作品,从常建到阎防,共计24家234首(今本实为228首)诗。在殷璠的视野里,汉语诗歌自齐梁以降,先后经历了"尤增藻饰""标格渐高""颇通远调",直至"声律风骨始备"几个阶段,最终"海内词人,翕然尊古,有周风雅,再阐今日"。值得注意的是,选本里收入的这些诗人作品中,有不少就属于"雅体"之诗,譬如,李白的《古风·其九》:"庄周梦蝴蝶,蝴蝶为庄周。一体更变易,万事良悠悠。乃知蓬莱水,复作清浅流。青门种瓜人,昔日东陵侯。富贵苟如此,营营何所求。"以及《山中问答》:"问余何事栖碧山,笑而不答心自闲。桃花流水窅然去,别有天地非人间。"等等。至于王维的"雅体",被收录的就更多了,如《赠刘蓝田》《终南别业》《晚春归思》《齐州送祖三》等,都属于雅趣洋溢、平白如话之作。此外,岑参、孟浩然、崔国辅、祖咏、卢象、李嶷等,均有不少此类风格的诗作录入。这本集子里被收录个人作品最多的诗人是王昌龄,达16首,比王维还多出一首,殷璠有言:"元嘉以还四百年内,曹刘陆谢风骨顿尽。顷有太原王昌龄、鲁国储光羲,颇从厥迹,且两贤气同体别,而王稍声峻。"由此来看,编者看重的还是王昌龄诗歌里的豪迈俊逸之气。但即便如此,殷璠仍然收录了他的《斋心》:"女萝覆石壁,溪水幽蒙笼。紫葛蔓黄花,娟娟寒露中。朝饮花上露,夜卧松下风。云英化为水,光采与我同。日月荡精魄,寥寥天宇空。"这首诗是诗人在山中修炼时所作,充满了氤氲之气,情趣盎然,不似我们熟知的那种雄浑气象,可以让人领略到诗人面貌的丰富性。

从《河岳英灵集》的编辑趣味来看,"雅趣"这一源远流长的诗歌品类,无疑是汉语诗歌在流变过程中非常重要的一脉存在。

"雅",一般来讲,与儒家所倡导的传统世风有关,诸如儒雅,典雅,庄雅,文雅,俊雅,秀雅,风雅等。在《诗经》里,"雅"是一种体例,分为"大雅"和"小雅",指的是王畿之地的正音,是关于王公贵族们生活情景的描述。在《说文解字》里,"雅"从隹,牙声,本意是乌鸦:"雅,楚乌也。"指大而黑且具有反哺意识的鸟,故有"乌鸦反哺"之说:"此鸟初生,母哺六十日,长则反哺六十日。"(《本草纲目·禽部》)在先秦的典籍中,"雅"象征着正确的、规范的事物,也隐含着某种世人公认的道德准则。

孔子曰:"诗三百,一言以蔽之,曰思无邪。""无邪"即"雅",代表着纯正,健康,明丽,与淫邪(如"郑声")正好相反。然而,当"雅"与"趣"并列在一起时,儒家思想的传统内容里就渗入了道家的某些思想主张,因为道家推崇人生有"趣"。在《说文》中:"趣,从疾也。"是指一个人被某种事物所吸引,从而不顾一切地趋身前往。道之"趣",放下了儒家的庄重或持中,张扬肉身的动态感,形成了东方文化中特有的审美范式,譬如飘逸、朴拙和本真。"道成肉身",就是要回归自然人的生命状态。反映在诗歌写作中,举凡能给人以"雅趣"之感的诗,都具有近乎一致的审美趣味性:纯粹,活泼,空灵,通透,充满了人与自然、人与生活,甚至人与人之间亲密无间的气息。

这样的诗,在漫长的汉语诗歌发展进程里,随处可见,而且大多令人印象深刻。"鱼在在藻,依于其蒲。"(《诗经·小雅·鱼藻》)描写鱼在水中悠然自在的形态,这已经是很有雅趣的描述了,但其后的乐府诗,更是将这一无邪的风格发挥到了极致:"江南可采莲,莲叶何田田。鱼戏莲叶间:鱼戏莲叶东,鱼戏莲叶西,鱼戏莲叶南,鱼戏莲叶北。"(《江南》)这首江南采莲歌以人、舟、水、莲、鱼互为背景,互相映衬,描绘出了一幅活泼明媚的水乡景观,语言朴实明快,充满了生机盎然的生活现场感,而这种如波纹般层层廓展的语言情景感染力,即便是放在几千年后的今天,依然有效。

  九日山僧院,东篱菊也黄。
  俗人多泛酒,谁解助茶香。

这是唐代诗僧皎然所作的一首茶诗《九日与陆处士羽饮茶》,描述的是他与陆羽之间的茶事场景。这首平白如话的小诗,包含了古代文人生活中的数种日常信息:重阳、寺庙、菊花、酒和茶,而这几桩趣事,无一不是文人墨客们津津乐道的事情。皎然不仅是一位杰出的诗僧,更是中国"茶道"概念的提出者和践行者,佛门茶事的集大成者,也是陆羽《茶经》的推动者。"一饮涤昏寐,情来朗爽满天地。再饮清我神,忽如飞雨洒轻尘。三饮便得道,何须苦心破烦恼。"(《饮茶歌诮崔石使君》)在皎然看来,饮茶完全不同于喝水,不是为了止渴生津,而是为了"得道",所以需要一饮、再饮、三饮,在约定俗成的仪式中完成心境的转换。此时,茶室、茶具、茶水等都只是道具，饮的目的，是为了通往另外一番陶然忘忧的人生境界。"饮茶之道，饮茶修道、饮茶即道本道。"皎然首次提出了"茶道"的定义，将茶道与佛学中的禅定般若的顿悟、道家的羽化修仙、儒家的礼法与淡泊明志等观念，有机地结合在了一起，上升到了人格的高度。

这一点，与魏晋名士们热衷于饮酒，有异曲同工之处。名士们通过饮酒，助长玄谈之兴，提升肉身潜在的能量。酒神刘伶曾作《酒德颂》，描述自己在酒后恍兮忽兮的精神状态："兀然而醉，豁尔而醒；静听不闻雷霆之声，熟视不睹泰山之形，不觉寒暑之切肌，利欲之感情。俯观万物，扰扰焉，如江汉之载浮萍；二豪侍侧焉，如蜾蠃之与螟蛉。"这篇骈文借"大先生"之口，抒发了作者对"二豪"缙绅的鄙夷。在他看来，酒给人带来的不只是豪情与勇气，更有一种参悟天地与万物同构的能力和德行。这力量不可小觑。不闻，不睹，不觉，酒之于人足可睥睨万物。在魏晋时代，饮酒这一行为本身，显然是具有某种思想倾向的，酒通向道，也通向德，饮者由此化身为得道者。

《宋书·陶渊明传》称，陶潜性嗜酒，贵贱造之者，有酒辄设。潜若先醉，便语客："我醉欲眠，卿可去。"这段记载足见其超然的真性情，而这种性情的培育当然与诗人乘任运化的生活态度有关，酒在他手上也只是一件通往道的器具。陶渊明的《饮酒二十首》,尽管并不是每首都在描写酒事,但每遇心有块垒、胸中郁结时,诗人的笔下便会自然而然地转向饮酒的情景主题书写上来:"时赖好事人,载醪祛所惑。觞来为之尽,是谘无不塞。"(饮酒·其十八)酒能解惑,还能去塞。在陶渊明的心目中,每个人内心深处都有"醉客"和"醒客"两个自我,他们自说自话,终日争吵不休。陶渊明本人显然更欣赏那个作为"醉客"的自我:"若复不快饮,空负头上巾。但恨多谬误,君当恕醉人。"(《饮酒·其二十》)只有多喝酒,喝多了酒后,一个人才会以佯狂之态,做出儒生们平时不敢做的事情,而恰恰是这些不敢做的事,往往才是这个人内心中想要做和应该做的事情。否则,一个人便会被各种社会习俗、规矩所拘囿,最终被附着在身上那个"醒客"所制伏,沦为精神和思想的仆从。而在酒后,一个人便能瞬间平添孤勇,将主流社会的种种规范抛诸脑后,回归到自然的人生状态。

从某种意义上来讲,文学存在的价值和功用,也近乎于茶或酒,它能够帮助人类摆脱世俗的偏见和纠缠,返回生而为人和人之为人的本真状态里来,乘任运化,飘然于世。汉语诗歌自诞生之日起,就是这样一种充满语言活力的艺术形态,这活力既体现在它的传道守节性质方面,也体现在娱己悦人的过程之中，培育着人的丰沛情感，并用这样的情感去阻止人的异化。这才是诗歌的真正魅力所在，它唤醒了我们日常生活中的各种事物与情态，并为之赋予了活脱豁达的生命力。

有"中华文明第一典"之称的《尚书·尧典》中载："诗言志，歌永言，声依永，律和声。"诗歌除了具有表达志向的功用外，还能够在歌咏嬉戏的过程中，开启人类对纯粹美好的情感的不懈追求。《诗经》里就有许多充满雅趣的作品：

> 绸缪束薪，三星在天。
> 今夕何夕，见此良人。
> 子兮子兮，如此良人何？
> 绸缪束刍，三星在隅。
> 今夕何夕，见此邂逅。
> 子兮子兮，如此邂逅何？
> 绸缪束楚，三星在户。
> 今夕何夕，见此粲者。
> 子兮子兮，如此粲者何？
>
> （《国风·唐风·绸缪》）

洞房花烛，情意缠绵，男女情事被描述得如此这般美好动人，一咏三叹。这样的审美效果，也许只有诗歌能够做到。事实上，古代诗歌的书写题材一直都是百无禁忌的，从宗庙社稷，到农事战事，再到饮食男女，凡有生命活动迹象的场域，都是诗歌的大显身手之地。

以我们耳熟能详的那首《郑风·子衿》为例："青青子衿，悠悠我心。纵我不往，子宁不嗣音？青青子佩，悠悠我思。纵我不往，子宁不来？挑兮达兮，在城阙兮。一日不见，如三月兮。"男女主人公之间的相思之情，在层层推进的咏唱过程里，一波三折，产生出了让人刻骨铭心的缠绵怨怼之美。尽管在那些遵从道统的人看来，这一类诗有伤风雅，对它们多有腹诽，譬如，朱熹就认为这首诗是"奔淫"之作，"淫"在偏执。然而，对于普通读者来讲，这种社会道德化的评判，并不会影响诗歌的美感和观瞻，因为诗歌语言所具有的独特的含蓄之美，情感的张力之大，完全符合普罗大众心存的审美期待，因此，它照样能为人民群众所接受。孔子说："《关雎》，乐而不淫，哀而不伤。"又说："恶郑声之乱雅乐也，恶利口之覆邦家者。"他主要是从教化的角度，来谈论诗歌应该秉持的风气，主张"中正""正音"，而反对那种情感过度表达的"郑声"。由此，我们大致可以推测出，"雅"的存在，是为了保证"趣"的纯粹性，以免"趣"走向恶俗和偏狭；反过来，"趣"的存在，又能够辅助和确保"雅"不至于走向僵死、孤寒。

"宿昔不梳头，丝发被两肩。婉伸郎膝下，何处不可怜。"这是一首南朝乐府诗《子夜歌·其三》，诗中描述的男女情态，包括言辞间所流露出来的那种天见犹怜的口吻，都是我们在俗世生活中司空见惯的场面，惟妙惟肖，形象生动至极；而在同期的北朝乐府诗《捉搦歌·其二》里，则有这样的描写："谁家女子能步行，反著袂禅后裙露。天生男女共一处，愿得两个成翁妪。"同样是在传递男女情爱或男欢女爱的情景，南北乐府诗却呈现出了完全不同的情态体貌，南方温婉，北方耿烈。因地域性而产生的文学丰富性，极大地催化了中国古诗的成长进程，而如何吸取丰富的民歌俚语，化为诗写的筋骨，成为历代诗人们竞相采撷和吸纳的写作资源。诗人们意识到，蕴藏于民间语言中的汉语机趣和活力，那种野生野趣的感染力量，是他们在正统的儒家典籍里很难学到的，而且，随着体制的固化，这样的资源也将愈显珍贵。

广泛存在于民间的"诗趣"，不仅丰富，而且活力四射，可以让传统的诗歌走出越来越干涩刻板的伦理"自留地"。

李白在出川之后，曾有一段时间在四处漫游，他沿途将荆楚和吴越的民歌资源不断化用，广泛采纳，写出了许多充满雅趣的诗篇，《越女词》就是他仿越地民歌而作：

> 耶溪采莲女，见客棹歌回。
> 笑入荷花去，佯羞不出来。
>
> （《越女词·其三》）

《越女词》这组诗一共五首，每一首都深得江南民歌的精髓和神韵，具有唱腔的调式和韵律，活泼灵动，总体上都给人以极大的新鲜感。这种民歌中的欢脱无垢状态，如一股清流，日后发展成为李白诗歌里最明亮的色彩和调性，而李白诗中越来越浓厚的野趣成分和脱缰的力量，也大多得自于诗人对民间俚语的化用。事实上，我们在阅读李白后期成熟的作品时，总会有一种难以抑制的歌咏性特质，即便不用配上音律，也有内在的唱腔存在，这或许都与诗人早年的这段"偷艺"经历有关。

不仅仅是李白，杜甫在入川之后，也对自己的诗歌风格和诗学观念进行了极大调整。清人黄生曾说："杜律不难于老健，而难于轻松。"（《杜诗详注》）在世人的印象中，杜诗向来雄浑沉郁，给人以庄重肃穆感。这可能也是《河岳英灵集》没有收录他作品的原因之一。在殷璠看来，当时年轻的诗人杜甫在诗歌中传达出来的那种气息，与盛唐昂扬舒俊的气象不太相符，或者说，这一阶段的杜诗风格太过严整刻薄，他的《兵马行》《丽人行》，以及《新安吏》《石壕吏》等，尽管极富个人标识度,但整体上都与那个时代的主流审美风貌大相径庭。"致君尧舜上,再使风俗淳。"(《奉赠韦左丞丈二十二韵》)杜甫的伦理观和人生价值观,决定了他在那一时期的诗学面貌,他必须以刻骨般的刀笔吏之力,方能抒发出内心深处对乱世的愤慨和积怨,而与此同时,这也让他有意无意地与那个时代的主流写作拉开了距离。然而,到了草堂期间,随着诗人的生活境况转变,杜甫的诗歌风格也发生了极大的变化。

> 田舍清江曲,柴门古道旁。
> 草深迷市井,地僻懒衣裳。
> 榉柳枝枝弱,枇杷树树香。
> 鸬鹚西日照,晒翅满鱼梁。

如果我们隐去作者的姓名,单看这首诗的意境和诗趣,估计很多读者都不会认为这是杜甫的作品,而更像是孟浩然的诗。但这首《田舍》确为杜甫在公元760年夏天所作。杜甫入蜀的时间为759年底,而就在这一年,他还写过:"朝行青泥上,暮在青泥中。泥泞非一时,版筑劳人功。不畏道途远,乃将汩没同。白马为铁骊,小儿成老翁。哀猿透却坠,死鹿力所穷。寄语北来人,后来莫匆匆。"(《泥功山》)诗中充满了强烈的忧患意识。弥漫在字里行间里的不安和仓皇感，在短短一年的时间里，竟然就被蜀中的安逸生活所修复了，这样的变化，让诗人的写作陡然间焕发出了一种前所未有的生机，有了前所未有的面貌。

明末清初的王嗣奭集毕生之心力，撰写过一部深入研究杜甫的著作《杜臆》，他说道，杜甫作诗"非亲眼见不能作，他人虽亲见亦不能作"。杜诗之所以具有"目击成诗"之功力，完全是他与时代与生活近距离相处与对视的结果，取决于他亲身感受生活的能力。只有置身于生活的现场和底部，充分领略过了日常生活带给自己的心理冲击，诗人才能充分发挥其观照现实生活的内视力。在杜甫之前，描述他人日常生活的诗作已有不少，但真正将诗人自己的日常生活情景完全敞开，真实细致地写进诗里的，似乎只有陶渊明这样做过，但陶诗留存的数量毕竟不多，他所发掘出来的这一日常生活主题，仍然有待后人予以推进。谁都不曾想过，原本与陶渊明性情和风格有着天壤之别的杜甫，居然在草堂时期衔接并延续了这一主题，而且还大大向前掘进了一步。《卜居》《江村》《客至》《南邻》，以及广为人知的《绝句漫兴九首》《江畔独步寻花七绝句》等，都是在这一主题下所做的尝试成果。

"熟知茅斋绝低小，江上燕子故来频。衔泥点污琴书内，更接飞虫打著人。"（《绝句漫兴九首·其三》）"隔户杨柳弱袅袅,恰似十五女儿腰。谁谓朝来不作意?狂风挽断最长条。"(《绝句漫兴九首·其九》)这些充满生活情趣的诗句,都是诗人近距离与生活相处的结果,随意、惬意、适意,但意趣盎然,充满了对日常生活的怜惜欢欣之情。日常生活的情景与日常生活中的细节,在这里都化成了杜甫笔下的诗歌材料,"兴之所到,率然而成,故云漫兴,亦竹枝、乐府之变体也。"(王嗣奭《杜臆》)所谓"竹枝",即巴渝一带流行的民歌"竹枝词",被诗人大胆借用,化俗为雅:"江深竹静两三家,多事红花映白花。报答春光知有处,应须美酒送生涯。"(《江畔独步寻花七绝句·其三》)年近五旬的诗人在经历了多年的颠沛之后,终于回到了正常的生活状态,在明丽的春光中显露出了"癫狂"之态,这样的烂漫和嬉乐,确实是一种心灵的慰藉,无论是对诗人而言,还是对我们这些为他揪心的读者来讲,都是一种莫大的安慰。嗔喜、怨爱、慵懒、自在,甚至无聊,当各种自然人的情态溢满纸面时,诗人的写作重新在字里行间获得了崭新昂扬的生机,充满了生活的情趣之美。

杜甫去世后,元稹受杜嗣业所托,为他写了一篇铭文《唐故工部员外郎杜君墓系铭并序》,其中有这样一段话:"至于子美,盖所谓上薄风骚,下该沈宋,古傍苏李,气夺曹刘,掩颜谢之孤高，杂徐庾之流丽，尽得古今之体势，而兼人人之所独专矣。使仲尼考锻其旨要，尚不知贵其多乎哉。苟以为能所不能，无可不可，则诗人以来，未有如子美者。"无所不能入诗，无可不能作诗，这无疑是对杜甫至高的评价了，也是唐人第一次将杜甫之诗提升到如此高的地位。"能所不能，无可不可"，指的应该就是诗人百无禁忌的写作面貌。杜甫不仅吸纳了前人留下来的所有的诗歌资源，还吸纳了许多未被前人留意到的诗学元素，最终锻就出了一位集大成者的诗人形象。

而元稹本人本身也是一位日常生活写作的高手，更是一位专注地用情于生活的诗人，他与白居易、刘禹锡等人一道，循此美学路线，进一步深掘，在诗歌中反复贯注着日常生活的情趣之美。譬如，他笔下的《菊花》："秋丛绕舍似陶家，遍绕篱边日渐斜。不是花中偏爱菊，此花开尽更无花。"还有："山泉散漫绕阶流，万树桃花映小楼。闲读道书慵未起，水晶帘下看梳头。"(《离思五首·其二》)等，出入在诗人笔下的这些寻常之物，让我们平白无常的生活瞬间迸发出了罕见的雅趣，自然而然，宛若天成。而事实上，这些摇曳生姿的诗句，不过是诗人对日常生活的忠诚刻录，是诗歌对生命热情的又一次张扬和捍卫。

万事云烟忽过，百年蒲柳先衰。

> 而今何事最相宜？宜醉、宜游、宜睡。
>
> 早趁催科了纳，更量出入收支。
>
> 乃翁依旧管些儿：管竹、管山、管水。

晚年的辛弃疾在退隐铅山之后，出人意料地写了这样一首词《西江月》，这位为战场而生的豪放派诗人，似乎全然放弃了当年铁马金戈的旧梦。诗人在醉、游、睡的日常生活现场里，觑眼打量着身边的竹、山、水，一生就要这样过去了啊，万事如云烟，人生如飘蓬，趁现在还能睁眼，多看一眼就相当于多赚到了一片天地。而所谓人间值得，不过是生而有趣。

十 苦吟 死是不吟时

清嘉庆二十五年（公元1820年）秋，二十九岁的龚自珍发愿跟随考据学家江沅礼佛。为了集中精力潜心研学佛法，他开始了人生中的第一次"戒诗"，并先后写下了五首题为《戒诗》的五律，立诗为据，以示其志。其中一首是这样写的：

> 百脏发酸泪，夜涌如原泉。
> 此泪何所从，万一诗祟焉。
> 今誓空尔心，心灭泪亦灭。
> 有未灭者存，何用更留迹。
>
> （《戒诗·其二》）

在龚自珍看来，"诗祟"是造成他时常心绪难宁的主要原因，唯有"戒诗"，才能克服"诗祟"，让自己狂躁易感的心情归于平和安泰状态。但是，到了第二年夏天，龚自珍因科考又一次失败，转而参加军机章京考试，结果仍然未被录取，于是，愤而作《小游仙》十五首，宣布破戒。"仙家鸡犬近来肥，不向淮王旧宅飞。却踞金床作人语，背人高坐着天衣。"(《小游仙·其十》) 这组诗里的每一首都充满了辛辣的嘲讽意味，无一不是诗人忧愤讽世之作。七年之后，龚自珍自编了两本《破戒草》，"戒诗昔有诗，庚辰诗语繁"，再一次宣布"戒诗"。然而，到了晚年，辞官离京的龚自珍，在摇晃颠簸的马车上，随手写下了315个"纸团"，日后展开这些纸团，就构成了中国古典诗歌史上的最后一部集大成之作：《己亥杂诗》。

龚自珍一生始终徘徊在"戒诗"与"破戒"的两难境地之间，每一次"戒诗"或"破戒"，他都要大张旗鼓，起誓又毁誓，把一件原本只属于个人的心事张罗成了举世皆知的大事件。后来，他终于在《自春徂秋，偶有所触，拉杂书之，漫不诠次，得十五首》中道明了原委："东云露一鳞，西云露一爪；与其见鳞爪，何如鳞爪无！况凡所云云，又鳞爪之余。忏悔首文字，潜心战空虚。"这是一首关于"写诗何为"或"诗人何为"的诗，从诗艺层面上来看，它乏善可陈，但从中透露出来的信息，却值得我们去思考。

龚自珍生活的时代是大清王朝由盛而衰的关键转折期，作为"睁眼看世界"的第一拨中国人，他与好友魏源一样，清醒地洞悉到了当时社会的各种乱象，以及存在于这些乱象背后的深刻的政治危机。权力的腐败，民生的艰难，内外交困的社会现实，促使每一个有良知的知识分子都渴望振臂一呼："我劝天公重抖擞，不拘一格降人才。"(《己亥杂诗·其一二五》)而无处不在的"文字狱"，又令所有的文人都两股战战，纷纷投身于经学、考据学或理学的怀抱，以求自保："姑将谲言之，未言声又吞。"然而，龚自珍狂浪不羁的性情，以及他身上与众不同的思想锋芒，又不允许他这样长时间沉沦下去，甘愿成为一位摇尾乞怜的平庸文人。尽管每一次"破戒"，都有可能给自己的人生带来巨大的灾难，但作为一位心存良知、富有激情的诗人，他岂能就此做一个作茧自缚的人？也就是说，龚自珍"戒诗"复"破戒"的原因，乍看起来，似乎是根源于他个人的性情及他与生活现实之间的矛盾与冲突。但果真只是这样吗？

晚年的龚自珍曾对自我一生的创作做过深刻的检讨，既有"何敢自矜医国手，药方只贩古时丹"(《己亥杂诗·其四十四》)的自负，又有"可能十万珍珠字，买尽千秋女儿心"(《题红禅室诗尾》)的自得，更有"悔杀流传遗下女，自障纨扇过旗亭"(《己亥杂诗·其七十五》)的苦恼。在诗、文、词这三种文体之间，诗人最为看重的，其实还是他留下来的那些文论，譬如《病梅馆记》《宥情》《三捕》等，这些文论恣意汪洋，指东打西，雅俗并包，文风犀利，充满了言有尽而意无穷的力量；而他自己最不看重的，其实是早年留下来的那些词作："年十九，始倚声填词，壬午岁勒为六卷，今颇悔存之。"比较这三种文体，有一个连龚自珍自己可能都不愿承认的事实是：他一生中最不甘心的，就是做一位吟风弄月的诗人，尽管最终让他名垂青史的仍然是诗歌。

循着这一思路，我们大致可以推论出，龚自珍"戒诗"的原因，可能还不只是源于性情与现实之间的冲突，更有深层的心理原因。这是因为，如果仅仅是出于自保，他的那些充满战斗性的文论与诗歌比起来，显然更容易给他招来"文字狱"之灾；如果不是，那么，他必然还有另外的考量。

因此，我们一定要将龚自珍的写作，放在更加广阔的文学史的背景下来谈论，才有可能更清楚地理解诗人反复"戒诗"或"破戒"的原因。

在龚自珍出生前的半个世纪左右，中国文学史上诞生了一部煌煌巨著：《红楼梦》。由于印刷术的成熟和普及，这部巨著一经问世便风靡全国，甚至在未及完全成书前，就被人广为传抄："当时好事者每传抄一部，置庙市中，昂其价，得金数十，可谓不胫而走者矣！"（程刻《红楼梦》程伟元序）在当时的京师竹枝词里，甚至还流行着这样的说法："开谈不说《红楼梦》，纵读诗书也枉然。"由此可见，《红楼梦》在当时的巨大影响力,几等于一部时尚读本。

我始终以为,《红楼梦》的出现绝对不是一桩孤立的文学事件,我们更应该将它视为中国文学史进入了一个崭新阶段的醒目标志,即,古典汉语文坛开始由抒情文体向叙事文体方向发生转变,而且,这是一次非常成功、强劲有力的转变,几乎改变了以后中国文学的发展方向与进程。

作为章回小说的《红楼梦》,以其庞大的容量、包罗万象的叙事手段和叙述经验,将几千年中国文明的各种文化元素一股脑地涵盖了进去,让一部原本属于叙事性文体的小说,变成了融政治与文化、自然与生活、叙事与抒情为一体的大文本。种种迹象表明,龚自珍显然是读过《红楼梦》的,而且坊间还有他与"清代第一女词人"顾太清交好的谣传,而后者曾著有《红楼梦影》一书。可以设想,当这位心高气傲的大诗人,在面对这样一部奇崛恢宏的章回体小说时,他心中该当作何种感慨呢?沮丧或者兴奋,或许都不足以表达他内心里的复杂况味,同为雄心勃勃又特立独行的文人,龚自珍显然更想参与到这伟大的文明更迭的进程中去。

当我们明确了这一背景后,再回头去读龚自珍的诗"况凡所云云,又鳞爪之余",就会发现,诗人之所以一再"戒诗",一定还有这样一层原因:敏感的诗人已经清醒地意识到了,诗歌在面对那个急剧变化的时代时,充满了无力感,至少,诗歌这种带有天然局限性的文体,带给当世阅读者的震撼,已经远逊于《红楼梦》这种崭新的小说文体了。

文学体态或文学载体的每一次变化,总是蕴含着这样一种静水深流的过程,犹如绵绵江水始终受制于河道和河床,由时代自身的需要来调整和建构。无论哪一种文体,都不可能一劳永逸地承担起所有时代的需要。从古体诗到近体诗,从唐诗到宋词、元曲,及后来的话本小说,每一次文体的变化和革新,背后都潜藏着深刻的时代因素。与其说《红楼梦》是曹雪芹个人写就的作品,不如说是那个时代创造出来的精神载体,它让传统的抒情性文学暂时退居于时代的次要位置,而让叙事文体粉墨登场。作为极其敏感的诗人,龚自珍无疑率先感受到了这样的变化正在到来,且不可遏止。正是这种深深的无力感,促使和催逼着作为诗人的龚自珍,一次次提笔作诗,又一次次无可奈何地放下诗笔,去寻找更适合自我自由表达的文体。而文论,就很有可能是诗人经过再三选择后,感觉到的最恰当的最适合于自己的表达形式,既可以自由发挥他的抒情天赋,又能部分容纳他对社会现实的批判性态度。

《红楼梦》是一部"奇书","奇"在何处,自诞生以来已经被海量的学者专家从各种角度论证过了,这里无须赘言。

苦吟　死是不吟时

我们只是撷取这部小说中所含有的诗歌成分，或者说是诗性元素，来探讨一下，古典格律诗发展到晚清时代所呈现出来的某种症候或疲态。

其实早在1830年，就曾有一位名叫戴维斯的英国皇家学会会员翻译了《红楼梦》第三回的片段，以"中国诗歌"为题，发表在了英国皇家亚细亚学会杂志第2卷上。这说明，当时可能就有不少读者是将《红楼梦》当作"诗歌"来阅读的，不仅仅是因为这部小说的诗性，还源于文本里有大量的诗歌存在。有人做过统计，《红楼梦》里面总共出现了121首完整的诗词，此外，还有众多的民谣、谚语、灯谜、对联等这些脱胎于诗的艺术载体。从《金陵十二钗判词》，到《大观园题咏》，再到《红楼梦唱词》，还有无数首咏"菊""柳""梅""月"，甚至咏"螃蟹"等的主题诗。这么多的诗词，横存于一部小说中，或许也是文学史上绝无仅有的事。

一个毋庸置疑的事实是，中国古典诗词在历经了数千年、被无数代天才诗人合力创造与推动后，发展到晚清时期，已经出现了各种风格与手法的文本模板，无论是文本形制，还是书写语言。总之，从肌到理，在经由了数代前人先贤的各种探索、积累、实践和淬炼之后，都具备了丰富而可观的形态体貌。也就是说，无论哪一种体式的诗赋，到了此时，只要是一个稍具才华和诗心诗情的人，都能够加以得心应手的运用。

即便写作者天赋欠缺，手段也不算是十分高妙，但只要勤加练习，写出来的文字也可以具足文学的品相。这是因为，值得后人借鉴和沿袭的文学遗产，实在是太多，太过丰富了，每一个写作者只要稍加研习、变通，就能够写出锦绣章句。大观园里几乎所有的人都能随口吟诗，即便是丫鬟如晴雯者，纨绔如薛蟠之流，稍作练习，也能够出口成章。在这种满园诗情的大环境的熏陶下，呆萌的刘姥姥甚至也能信口打油："老刘，老刘，食量大如牛，吃个老母猪，不抬头。"这一现象充分说明，诗词传至清代，早已不是文人墨客们的特权和专利了，已然成为普罗大众公共生活的一部分。

正是存在着这样一种前提，让我们很难说出《红楼梦》里的诗词有什么不好，但也说不清楚它们究竟好在哪里，或者，有多么好。以小说中最为著名的《葬花吟》为例，这首七言体歌行诗从开篇两联："花谢花飞花满天，红消香断有谁怜？游丝软系飘春榭，落絮轻沾扑绣帘。"到最后两联："试看春残花渐落，便是红颜老死时！一朝春尽红颜老，花落人亡两不知。"整首诗一气呵成，情感线索明晰完整，读罢令人愁肠百转。倘若我们不用去关注文学史，只是孤零零地来欣赏这首诗，它无疑是一种纯美的精神享受。然而，如果我们将这首诗放在古典诗词的长河里去看待，则很快就会发现，这样的美，其实早已是一种司空见惯的美，简而言之，是美的残余或尸身。因为,《葬花吟》的意境、句法、结构都似曾相识,不过是新瓶老酒而已。唐代诗人刘希夷曾作《代悲白头翁》,诗中就有类似的情景写照:"今年花落颜色改,明年花开复谁在?已见松柏摧为薪,更闻桑田变成海。古人无复洛城东,今人还对落花风。年年岁岁花相似,岁岁年年人不同。"而这种回旋复沓的结构和语式,也与张若虚的《春江花月夜》非常近似。有人考证,关于"葬花"的这一主题,或许是曹雪芹取自明代诗人唐寅葬花的传说,很有可能,唐寅的"葬花"行为和"惜花""落花"等系列诗歌,影响和感化了曹雪芹创作《葬花吟》时的心态。

再以林黛玉的《桃花行》为例:"桃花帘外东风软,桃花帘内晨妆懒;帘外桃花帘内人,人与桃花隔不远。"而唐寅的《桃花庵歌》是这样写的:"桃花坞里桃花庵,桃花庵下桃花仙;桃花仙人种桃树,又摘桃花换酒钱。"还有:

桃花帘外开仍旧,帘中人比桃花瘦。(林黛玉)
花前人是去年身,去年人比今年老。(唐寅)
若将人泪比桃花,泪自长流花自媚。(林黛玉)
若将富贵比贫贱,一在平地一在天。(唐寅)
……

传告后代人

这样的借鉴或仿作，在《红楼梦》的诗词里可谓比比皆是，从相似的情景、意象到结构和语式，都广泛存在于这部恢宏的长篇巨制中。然而，由于《红楼梦》是一部长篇小说的形制，容量庞杂且内容丰富，因此，这样的借鉴，让我们读来并没有多少违和感。

《红楼梦》中有许多吟诗、斗诗的情景描写，大观园里，红男绿女，众人围绕着一山一水、一树一石、一花一草，各逞其能，争奇斗妍。面对同一处景致，所有人的心机都在咬文嚼字的过程中徐徐展开，但由于每个人的心性、气度和学识不同，所作之诗又产生了格局立意上的歧义。曹雪芹这样设局的目的，在于集中呈现各色人物的心理世界和精神状态，但作为读者，我们或许还能够读出另外一层内涵，即，中国古典格律诗词写作中最为常见的"炼字"技法，行进到了这样一群非专业诗人的手中时，已经遭遇到了显而易见的瓶颈。譬如，作者通过对香菱学诗的痴迷及其表达滞塞的情景描述，就印证出了"炼字"艺术的穷途末路。在《红楼梦》第48回里，有一段这样的描述：香菱去拜林黛玉为师，习诗，黛玉告诉她，学诗并不难："不过是起承转合，当中承转是两副对子，平声对仄声，虚的对实的，实的对虚的，若是果有了奇句，连平仄虚实不对都使得的。"还说，"第一立意要紧。若意趣真了，连词句不用修饰,自是好的,这叫作'不以词害意'。"林黛玉还以王维的"大漠孤烟直"和陶渊明的"暧暧远人村"为例,向她讲述一首好诗、一副好联的构成道理。我们由此看到,作诗这一原本神秘的精神活动,在这里,已经没有任何秘密可言。那么,剩下的就只能是填写了。

南宋魏庆之为了给后人提供作诗的经验,编写了一本深有影响的诗话集《诗人玉屑》,书中品鉴了从《诗经》到南宋时期的许多名家名篇,从四言到七言,面面俱到,从中总结出一套作诗方法。作为一位在当时没有社会地位和话语权的普通士人,魏庆之避开了充满是非的文人社交圈,直来直去,他的许多言论可以完全不顾及那些诗人的名声,可谓畅所欲言,锋芒尽显。譬如,他说,"诗以意义为主,文词次之;意深义高,虽文词平易,自是奇作。世人见古人语句平易,仿效之而不得其意义,便入鄙野,可笑。"(《卷六》)又如:"作诗必先命意,意正则思生,然后择韵而用,如驱奴隶;此乃以韵承意,故首尾有序。今人非次韵诗,则迁意就韵,因韵求事;至于搜求小说佛书殆尽,使读之者惘然不知其所以,良有自也。"(《卷六》)在魏庆之看来,一首好诗应该尽力避开"五俗":俗体、俗意、俗句、俗字、俗韵。"不俗"则是我们评判一首诗的重要标准。由于魏庆之身处的时代,已经是古典诗词行将没落之时,因此,他的许多观点都可视为困兽犹斗之举，对后世有许多启发意义。

宋代之后，出现了许多谈诗论法的著述。而仅在宋代，除了欧阳修的《六一诗话》、魏庆之的《诗人玉屑》外，就还有司马光的《温公续诗话》（续欧阳修的诗话）、阮阅《诗话总龟》、计有功《唐诗纪事》、蔡正孙《诗林广记》、吕本中《紫微诗话》、陈师道《后山诗话》、范温《潜溪诗眼》，等等。这也足以说明，古典诗歌发展到这一时期，确实积累了足够丰富的谈资，值得后代去加以总结归类了；但这样的现象，同时也说明，原有的作诗技法已经被前人穷尽，留给后世腾挪的空间已经不大了，要想超越必须另辟蹊径。然而，方圆之地，螺蛳壳中，哪有那么多的"蹊径"和"道场"等待着你去开辟呢？当写作这种无中生有、有中生无的精神活动，在具体的实践过程中，让人人获得了皆可掌握和操作的"方法论"之后，它就变成了一桩充满危机和陷阱的工作，只有清醒的写作者，才会感觉到日益逼近的危险存在。

诗歌技法的广泛普及，看起来让诗歌写作变得容易、轻松了许多，但事实上，非但没有能够拯救困境中的心灵世界，反而阻塞了人与人之间的情感交流通道。反过来讲，正是古典诗词长期以来孜孜以求，甚而秘不示人的"炼字"绝技，发展到了晚清时，终于出现了难以为继的迹象。而这样的迹象，岂是到了晚清才独有的吗？早在晚唐时期，越来越严苛规整的格律教条，就使得格律诗这种文体出现了自缚手足的难堪。一方面，日渐浅白的表达让诗歌流于通俗；另一方面，大量引经据典的写作又让诗意的传递通道日趋艰涩，失去了有效的传播途径。后来幸有宋代由诗而词的文体转向，才使得已经濒危的古典诗词，暂时获得了一线生机，得以苟延残喘到明清时期。

从才华、学识、性情和精神格局等方面来看，龚自珍无疑是有诗歌大才的。只是，他未能生逢其时，不幸生活在汉语文体已经发生变革，出现了《红楼梦》这种气象万千的文本的时代。作为一位天生傲娇的诗人，龚自珍自然会有一种无论如何也挥之不去的怅然感和无力感。

明代艺术家徐渭曾说："人有学为鸟言者，其音则鸟也，而性则人也；鸟有学为人言者，其音则人也，而性则鸟也。此可以定人与鸟之衡哉？今之为诗者，何以异于是？不出于己之所自得，而徒窃于人之所尝言，曰某篇是某体，某篇则否；某句似某人，某句则否。此虽极工逼肖，而已不免于鸟之为人言矣。"（《叶子肃诗序》）在徐渭看来，"鸟声"与"人言"确有互通性的一面，但澄清二者之间的差异性，才是诗人的真本事，否则，写作就很难摆脱冒牌货的角色与命运。而近似的表述，也存在于欧阳修的《六一诗话》中："诗家虽率意，而造语亦难。若意新语工，得前人所未道者，斯为善也。必能状难写之景，如在目前，含不尽之意，见于言外，然后为至矣。"在格律诗的高峰期过后，剩下的基本上都是拾人牙慧的写作了。

如前文所述，中国古典格律诗词的发展，确有一条清晰的脉络和流变轨迹，但无论怎么变化，"炼字"都是作诗的基本功，也是这门艺术的元神所在，无论是炼景，炼情，还是炼意，最终都要求在"字"上出奇出新。

"为人性僻耽佳句，语不惊人死不休。"这是杜甫在《江上值水如海势聊短述》中对自我写作的观省和要求；"两年得三句，一吟双泪流。"这是贾岛在《题诗后》里对自我写作情景的真实描述。在唐代，仅以"苦吟"为题的诗作，就有非常之多，诸如——

> 吟安一个字，捻断数茎须。（卢延让）
> 生应无辍日，死是不吟时。（杜荀鹤）
> 因知好句胜金玉，心极神劳特地无。（贯休）
> 朝吟复暮吟，只此望知音。
> 举世轻孤立，何人念苦心。（崔涂）
> 莫怪苦吟迟，诗成鬓亦丝。
> 鬓丝犹可染，诗病却难医。（裴说）

苦吟　死是不吟时

而到了宋代，诗人们依然在这样"苦吟"不止：

几度灯花落，苦吟难便成。
寒窗明月满，楼上打三更。（赵汝鐩）
水驿荒寒天正霜，夜深吟苦未成章。
闭门不管庭前月，分付梅花自主张。（陈郁）
清新半树横枝句，冷淡暗香疏影诗。
谁见当时苦吟态，只应童鹤在旁知。（舒岳祥）
先生苦吟日色晚，老铃来催吃朝饭。
小儿诵书呼不来，案头冷却黄齑面。（杨万里）
……

凡此种种"苦吟"的情状，实际上，都对应了古典诗词发展到晚期后的穷途末路或捉襟见肘。诗人们在越来越逼仄的空间里腾挪，转旋，寻找着那个能够透光的"诗眼"，以期为濒临垂危的诗意提供出再呼吸一次的机会。

"春风又绿江南岸"（王安石）、"红杏枝头春意闹"（宋祁）、"云破月来花弄影"（张先），当然，还有"疏雨滴梧桐"（孟浩然）等，这些名句里都嵌入了一个所谓的"诗眼"："绿""闹""弄""滴"，正是这些"诗眼"的存在，让我们体味到了古典诗歌中一字不易的功力和效果。而这种功力的得来，看似简单，却是诗人们长时间"炼字"的结果。

闻一多先生曾将公元九世纪二三十年代笼统地称为"贾岛时代"，因为，那一时期贾岛的"苦吟"为诗的手法，代表了当时一批诗人对待语言的"推敲"态度。传说，每年除夕，贾岛都会拿出一年以来所写的诗篇，摆放在案前，倒酒，默祷："此吾终年苦心也。"与贾岛一样，元和时代还有姚合、张籍、韦庄、卢仝、张祐、贯休、朱庆馀，甚至包括韩愈、孟郊、李贺等许多诗人，都极力追求诗意的奇崛与冷僻，视"苦吟"为诗歌的绝学和诗人共同的职业美德。后世常用"郊寒岛瘦"来形容孟郊和贾岛的写作风格，又用"呕心沥血"来表现韩愈和李贺的创作面貌。诗人们通过"苦吟"，一次次将诗意从平庸的生活里拯救出来，同时也将诗歌美学逼进了绝境。

在我个人的阅读视野里，感觉真正将诗歌的"炼字"绝技发挥到极致的，可能还是李贺。这位只在人世间活了短短二十七年的诗界"鬼才"，在给后世留下了二百三十三首诗后，传说被天帝派来的绯衣使者召至天庭，为新落成的白玉楼作记去了。

咽咽学楚吟，病骨伤幽素。

> 苦吟　死是不吟时

秋姿白发生，木叶啼风雨。

(《伤心行》)

李贺自出道之初，就显示出了与众不同的诗歌情态。敏感、孤僻、多疑的性格，赋予他特殊的感知感受系统，"无情有恨"的思想意念，几乎贯穿在了他一生的诗写活动中。我们从李贺的诗里面，几乎读不到那个时代的任何现实印迹，因为他总是生活在自己的想象世界里，各种鬼怪、志异、传说，以及变形无常的日常，上至天庭，下至幽冥，都被杂糅在了他的诗歌想象里，空间错落，时间挪移反转，读来令人恍兮忽兮。这种非理性的创作手法，不仅仅体现在李贺诗歌的谋篇布局上，也体现在他对字、句的拿捏方面。譬如："空将汉月出宫门，忆君清泪如铅水。衰兰送客咸阳道，天若有情天亦老。携盘独出月荒凉，渭城已远波声小。"(《金铜仙人辞汉歌》)这首浑然天成的孤愤之作，遣词造句奇崛又熨帖，刚柔相济，而这种气象却不是由一词一句得以形成的，它是由诗意的整体效果来实现作者的情感呈现意图的。

如果说，在李贺之前，诗人们还在拼命苦吟寻找"诗眼"的话，那么，到了他这里，每一首诗都布满了"诗眼"，千疮百孔却灿烂夺目，犹如繁星满天的夜空，充满了神示的幽谧。而事实上，李贺也与贾岛、孟郊一样，热衷于骑驴行吟。李商隐在《李长吉小传》中说，李贺时常骑驴寻诗，遇到所得便书投囊中，归家之后再清点所获，"非大醉及吊丧日率如此"。司空图在论及贾岛诗时曾说："贾浪仙岛时有佳句，视其全篇意思殊馁。"（《与李生论诗书》）意思是，贾岛的诗虽有佳句，但内容还是略显贫乏。而相比之下，李贺则克服了只有名句而无名篇的欠缺，将自己的写作推向了古典格律诗的另外一极。

现在我们回过头去，再看杜甫所言"语不惊人死不休"，写这首诗的时候，是诗人一生中最舒缓惬意的草堂时光，精神和肉身都获得了短暂而难得的憩息。望着起伏浩荡的江水，杜甫总结自己的性情和文字，认为人生和写作都要不留余地，而越是拘泥拘谨，越是难以达到情感酣畅淋漓的状态。所以，才有了诗人接下来的这一联：

老去诗篇浑漫兴，春来花鸟莫深愁。

看来，"漫兴"才是诗人所渴望的、最能发挥好的创作状态，他不再刻意于一字一词的推敲，全然散发出性灵之光，而一旦陷入"深愁"就容易矫情了。我们也由此看到，乐观、豁达，其实才是杜甫真实的内心世界，是杜诗越到晚年越趋于浑厚醇绵的关键。仇兆鳌评杜甫"少年刻意求工，老则诗境渐熟，但随意付与，不须对花鸟而苦吟愁思矣"。(《杜诗详注·卷之十》)所谓"修辞立其诚"，倘若只强调语言"惊人"的修辞效果，一味着力于词句的打磨，而不顾及整首诗的立意，以及诗歌对世道人心的整饬力量，那么，写作就会始终在小情小调里打转，终难达到以诗见人、明心见性的效果。

或许正是基于这样的原因，汉学家宇文所安在《晚唐：九世纪中叶的中国诗歌（827—860）》一书里，用"次要诗人"一词，来称谓贾岛等一干执迷于"苦吟"的诗人群体，因为"他们的很多诗歌是相似的。这些诗人创作的诗篇优美而令人难忘，但大多诗篇很容易地可以看成是由六七个其他诗人写出来的。当后来的传统越来越欣赏诗人生平的参照框架，越来越赏识独特的诗歌个性时，这些诗人最终逃脱不了'小诗人'的地位"。当我们用宇文所安的这一论断，去反观唐宋之后许多诗人的写作时，就不难发现，这样的"小诗人"在文学史上随处可见，他们只是在填写诗歌格律的空白，成了一个个熟练的诗歌技工，却很难再续格律诗词的经典与辉煌了。而龚自珍本人的才学和抱负，绝不允许他只做这样一种诗歌匠人。

道光十九年（公元1839年），龚自珍从北京回到了昆山，稍作休整，又返京迎候家眷返回昆山。来回两趟都要经由袁浦，诗人在这里艳遇了一位才华横溢的苏州歌伎灵箫，并发生了一段刻骨铭心的"剑箫之恋"。他一连写下了三首献诗，其中有："青史他年烦点染，定功四纪遇灵箫。"（《己亥杂诗·九十七》）这段奇遇，后来又被诗人写进了一首题为《定风波·除是无愁与莫愁》的词里，其中有这样两片："多谢兰言千百句，难据，羽琌词笔自今收。晚岁披猖终未肯，割忍，他生缥缈此生休。""收笔"当然是不可能的，"割忍"却是无奈之举。

作为"但开风气不为师"的一代大家，龚自珍之"猖"，实则体现了中国古典文人，在几千年的文明夕光里所发出的无可奈何的浩叹。终是晚来新绪，终是英雄年暮，又敌不过男欢女爱，纸短情长。"丘壑无双人地称，我无拙笔到眉弯。"（《己亥杂诗·二百》）"灵箫"在晚年的龚自珍心目中，犹如一团亮丽的光焰，隐喻过诗人的狂猖与不屈，现在，又隐喻着他的不甘不舍，以及无能为力。

十一 音区 渐于诗律细

从声音的角度而非音乐的角度来探讨诗歌，可以将诗学导入更加广阔的存在空间。尽管我们知道，在中国古代，诗歌从诞生之初就与音乐相辅相成，诗乐同源，甚至诗、乐、舞同体共生。《尚书·舜典》里说："诗言志，歌永言，声依永，律和声。八音克谐，无相夺伦，神人以和。"《礼记·乐记》也有记载："故歌之为言也，长言之也。说之，故言之；言之不足，故长言之；长言之不足，故嗟叹之；嗟叹之不足，故不知手之舞之，足之蹈之也。"这些论述，都清楚地告诉我们，中国古代诗歌与音乐之间一直存在着紧密的联系，它们相依相偎，相辅相成。

然而，我们同时也应该看到，古典诗歌在后来的一系列演变过程中，始终存在着某种自我净化的力量，即，摆脱诗歌对音乐的过度依附关系，让诗的声音单纯地通过字、词的咬合力，通过音、韵、调，以及平仄和切分等手段，传导出汉语本身的声音性特征，使诗努力成为一种超越音乐属性的文体。

但必须注意的是，这样的努力，并非为了让诗歌彻底摆脱其既有的音乐属性，而是为了进一步拓展诗歌内部的声音内涵，从而让诗得到有效的自我解放。词的出现和普及，就是一个明证。宋代以后，诗与词的分野，完成了诗的部分自足性目标。至此，诗歌便分为可唱的和不可唱的两类，但声音属性依然是诗歌的本质特征。"暨音声之迭代，若五色之相宣。"早年陆机在《文赋》里提出的声律要求，包括以沈约为代表的"永明声律论"，其主要内容也都是围绕着诗歌中的声音属性来实现的，他们企图在诗文写作中调和配置四声音调，以及声母、韵母，目的是让诗文读起来既富有节奏上的变化，又能做到和而不乱。后来近体诗中的对仗、平仄、押韵、排律等，也都是为了让诗歌产生出"金声玉振"的效果来。

诗人们通过创作诗歌作品，发出各自内心里的声音，形成自我特有的音区，而读者，则可以在不同的发声区位，找到自己心仪和喜爱的诗人。

音区这一概念来自音乐发声学，特指歌者根据音高的不同而划分出来的高、中、低三种发声区位。这样的分类，也可以用来区分诗人之间的发声方式。处于不同音区里的诗人，他们的音色显著有别。一般来讲，高音区的诗人声音嘹亮、高亢，略显尖锐，这种声音的抒情性和穿透力都很强，表现力也比较丰富；而低音区的诗人，声音低沉、滞重，稍显喑哑，适合于叙事性的表述，具有很强的感染力或亲和力；中音区则介于这两者之间，音色饱满，音质圆润，富于变化。需要注意的是，这样的分类并非一成不变的，各个音区之间常常相互转换。只是相比而言，低音区的变化空间相对逼仄，气息的吐纳大多在可视、可触、可感的范围内展开。

具体到诗歌写作上，声音的呈现，向来都是通过诗人对词语的调度和把控来完成的。也就是说，一首诗或一位诗人声音的高低，不是由诗人嗓音音量的大小来实现的，而是经由诗人对词语的敏感度和把控力来执行的。譬如说，高音区的诗人，其语言的兴奋点，往往集中在人类、国家、社会、时代、历史，以及灵魂、命运、岁月等诸如此类的宏大词语上，或者说，他们的诗歌语汇总是具有这样一种强指能力，通过这些宏大词汇的书写，处理渺小的个体与强大的类型化的时空背景之间的关系，以此拉升和延展诗意的弥漫空间，呈示个人的精神张力；而处于低音区的诗人，其语言兴奋点则更多关注于日常、生活、个人、内心、情景等相对幽谧的存在空间。云集在这个音区里的词汇量异常丰富，且变化多端。因此，处于这个音区里的诗人，也具有多样性的书写面貌，每个写作者都可以从自身处境出发，去碰触他者的心灵世界。低音区的诗人因受制于空间的拥挤和逼仄，为了摆脱琐碎和庸常的羁绊，需要更为灵活巧妙的表达手段，才能充分彰显自我声音的魅力。当然，更多的诗人只是游弋在这两者之间，时而发出高音，时而在低音区徘徊，可能性非常多。在高音与低音之间，除了天赋，诗人的阅历和生命经验也在不时地发挥着作用，迫使诗人的发声方式顺应环境的变化，不断作出即时的调整和反应。

当我们在观察一位诗人的发声区位时，仅仅凭借他的某一首诗是不够的，而要结合他一生的写作倾向来判断。但事实上，文学史上真正具有这种显著的声音区位特征的诗人，并不多见，大多数诗人事实上并不具备明确的高音或低音，还有一些诗人会根据生活、地位或身份的变化，而不断调整自己的发声区位，时而高音，时而低音，但真正优秀的诗人，总是有能力找到自己的本位音区。

在唐代所有诗人中，甚至可以进一步推而广之，在中国古典诗人群体里，最具有高音特质的，无疑当数李白。我们完全可以说，他是天生的高音区诗人。

现存李白有年代可考的最早的诗，题为《访戴天山道士不遇》。写这首诗的时候，诗人还不足二十岁，但这首诗可以看作是他的试声之作。这首五律色调明亮，如风行水上，疏朗飘逸，它的音色介于高音和低音之间，但其中有"野竹分青霭，飞泉挂碧峰"之句,"分"与"挂"势大力沉,给人以强烈的视觉和听觉冲击。这个句式,日后渐渐成了诗人经典的句式之一,表明一种跃跃欲试的高音,将出未出。同一时期,李白还写过一些尽可能展示自我开朗高远性情的诗,譬如《登锦城散花楼》:"今来一登望,如上九天游。"譬如《白头吟》:"古来得意不相负,只今惟见青陵台。"这些作品中已经明确具备了有待诗人今后不断拓展的独特句型结构。而这种李白式的句型,对应着李白特殊的发声口型,都是他前期的高音试唱练习。诗人只有在经历了无数次的练声之后,才能找到自己的音准和音高。所谓"一锤定音",其实是千锤百炼后的结果。

公元720年前后,年近二十岁的李白在拜谒了渝州刺史李邕之后,终于迎来了这决定性的"一锤"。在一阵高论放言后,他引起了李邕的反感。事后,李白负气写了一首《上李邕》,提笔就道:"大鹏一日同风起,抟摇而上九万里。"这是诗人第一次以"大鹏"自诩。于李白而言,"大鹏"的意象犹如那把巨锤。这一具体又模糊的形象的出现并附体于诗人之身,此诗句清楚地说明,他已经找到了自我精神的承载物,某种激越高亢的音腔,借助"大鹏"的身姿一跃而起,形成了翱翔天际的力道,嘹亮的高音几乎在那一刻是脱口而出,连诗人自己都喜不自禁起来:

世人见我恒殊调，闻余大言皆冷笑。
　　宣父犹能畏后生，丈夫未可轻年少。

何为"殊调"？当然是李白对自我声音辨识度的确立，"恒"就是确信。他不再犹疑，无比坚信自己的高音，能够刺破或撕开现实世界里的重重帷幕。我相信，在那一刻，诗人才算是真正找到了自己的音高区位，而这样的音高和音色，一旦被李白吟唱出来，便令他浑身上下都产生了酣畅舒泰之感。这样的幸福感也只有诗人自己才清楚。因为写诗，总是这样一种将自我和盘托出的情感体验过程，当诗人用舒展的语言达成与自我性情的绝对同构时，他的声音将压制住外界的一切喧嚣，整个世界就只剩下自己的心跳和耳鸣了。这既是诗人独享的快乐时刻，也是他不由自主地与人分享快乐的时光。

　　远大的志向，壮阔激越的人生，宏阔蛮霸的想象力，以及飞扬跋扈的生活态度，构成了李白整体的人生格局。这样的大格局，实在是与盛唐气象太过匹配了。换句话说，盛世大唐的"英特越逸"之气，为李白的出场，提前构筑了这样一座硕大无朋的道场，他太适合在如此金碧辉煌的场域里引吭高歌了。日月星光，九天夜台，金樽雨露，一声一声的"君不见""噫吁嚱"，当诗人以"大鹏"之姿翱翔于天际之时，他发出的每一声长啸，都足以绕梁三日。"吟诗作赋北窗里，万言不直一杯水。"(《答王十二寒夜独酌有怀》)但诗人清楚，自己仅仅作为一位诗人是远远不够的，诗之于他，不过是大鹏之一翼，只有将另外一翼也同时施展开来，他才能够真正扶摇于九天之上，发出更加震人心扉的啸鸣。

而相比之下，先于李白出场的王维，则成了低音区诗人的代表。《九月九日忆山东兄弟》是王维登台献唱的第一首成名作。这首用纯正的唐人口语写成的七绝，充满了呢喃的语调和声腔，犹如一位内敛审慎的少年，孤独羞涩地站立在聚光灯下，望着被黑暗笼罩的寂静之野，声音由嗫嚅、犹疑慢慢转向坚定、自如："独在异乡为异客，每逢佳节倍思亲。遥知兄弟登高处，遍插茱萸少一人。"诗中的情绪隐忍而克制，可以说是一字一顿，声音渐渐上扬，颗粒感十分明晰。当诗人在吟诵时，灯光投向萤虫飞舞的暗处角落，短暂的沉寂过后，是从黑暗深处迸发出来的雷鸣般的掌声。

王维的出场显然比李白更为顺利，十七岁，初试歌喉，便赢得了世人的齐声喝彩。不像李白，是在情绪受挫之后，情急之下发出的高音。但真正让王维找到属于自己的音区位置的诗，还应该是稍后《鸟鸣涧》系列的出现："人闲桂花落，夜静春山空。月出惊山鸟，时鸣春涧中。"盛世安稳，人心闲适，诗人在浅斟低吟之间，不经意间触摸到了时代的脉搏和心跳。从"闲"到"静",再到"空",王维用一种似有若无的语气、散点透视的笔法,勾勒出了那个时代特有的风貌。无有中的万有,寂静深处的动静,空境里的空性,诗人以此达成了与自然与生活的同构。只不过,这样的风貌并不合乎李白的性情。如果说李白要的是高蹈,要的是壮烈激越,那么,王维需要的则是空寂。这两种看似完全相悖的心境,其实都是盛世大唐的真实写照,都同样拥有大批的应和声。

如果我们稍稍留心,比较一下李白和王维在各自的诗中经常使用的、频率最高的字词,就不难看出他们之间的分野,而即便是相同的字词,两人的处理方式也有天壤之别。"明月""千里""长风""碧空""天际""从来""万古"……这样一类充满华彩的词汇,尤其是那种带有大气度和大格局意味的词语,总是让李白心仪的,他在诗中大量使用极度夸张却不可度量的量词和虚词,彰显出他内心磅礴膨胀的欲望,营造出排山倒海之心力;而王维呢,则着眼于肉身周围之物,肉眼所见之景,"门前""溪涧""山野""小径""松风""竹林""流水""落日"……无论是行吟还是独居,诗人都始终保持着全身心的静默状态,以此达成人与自然万物的和谐共振。

李白的诗是"说"的产物,付诸听觉;王维的诗是"听"的产物,付诸视觉。李白的诗歌无疑是攻势的,而王维则采取了守势。李白的诗歌在高音区盘旋,时有花腔频现:"弃我去者,昨日之日不可留。乱我心者,今日之日多烦忧。"(《宣州谢朓楼饯别校书叔云》)"抚长剑,一扬眉,清水白石何离离。脱吾帽,向君笑;饮君酒,为君吟;张良未逐赤松去,桥边黄石知我心。"(《扶风豪士歌》)而王维的诗始终在低音区里徘徊,即便发出林中啸音,也是清丽之音:"独坐幽篁里,弹琴复长啸。深林人不知,明月来相照。"(《竹里馆》)"松风吹解带,山月照弹琴。君问穷通理,渔歌入浦深。"(《酬张少府》)虽然是唐朝同一夜空上的"月亮",但照在两位性情迥异的诗人身上,所产生的反响也截然不同,一个是"我歌月徘徊"(李白《月下独酌》)、"我寄愁心与明月"(《闻王昌龄左迁龙标遥有此寄》);另一个则是"明月松间照"(王维《山居秋暝》)或"明月来相照"(《竹里馆》)……主体和客体的关系究竟该如何在诗歌中达成共识,两位诗人给出了两种完全相反的答案。在李白那里,万物为我所用;而在王维这里,我为万物所纳。一个是饱和,一个是虚空。

作为同一时代的杰出诗人,李白和王维的诗歌风格差异实在是太大了,而最大的差别看似是人生态度,但其实是传达这种态度的手段。简单地说,就是两人的发声方式不一样。这让我们有理由相信,后世之所以在各种文献资料中找不到他们之间的任何生活情感交集,一定与他们两人迥异的性情有关,即使同处长安,断断续续将近三十年,且共有好友玉真公主以及孟浩然等一干诗歌同道，但这样的差异，也足以让他们两人侧身相向，形同路人。简单地用文人相轻来形容他们的关系是片面的，也太过庸常，更多的可能是道不同不相为谋。

公元737年，一位面容清癯的年轻人从长安一路东游，漫游到了他父亲杜闲曾任职司马的兖州。有一天，他东望泰山，发出了一声令后世惊叹不已的长啸：

岱宗夫如何？齐鲁青未了。
造化钟神秀，阴阳割昏晓。
荡胸生曾云，决眦入归鸟。
会当凌绝顶，一览众山小。

（杜甫《望岳》）

这一声长啸，基本上奠定了杜甫后来的发声区位，让我们很容易就将他归入了高音区的诗人之列。

事实上，杜甫早期的诗歌一直在使用高音，《饮中八仙歌》《同诸公登慈恩寺塔》等都是优秀的高音区之作。只是，他在音色的处理上，采取了与前辈诗人李白全然不同的方法，无论是发声技巧，还是吟唱时的姿态，两个人都有明显的区别。如果说，李白吟唱时的目光是仰望苍穹目空一切的，那么，杜甫则作俯视众生状，他投向人间的泪目充满了悲切和酸楚。特别是在杜甫写出了《兵车行》《丽人行》，以及"三吏""三别"系列之后，他的高音里便杂糅了更为丰富复杂的情感，有了更加清晰可闻的辨识度。

《春望》可以视为杜甫前期高音风格最为淋漓尽致的一次发挥：

国破山河在，城春草木深。
感时花溅泪，恨别鸟惊心。

在此之前，从来没有哪一位诗人，饱含如此丰富炽热的情感，用如此自然饱满的声腔，来表达对家国故园如此这般深沉的爱与怜惜。而这种爱，在杜甫这里，几乎是以恨的方式来传递的，声情热烈、凄楚，又无比悲壮。"在""深""溅""惊"，肯定中的否定，爱里包含了恨。很少有诗人能在这样一首小诗里，确凿精准地传达出这么浓烈的情感力量。而紧接其后的两联情景描述，更是将个人的现实处境置于广阔的社会背景之下，在无可躲避的碾压中，感受着无处不在的齑粉之痛。

与李白相比，杜甫的高音显得极为平实自然，完全不使用花腔,甚至,他过于浑厚朴实的音质,常常给人以过于苍凉稚拙之感。这源于杜甫找到并掌握了"吞声哭"——这样一种非常独特的发声技艺。"吞声哭"无疑是一种独属于杜甫个人的发声方式,泣声或哭腔,被巧妙地糅进了诗人宽广厚重的音色里,在高音区位延展、跌宕,带着撕裂般的震颤和划伤力,但因诗人发声韧带天然的丰厚性与弹力,从而避免了破音岔气的尴尬。如果我们进一步仔细去听,就会发现,这种近似于秦腔里的"苦音腔",与杜甫真实的生存面貌极为熨帖,因此,更能够极为自然饱满地呈现出诗人当时的真实生命状态。杜甫独特的高音,解决了此前中国诗人面对社会、现实和民生等重大诗写主题时,要么束手无策、隔岸观火,要么破绽百出、荒腔走板的困窘局面,创造性地化解了个人生活与社会现实之间的尖锐对立。集中涌现在杜甫笔下的,既不是长风万里的惬意,也不是朗月高照的明澈,更不是江山如画的明丽,而是血污弥漫、殍骨横存的山河、大地和亲朋。"君不见青海头,古来白骨无人收。新鬼烦冤旧鬼哭,天阴雨湿声啾啾。"(《兵车行》)同样是新题乐府的杂言歌行诗,以"君不见"起调,但杜甫的唱腔完全不似李白那般华彩,而是直陈其苦,粗粝又直接。

用长歌当哭来形容杜甫的歌唱技巧是恰当的,只是杜甫之哭有别于常人之哭,诗人摆脱了自怨自艾的个人情绪,将

"哭声"化成了直入人心的咏叹和长喟，因为他是在为黎民苍生而哭，为失去的道统、为心中坍塌的信仰而哭。由于杜甫事先就将自己捣碎，碾磨成了这些情感元素的一部分，因此，他有效地避开了假唱的风险。

入蜀后的杜甫经历了一段时间的变声期，这种发声方式的调整与变化，显然与诗人的身体状况有关。尽管他心中依然有"白日放歌"的愿望，但毕竟潦倒数年，百病缠身，诗人亟需调养生息，而广袤、闲适、温润的成都平原，正好为他提供了暂憩疗养的环境和条件。现在看来，成都平原确为杜甫生命中的一方福泽之地，它对历代中国文人精神创伤的修复能力，同样也作用在了杜甫身上。

"黄四娘家花满蹊，千朵万朵压枝低。留连戏蝶时时舞，自在娇莺恰恰啼。"（《江畔独步寻花七绝句·其六》）"手种桃李非无主，野老墙低还似家。恰似春风相欺得，夜来吹折数枝花。"（《绝句漫兴九首·其二》）……这些明显的低音区之作，向我们淋漓尽致地展现了杜甫音色中前所未有的另外一面或另一番迷人的歌咏风貌，浅斟低吟，深情、婉转又清丽，宛如轻快活泼的口技哨音一般，回旋在薄雾与竹影之间。而真正令人惊异的是，在从高音区到低音区的转换过程中，杜甫竟然能以一种毫不违和的技巧，发出与生活同频的音色，生趣盎然，充满了对人世的眷恋之情。而待到病体稍安，诗人的歌喉又马上回到了他熟悉的中高音区位："嗟尔江汉人，生成复何有？有同枯棕木，使我沉叹久。"（《枯棕》）而《茅屋为秋风所破歌》，以及《闻官军收河南河北》即是明证。因为，在杜甫自己的心目里，高音才是他声音的真正本位，只有重新回到了高音区，他才有望做一只理想的"凤凰"："置膏烈火上，哀哀自煎熬。"（《述怀》）

杜甫在夔门时期的所有诗作，让我们彻底见识到了汉语诗歌，尤其是七言律诗，在高音区位的强大感染力："彩笔昔曾干气象，白头吟望苦低垂。"（《秋兴八首·其八》）可谓声泪俱下，字字锥心。

一般而言，后世在看待和评价杜诗的艺术成就时，都要首推他的律诗，尤其是七律。杜律在前人的基础上，极大廓张了律诗的题材表现范围，应酬、羁旅、咏怀、山水、宴游，乃至时事，其书写内容几乎无所不包，且运用自如。更重要的是，杜甫"晚节渐于诗律细"（《遣闷呈路十九曹长》），杜律越到晚期越是讲究，但这种讲究，却是在漫不经心的状态中抵达的："老去诗篇浑漫兴"（《江上值水如海势聊短述》）。"逐景随情，不再另炉作灶，正是真诗。"（郭曾忻《读杜札记》）在严谨中追求变化，在变化里又始终恪守规矩，其炼句炼字艺术，达到了中国古典诗歌前所未有的高度，以至于清代刘熙载干脆说:"少陵炼神"(《诗概》)。而所谓"炼神",即是指诗人将身心气韵全然贯注在了字里行间,真正让情与文相互照见,相互唤醒。这绝非仅靠"炼字"可以实现的。《登高》就属于杜甫在这一领域里的登峰造极之作,完全可以视为诗人在高音区里的最后绝唱:

风急天高猿啸哀,渚清沙白鸟飞回。
无边落木萧萧下,不尽长江滚滚来。
万里悲秋常作客,百年多病独登台。
艰难苦恨繁霜鬓,潦倒新停浊酒杯。

这显然是一首结构严谨的七律,缜密工致的声律和开阔博大的声腔,一字一顿一换,将字与音节密集而紧凑地排列,风疾,猿号,鸟飞,秋深,重重意象在层层推进的过程中,与诗人的悲苦心境相互印证,形成了圆满自洽的情绪回旋结构,共同营造出了萧瑟肃杀的末世氛围,以及独立于天地之间的诗人形象。从这首诗所达到的诗人合一的高度上来看,其确乎独步诗林。难怪明人胡应麟叹服不已:"章法、句法、字法,前无古人,后无来学,此当为古今七律第一,不必为唐人七言律第一。"之所以"后无来学",是因为杜甫这种独特的音色,在这首诗中被发挥到了淋漓尽致的地步,既承续了他以往"吞声哭"的发声方式,又让这哭腔弥漫在了秋日山川之间,化成了一缕缕乱世尘烟。

对于任何一位诗人来讲,找到音准,明确自己的音色,都是创作活动过程中必须的、非常重要的一个环节。除却天赋之外,勤奋与专注是成就诗人的不二法门。写作者在下笔之前就应该认识到,没有音准就谈不上歌唱,没有自己的音色,就容易被"大弦嘈嘈""小弦切切"的人世之音所淹没。然而,更为重要和迫切的是,你必须通过无数次的训练,通过一次次试音和练声,来最终确认自己的发声区位。只有确立了声区,才有望去寻找区内音色的变化和突破。

事实上,无论哪一种声音,都能够产生直击人心的力量,高音固然有高音之美,低音也有低音之妙,无论是身处哪一个音区的诗人,都能够创造出属于自己的杰作。

当孟浩然随口吟出"故人具鸡黍,邀我至田家。绿树村边合,青山郭外斜"(《过故人庄》)时,他内心里一定荡漾着愉悦轻快的涟漪;而当他站立在扑面而来的钱塘潮水前,信笔写下"照日秋云迥,浮天渤澥宽。惊涛来似雪,一坐凛生寒"(《与颜钱塘登樟亭望潮作》)时,诗人也一定感觉到了潮声漫卷直抵心房的美妙。作为一位典型的中音区的诗人,孟浩然的写作内容其实并不宽泛,他甚至算得上是一个题材和声腔都相对逼仄的诗人。但是，他克服了题材的局限性，通过不断尝试和改变自己的作品风格，形成了独属于他自己的诗学面貌，飘逸、舒朗、进退自如，充满了与周边事物的融洽和睦感。孟浩然的局限当然也是大多数诗人的局限，只是，只有少数身处局限中的诗人，才有过这种清醒的意识，并以螺蛳壳为道场，施展出了左腾右挪的人生格局与气象。而且，从生活的维度方面来讲，局限性总是难免存在的，诗人写作的有效性并不在于突破局限，而在于克服局限的拘囿，并从中发掘出生命存在的价值，还原生命的真相。

唐代的所有诗人里，有一位诗人深谙此道，他就是白居易。

白居易，"九岁，谙识声韵"，早期严格的声律训练，无疑为他后来创作《长恨歌》《琵琶行》和《霓裳羽衣歌》等歌行体提供了坚实的技艺基础。白居易对声韵的熟稔程度，是同时代的很多诗人都难以望其项背的，浅淡平白的字词，被诗人赋予了一种婉转圆润的旋律和唱腔，天然具有一咏三叹的效果。"吾音中羽汝声角，琴曲虽同调不同。"（《鹤答乌》）诗人不仅精通音律，而且对自己的每一次发声都有清醒的把握，从来不会含混而作。但是，让人着迷又令人费解不已的是，我们在白居易身上看到了某种异乎寻常的理性力量，或者说是他对声音的抑制或把控力，显得太过工于技巧。克制，从简，止损，白居易清楚地把握住了声音的各个细部的处理环节，声带舒展自如，发挥极为从容，当高音处发高音，当低音处发低音，从无失态之时。这种异乎寻常的发声能力，有时候，使白居易看上去不太像一位诗人，而像是一位深谙驾驭宦海之术的谋略家。

白居易早期无疑是杰出的高音区诗人，他时常以"采诗官"自居，"采诗听歌导人言"，写下了大量的关注民生疾苦的《新乐府》诗篇，以讽喻手法直接继承《诗经》的现实主义传统，发出了元和时代的最强音。"何言初命卑，且脱风尘吏。"（《初授拾遗》）作为一介言官，白居易初入官场，便显示出了为民生而呼而鼓的强烈意愿，"为君为臣为民为物为事而作，不为文而作也。"在这一宗旨下，诗人的高音虽然略显刺耳，但充满了鞭答的力道："安得万里裘，盖裹周四垠。稳暖皆如我，天下无寒人。"（《新制布裘》）这种呼求当如杜甫的"茅屋歌"，回荡在寒风呼啸的薄凉人境。

白居易的转向，发生在他被贬为江州司马之后。在《与元九书》中，我们可以清晰地捕捉到诗人的心路转变历程，他不仅将最能体现其艺术特色和水准的《长恨歌》《琵琶行》《霓裳羽衣歌》等，归为"杂诗"一类，不被他个人看重之列，而且，他还将自己后来不再因袭的具有讽喻诗风格的《卖炭翁》

《杜陵叟》等,视为自己最重要最珍视的作品。白居易这样划分的目的,显然是为了强化他作品的思想性,但后果却是,将他自己置放在了矛盾和尴尬的艺术地位上:既然重要,为何诗人后来的写作不再因循?所以,我们在阅读和理解白居易诗的时候,常常会陷入某种莫名其妙的困扰之中:这位诗人究竟是太过聪明,还是犯了糊涂?由于深谙声律,加上天赋异禀,白居易始终能在高音区与低音区之间来回游弋,当他明确提出"文章合为时而著,歌诗合为事而作"后,诗人就渐渐从高音区滑向了低音区。这是一次非常明显的主动变调,也符合他关于如何重新做一个诗人的思考:"天意君须会,人间要好诗。"(《读李杜诗集因题卷后》)也就是说,白居易是在前往江州的路上,在又一次研读和借鉴了李白、杜甫作品之后,最终才确立了自己的发声区位的,这个区位既不在天上,也不在人世间,而是在他个人生活的区域范围内。而何为"好诗"?在此时的白居易看来,至少不应该再只是他先前的那些忧愤忧世之作了,而是那种与自我生活境况相熨帖的真实写照。这种在诗学审美上的前后矛盾,也恰好呼应了他对待生活的矛盾态度:悯人与悯己,济世与享乐,入世与出世,当抉择空间愈来愈逼仄的时候,他宁愿选择随波逐流的生活。而传递这种生活的声音,无非是酒足饭饱之后的嗝音或哼腔。

白居易后来尤其是晚期的写作,完全回归到了个人生活的怀抱，他像一个无所事事又心满意足的老者，双手环抱微隆的肚腩，眯眼环顾着四周："销磨岁月成高位，比类时流是幸人。"（《喜入新年自咏》）在一种沾沾自喜却无比抱愧的心理驱使下，诗人陷入了理想与现实两难的境地，人生的感叹诗学构成了白居易生命中最后的，也是最为重要的命题。诗人再也发不出当年那种真实的、刺耳扎心的高音了，而作为一位心存良善、多愁善感的诗人，偶尔，他也会被变声了的自己所惊醒，试着去回忆当年那位站在街头吟诵"心忧炭贱愿天寒"的青年，情不自禁地、习惯性地随口吟哦道："心中为念农桑苦，耳里如闻饥冻声。争得大裘长万丈，与君都盖洛阳城。"（《新制绫袄成，感而有咏》）然而，诗人自己心里是清楚的，我们也明白，这已经不是由胸腔里喷发出来的真实高音了，不再是当年的那类旷野呼告，而是从喉管里滚过的低沉的嘶吼，虚情假意又言不由衷，是一种技法圆润的假声唱法。

问题是，像白居易这样聪慧而极具天赋的诗人，尚可凭借自己过人的才华，将假声唱得如此悦耳讨喜，而更多的诗人却缺乏这种异禀，他们只是在一味地唱着，依着诗人自己的性情和本分，借助声音来给黑暗中的自我壮胆，或者，是为了以此向世人证明自我的存在。对于写作者而言，这无疑是一种无可复加的悲哀。

声，在甲骨文中，由"殸（磬）"和"叿（听）"构成，本义是指敲击悬磬所发出来的声音。当一位诗人用自我的心力叩击社会、自然、生活时，便会有一种响动传荡开来，警醒世人，或提醒每一位路过者用心用力地活下去。

"声成文谓之音。"（《礼记·乐记》）无论是高音、中音还是低音，这些分类最终的目的，是让发声者明白自己的处境以及困境，而唯有明白自我局限性和可能性的诗人，才能在嘈杂的人世让自我的声音具有辨识度。

十二 色彩 前身应画师

色彩　前身应画师

每一位诗人都可以被视为一座独立的建筑物（当然，也可能是连体建筑物或建筑组群），宫殿、寺庙、瓦舍、亭阁、茅棚、石窟，甚或墓穴……不一而足。诗人一生的工作，不过是在利用自己身边的、可供把控的各种原始材料，去尽力完成某一件立体的、可供观瞻的作品建构。而事实上，这部"作品"犹如那座世人皆知的"通天塔"一般，往往永无完结之期，永远只是他自己心目中的那部"作品"的一部分。路过这些建筑的人，兴许会留意到工地上的杂乱和近似于半成品的建筑物的外表与轮廓，只有真正有心的读者，才会想方设法涉险进去，甚至破门而入。进去后，我们会发现，内里别有洞天。这些由一首一首散乱的诗篇逐一搭建而成的建筑物，是诗人们各自安身立命的场所，或大漠孤烟，或廊亭水榭、曲径通幽，充分体现出了他们各自的气质和心境。而在这些建筑物的内里，最能触动我们感觉系统的，首先是映入眼帘的色彩，明亮或灰暗，素净或狂乱，或浓或淡，各有其妙。

汉语诗歌，尤其是用繁体汉字书写的诗歌的奇异之处，就在于，它从来都是一种形象直观的语言艺术。从最早的甲骨文，到稍后的金文，再到小篆、隶书、正楷……尽管笔法一直在变，但汉字的实质性结构及形声意相辅相成的特征，并无太大的变化。每一个静态的象形汉字随时都能够让人联想翩翩，形成声、形、意相互缠绕和支撑的审美意趣，同时搅动我们的视觉、听觉、嗅觉和味觉神经系统，有时，还能让人产生出伸手去触抚它们的冲动。

这样的审美感受，或许是如今我们这些生活在简体汉字世界的人很难体察到的了。

我个人觉得，从某种角度上来讲，简体汉字在追求语言实用性、书写简洁性的同时，也斧斫掉了汉字原本的语义丰富性，简洁的代价是使汉字略显呆板和干涩。人类创造了文字语言，反过来，语言也重新塑造了人类的思维方式。随着人类生活方式及书写材质的变化，汉字的流变也成了一个不可逆转的过程。每当面对繁体汉字书写的诗文时，我们不得不借助前人积攒下来的阅读经验，去重新感受原有的语境之美。因此，今人就需要不断地去疏通、还原汉语的经验世界，才能触摸到汉语语言尤其是古代汉语诗歌的奇妙之处。

葛之覃兮，施于中谷，维叶萋萋。

黄鸟于飞，集于灌木，其鸣喈喈。

(《诗经·国风·周南·葛覃》)

你看，四言六句，音色交织，简洁的字词组合，瞬间便勾勒出了天、地、人相处相融的情态，描摹出一派葱郁饱满的田园景象。作为一种炼字的艺术，古典诗歌始终在做着贾岛似的"推敲"文章，始终着力于怎样使用尽可能少的字词，传递出尽可能丰饶的情感世界和人生百态。这就要求，诗人必须具备准确攫取世相图景的能力，反复用语言尝试、剪裁、拼贴那些目击之物，形成一簇簇独为己出的诗歌意象。而获得这种效果的不二法门，首先就是给语言上色，用情感之笔、思想之色，为落在纸面上的文字赋予斑斓有致的色彩感，营造出让读者愿意停驻、观赏的视觉空间感。

"宿世谬词客，前身应画师。"(王维《偶然作·其六》)这是王维对自我写作的清醒认知和定位，同时也是他在深谙汉语之道后，对诗人职责的一种提示。王维的诗作以一种清淡的笔法，为我们描绘出了一幅意境高远、天人合一的山水人境，诗中的旨趣成了东方文化的典范。唐代殷璠在所作之《河岳英灵集》中，称王维诗歌"词秀调雅，意新理惬。在泉成珠，着壁成绘。一句一字皆出常境。"意在表明，优秀的诗人总是天生的匠人，懂得量体裁衣，更明白天衣无缝。因为人类的语言系统，说到底，是由描摹性语言和论述性语言共同构成的，而描摹性语言，在中国古代的诗歌里被发挥到了极致。王维则是执此语言之一端的代表性诗人，他的许多作品与其说是诗，不如称作画，诗与画在他手里达到了高度的同构效果。

日本早稻田大学有一位名叫松浦友久的汉学家，长期致力于李白研究，曾出版过《李白——诗歌及其内在心象》等许多专著。他耐心统计过李白诗歌中出现过的色彩剂量，之后发现，白色最多，高达463次；其次是金色，有333次；此外，还有黄色、绿色、紫色等。最后，松浦友久明确给出了这样的结论：李白的诗歌都是亮色的，富有朝气蓬勃之感。"白云映水摇空城，白露垂珠滴秋月"（《金陵城西楼月下吟》）；"明月出海底，一朝开光曜"（《古风·之十》）；"醉月频中圣，迷花不事君"（《赠孟浩然》）……"月"以一种耀眼的亮色，在李白的诗中反复出没，我们已经司空见惯，它们基本上都是以"明"或"朗"为前缀的，形成开阔、空寂、素净的意象。同理，"日"也是李白诗歌中反复出现的，总是给人以破空扑面的眩晕感："日照香炉生紫烟，遥看瀑布挂前川"（《望庐山瀑布》）；"日观东北倾，两崖夹双石。海水落眼前，天光遥空碧"(《游泰山》)……明丽耀眼的色彩就这样劈面而至,令读者心旌摇曳,无法招架。

这种建立在大数据基础之上的分析法,究竟有没有理论说服力,当然还是要回到李白诗歌的整体精神面貌上来看。目前学界对李白的研究成果都表明,这位强力诗人确实人如其名,如朗月高挂夜空,或艳阳普照大地,总是给人以耀眼夺目的既视感。而李白的个人行迹,也从侧面对附着在他诗歌里的这一特征,提供了丰富的佐证。

公元730年秋末,李白在求仕不顺、梦断长安之后,为了遣怀去闷,游历至长安城西的太乙山,诗人在那里写了一首颇值得玩味的五言诗:《登太白峰》。诗中有"太白与我语,为我开天关。愿乘泠风去,直出浮云间"之句。在我看来,这首意味深长的诗,不仅仅是诗人奇思妙想的产物,更是他对自我来历和去向的某种考据和确认,至少也是某种暗示。相传,其母梦见长庚星(即太白星)入怀而生李白,是以"太白"为其字号。而在这首诗中,我们看到,山、星、人达到了高度吻合的状态,形成了三位一体的自然格局。李白后来的所有作品,都是在这种格局里完成的,一厢情愿,同时,又壮志凌云。从早年的纯白[如"月下飞天镜,云生结海楼"(《渡荆门送别》)],到中期明亮与荫翳交替[如"黄鹤之飞尚不得过,猿猱欲度愁攀援"(《蜀道难》)],到晚年的明晦对照，甚至对冲［如"万里浮云卷碧山，青天中道流孤月"（《梁甫吟》）］，白云千载与浮云万里相互叠加，这番盛大开阔、无边无涯的生命景象，在文学史上独属李白。由此可见，李白诗里所散发出来的强烈的光芒，正是吸引我们去一再阅读他的关键元素，哪怕会有偶尔的眩晕，读者也愿意流连驻足，眯眼一试。

色彩感之于诗歌，其实也是一种肉身的唤醒，它能让沉睡在我们内心深处的对自然万物的感受力，在某一瞬间变得强健有力，而越是独特饱满的诗人，他们在诗歌里使用的色彩越是大胆、醒目，甚至刺目。

人世间的所有生命体都有自己的专属色彩，就像我们不能指望桃花开出杏花的颜色一样，色彩的专属性质赋予各种生命以别样的气质。"桃花浅深处，似匀深浅妆。春风助肠断，吹落白衣裳。"这是元稹眼中的《桃花》，充满了深情与哀伤。"曲江院里题名处，十九人中最少年。今日春光君不见，杏花零落寺门前。"这是张籍在追忆故人时所作的《哭孟寂》。诗人们的心境被眼前物象所绽放出来的色彩所感染，催生出了不同的情志，恰如陆游所言："桃花烂熳杏花稀，春色撩人不忍违。"（《山园杂咏》）不过，这些色彩却从来不理会诗人的意志，它们都是根据每一种生命体的自我意愿而产生出来的，有的恒定，数千年如一日，有的则会产生阶段性变化，通过调整自己的色彩来呼应季候与环境。从本质上来讲，自然界中一切生命的奥秘，都可以通过它们自身所彰显出来的色彩来窥探。譬如说，我们身边的树叶，通过叶绿素的光合作用，源源不断地为树木输送养料。而枫叶之所以会变红，只是因为，它的叶片里面含有大量的花青素（红色素），一到秋天，枫叶便会漫山红遍。色彩作用于人的视觉，又通过视觉在人类的心灵世界产生连锁感应，从而引导我们情绪的抒发，优秀的诗人则能用一种精当的语言，将个人之情转化为众生的普遍感受。

在崇尚自然书写的古典中国，在主观抒情性极为发达，几乎无与伦比的古典诗歌里，诗人总是这些自然物象最早、最敏感的观察和体验者。当一位诗人尝试着将自身对生命或生活的体验与感悟，融入身边的物象之中时，就会自然而然地达成与这些物象的情感共振，至于共振的频率和强度，则依据诗人个体的心性而定。

月落乌啼霜满天，江枫渔火对愁眠。
姑苏城外寒山寺，夜半钟声到客船。

安史之乱爆发后，流落到江南一带的诗人张继写下的这首被后世广为传诵的羁旅七绝诗，其中"江枫渔火"的意象，一直让人津津乐道。诗中强烈的画面感和色彩感，不仅吸引了无数读者，也由此衍生了无数画师前赴后继，创作同名画作《枫桥夜泊图》。张继流存于后世的诗作非常少，而且有些诗还属于张冠李戴之作，只有《枫桥夜泊》最为有名。这首诗其实只是诗人在面对眼前之景时的所见、所闻、所感，并没有复杂深奥的意象，纯粹是对眼前景物的铺陈或罗列。但层差有致的色块，动静相宜的白描手法，构成了一幅别致的江南夜景图。与其说诗人描述的是自己眼中的江南风物，不如说他呈现了世人想象里的江南秋色。诗与画通过相同的物象和相近的感受力，于此间达成了相互融通的审美共识，相互成就与成全。区别仅在于它们使用的语言材质各有不同。所以，每当我们说"诗中有画"时，其实是在谈论诗歌里绚烂迷人的色彩感，这种作用于我们视觉神经里的光合反应，也同时作用于我们的心灵感应，让那些平躺在竹简、丝绢、石壁或纸张上的字句，凭空摇曳走动起来，并营造出了某种神奇的、令人惊诧莫名的美学情景。

有趣的是，高妙的画师又总是能够将画中的诗情，反过来传达或转赠给诗人，由此进一步强化了中国古代的诗与画互倚互融的美学格局。

公元889年，身处晚唐末端的诗人韦庄避难来到了金陵，他不经意间看到了一组以六朝史事为素材的彩绘图,受此启发,作诗《金陵图》:"谁谓伤心画不成,画人心逐世人情。君看六幅南朝事,老木寒云满故城。"这首诗主要是针对诗人高蟾此前在《金陵晚望》里所发出的"一片伤心画不成"的哀婉之气,有感而发。在韦庄看来,无论是画家还是诗人,只要忠实于历史,不刻意去粉饰世相,就能够让自己的作品产生直击人心的力量,哪怕只是一堆"老木""寒云",也足以突显时光或岁月的真相。对于任何创作者而言,"心逐世人情"总是一项硬性的美学指标,高明的画师总是那种忠诚于现实生活的人,而真正优秀的艺术作品就应该具有这样一种祛魅的勇气,并将这种勇气兑换成艺术表现能力,去克服既有的审美惯性。唯有如此,诗人或画家才不会在人云亦云中丧失自我的精神独立性,不会被空洞或空心的美所裹挟,去捡拾前人弃置的牙慧。

"绿蚁新醅酒,红泥小火炉。晚来天欲雪,能饮一杯无?"白居易在《问刘十九》里所营造出来的情景氛围,一直被后世念念不忘。诗人通过温暖的色彩调配(新酿的淡绿美酒,烧得正旺的泥炉),将读者吸引到了这样一个暮色低垂、即将落雪的夜晚,语调温润轻柔,情感真切,向苍茫人境发出了围炉浅酌的邀约;而杜甫则用"两个黄鹂鸣翠柳,一行白鹭上青天"

(《绝句》),将春日旷野里成都平原的盎然生机烘托出来,寥寥数笔就勾勒出了一种天高地阔的人世图景,诗人苦闷的胸襟也在诗中得到了纾解。这些诗,之所以在若干世代之后,仍然能够不时调动读者阅读的欲望,不仅是因为诗中所呈现的生活态度历久弥新,而且还因为诗歌语言本身具有极强的吸附力,仿佛跳闪在语言丛林里的明亮光斑,吸引人趋身前往,一窥究竟。

每一位诗人因性情或天赋不同,在处理诗歌里的色彩时,也会手段各异。他们各逞其能,有的擅长铺陈,有的重彩,也有的濡沲,还有的则喜欢通过使用强烈的色彩反差,来渲染诗情,譬如:"野径云俱黑,江船火独明。"(杜甫《春夜喜雨》)中国古代有许多"一字师"的故事,让很多不明就里的人以为诗歌语言神乎其技,但说来说去,本质上都是在讲色彩与物象之间的搭配效果,而最佳的效果当然是那种点睛之色。"接天莲叶无穷碧,映日荷花别样红。"(杨万里《晓出净慈寺送林子方》)这首诗中的"碧"与"红",在对峙中完成了审美的视觉转换,形成了强烈的视觉冲击效果。诗人们通过调动自己的视觉经验,来传递更加饱满的情感体验,而对于读者来说,如何感受创作者的意图,考验着我们的审美综合能力。

问题在于,一首诗的色彩感我们往往还容易分辨,而想要辨识一位诗人整体的色彩感,却不一定那么容易了。大多数诗人都是依靠一首或几首作品存活于世的,譬如张继,譬如韦庄,等等。后世对他们人生的整体形象缺少足够的认知,或者说,他们流传后世的诗篇,很有可能孤悬在文学史的长河中,并不足以照亮诗人在人世间的身姿。因此,才有了诗歌长河里的无数个"无名氏"的存在,诗作尚存,而诗人已逝。这种现状,在无意间造成了这样的事实:许多诗会脱离作者的实际控制,如同风筝断线,脱离了制作者或放筝人之手,变成了翱翔在天际的浮游物。只有少数的诗人能够自始至终紧拽住命运的线索,直到他的作品将他从庞大的诗人群体中,从厚重的烟云深处提拽出来,让我们有机会一睹他的神采和面容。

唐朝有一位特别爱"哭"的诗人,钱锺书先生在《谈艺录》里说,李长吉特别喜欢用"啼""泣""咽"等表达悲伤的这一类动词,来咏叹草木家园:

无情有恨何人见,露压烟啼千万枝。

(《昌谷北园新笋》)

雪下桂花稀,啼乌被弹归。

(《出城》)

大量的带有哭腔的动词，以及关于哽咽抽泣的情景描写，构成了李贺诗歌的一大特色。可是，在我看来，"鬼才"李贺其实并不像他自己在诗中所说的那么感性、那样容易动情。恰恰相反，他诗歌里所体现出来的冷峻和凝重，更让人侧目。红、青、绿是李贺诗歌的主色调，而且是三种互为补色的色调，但关键在于，李贺处理这些色调的方式或手法非常特别，常常给人以诡异之感："金塘闲水摇碧漪，老景沉重无惊飞，堕红残萼暗参差。"（《四月》）金塘、碧漪、堕红、残萼，各种互不搭界的色块，被诗人强行拼合在了一起，既不写意，也非工笔或泼墨，完全凭借作者自身的心理感受，信手涂抹，创造出了一个独属于自己的色彩天地，凌乱又突兀，却能营造出一番别样惊悚的情景。诗人著名的诗篇《雁门太守行》，几乎可以视作一块五颜六色的调色板，每一句诗都由色彩构成，黑色、金色、紫色、红色、白色轮番上场，突兀而鲜明。这种不合规矩的创作手法，时而像儿童作画，时而又像幽闭症患者独具匠心的胡涂乱抹，让人难觅师承。

李贺自称以韩愈为师，意在表达韩愈对他的提携之恩，以及他对韩愈的感激之情，但我们很难从诗歌技法上看出他的诗歌美学风格受到过韩愈的影响，倒是他俩对待诗学的态度有一脉相承之处。尽管韩愈的诗歌里也有大量的红、绿和金色，但这些色彩大多具有明确的指向性。在韩愈笔下，红色大多用来形容花与叶，如："桃蹊惆怅不能过，红艳纷纷落地多。"（《闻梨花发赠刘师命》）而绿色则多指向树丛："水容与天色，此处皆绿净。"（《东都遇春》）这种手段合乎人之常情，全然不似李贺诗中的斑斓与凌乱。李贺还有一首著名的诗，题为《李凭箜篌引》，其中有这样几句："昆山玉碎凤凰叫，芙蓉泣露香兰笑。十二门前融冷光，二十三丝动紫皇。"多种色彩斑驳跳荡，仿佛时下歌舞厅里的宇宙球灯闪烁、滚动、变幻，反复运用了通感联觉的手段，突显出诗人非常规的主观情感。在李贺的笔下，"寒绿"一般来说代表了春草，"细青"代表着秧苗，"幽红"指的是春花，"玉青"指的是新竹，"鲜红"是荷花，"团红"则指向一簇簇花朵……这些摩斯密码一般的意象组合，其实属于诗人纯个人的审美蹊径，根本不具备公共感受经验，是他非常隐晦而独特的自我主观感受，也无疑是过往的诗歌史上非常罕见的笔法。也就是说，李贺诗歌中的色彩，从来不是为诗意的和谐服务的，他真正要抵达的，也许正是那种扭曲、生涩的不和谐人生状态，然后，用视觉上的不和谐来展现自我的精神状态。碎片似的人生体验，与同样碎片似的情感色彩两相印证，最终将这样一位诗界"鬼才"推送到了我们眼前，诗与人由此共同构建出了一幅完整清晰的诗歌赤子形象。

子曰："隐恶而扬善，执其两端，而其中于民。"（《礼记·

中庸》）中国古代诗人特别重视色彩的搭配效果，尽管也有李贺这样的诗人不按常理运笔，但大多数诗人仍然会在作品中遵循审美的"中庸之道"，寻求相对自然和谐的诗歌色彩。从一般人的感受上来看，暖色肯定会让人感觉舒适，在这个色系里，橙色是最暖色，红、黄也是暖色，红紫、黄绿属于中性微暖色；而冷色则让人感觉朴素，紫、绿是中性微冷色，蓝紫、蓝绿是冷色，蓝是极冷色。诗人们在创作活动中，大多习惯于按这样的传统感受来配置色彩，基本上很少使用冷暖两极色彩，用中性色调来进行协调与对比的占据了大多数。这或许是"中庸之道"在不经意间作用于诗人审美趋向的最好明证。

情与色，是我们在谈论中国古典诗歌时，怎么也难以绕过去的话题，在"以色主情，以情观色"这一传统的审美主旨下，几乎所有优秀诗人都会将个人之情与自然之色进行绝妙的调配，我们甚至可以说，每一位大诗人都堪称汉语语言的调色大师。然而，他们调出来的色彩却千差万别，色彩在不同诗人手中具有完全不同的情感指向。

同样是写"枫叶"，杜牧的"停车坐爱枫林晚，霜叶红于二月花"（《山行》），就显然有别于张继在《枫桥夜泊》中的愁绪，体现出了诗人内心深处的欣悦感。而清代赵翼的"最是秋风管闲事，红他枫叶白人头"（《野步》），则充满了无羁的戏谑和野趣。一诗一色，一色一人，通过对诗人色彩运用方式的考察，我们一方面可以透过诗人之眼，管窥寻常世界的不同寻常之美；另一方面，我们还能由此洞悉诗人各自的心境和性情，进入到诗人更加丰饶的情感世界里。但严格说来，色彩这种东西，本身乃是无情之物，无论哪一种自然之色，也只有通过诗人的赋情和传情，才具有各式各样的意味。正所谓草木有情，根源于人心。譬如，在人们的普遍意识里，红色代表着热烈，绿色代表了生命，蓝色代表了浪漫，金色代表了富贵，黑色代表了鬼魅……从某种程度上来讲，在中国传统文化中，真正给色彩赋予别样意义的，并不是那些画师，而是诗人和他们的诗歌。没有哪一种艺术能够，或者说，曾经像古典诗歌这样，把诗人的情感彻底揉碎后，再融入各种事物情景之中，然后拼贴成一幅幅人活于世的见证，以此来呈现诗人鲜活、复杂的心灵世界。这种局面的形成，大概源于中国古典文化里独特而浓厚的抒情气质，而诗歌作为一种极具感染力的极致的抒情艺术，理所当然地被尊崇为世道人心的标准和典范。

公元851年，对于诗人李商隐来说，或许是一个特别难熬的年份。

"蔷薇泣幽素，翠带花钱小。"熟悉义山诗的人都知道，这是一首悲情缠绵之作。在这首献给亡妻的《房中曲》里，一缕缕呜咽之腔在字里行间弥漫、乱窜，诗人最后忍不住发出了一声长喟："愁到天地翻，相看两不识。"仿佛是泪水哭干后的一声干号，这也是李商隐诗歌中少有过的"失态"之语。作为晚唐诗坛最后一抹耀眼的亮色，李商隐的诗充满了凄艳的色调，这也是后世总将他的诗与大唐帝国的命运联系起来阅读的主要原因。

也有人统计过，在现存的李商隐作品中，青色总共出现了84次，红色出现了63次，紫色出现了45次，绿色出现了25次……姑且不论这些数据的准确性，仅从他诗中排在前面的几种色彩就可以看出，热烈、凄美、妖艳，基本上能概括出他的诗歌特色。似乎没有哪一位诗人像李商隐这样，沉湎于凭悼书写，最终，把"悼亡"主题发展成了一个阶段性的诗歌创作主题，而亡妻之愁更是将诗人之愁推向了巅峰，其中最著名的要数《暮秋独游曲江》：

荷叶生时春恨生，荷叶枯时秋恨成。
深知身在情长在，怅望江头江水声。

写这首诗的时候，诗人自己的生命也已经接近了尾声。因恨生情，因情生恨，情恨交织，缠绵不已。尽管我们难以用具体的色彩来分析这首作品，但通过诗人对"荷"的咏叹，不难看出他内心中无可排遣的愁情别意。情如花开叶长，爱似荣衰有期。李商隐大量的诗作都像这首诗一样，着墨于难以化解的浓情之中，而这样浓烈的情绪，往往不是任何一种单一色彩所能够承载的，诗人必须借助情感的力量反复研磨，才能濡润出独属己出的色彩联觉天地。

在李商隐流传后世的近六百首诗中，咏叹爱情之作多达百余首，可见，用情、伤情和悲情，构成了诗人情感世界的富矿。《正月崇让宅》《七月二十九日崇让宅宴作》《王十二兄与畏之员外相访，见招小饮。时余以悼亡日近，不去，因寄》，以及扑朔迷离的《锦瑟》，等等，均可视为李商隐的悼亡之作。从这种意义上看，"悼亡"，或许可以解读为诗人对盛世大唐的哀怀和凭吊，而这样的哀怀已经无须具体的物象，以及附着在这些物象之上的具体色彩来渲染了。敏感的诗人只需要将某种整体的色彩感受，一股脑地泼向他置身其中那个垂危的时代："夕阳无限好，只是近黄昏。"（《乐游原》）犹如晚霞，无可挽回地泼洒在了满目疮痍的河山之上，一切都渐渐黯淡下去了：

从来系日乏长绳，水去云回恨不胜。

欲就麻姑买沧海，一杯春露冷如冰。

（《谒山》）

夜色即将吞没眼前之景，孤寒也将成为每个人的命运。

"忆梅下西洲，折梅寄江北。单衫杏子红，双鬓鸦雏色。"这是南朝乐府《西州曲》里描写少女情貌的诗句，歌者用近乎工笔的手法，耐心细致地给语言着色，可谓细腻之极。而这样的手法，在后世的诗歌中不仅比比皆是，而且花样也被一再翻新。当王维咏过"雨中山果落，灯下草虫鸣"（《秋夜独坐》）后，司空曙继而咏道："雨中黄叶树，灯下白头人。"（《喜外弟卢纶见宿》）白居易随后又咏道："树初黄叶日，人欲白头时。"（《途中感秋》）……物象的转换对应着作者各自的心境，虽说新意迭出，但终究逃不脱从描摹到临摹的窠臼。

诗坛亦如人间，你方唱罢我登场，在诗歌写作日趋逞强斗狠的代际轮值过程中，也许唯有一种力量，能让诗人葆有永不褪色的艺术感染力，即，一位诗人，他不仅仅是用一种或几种色彩，创作出一首或几首夺人眼目的诗篇，而是用他全部的情感向世界呈现出一种耀眼乃至令人惊悚的光亮。无论是李白的"白"，还是杜甫的"灰"，无论是王维的清淡，还是李贺的凌乱、李商隐的凄艳，都散发出这种照见人心和印证时代的光芒。

十三　还乡　近乡情更怯

还乡　近乡情更怯

　　唐天宝三载（公元744年）正月初五，是诗人贺知章离开长安告老还乡的日子。《新唐书·贺知章传》里是这样记载的："天宝初病，梦游帝居，数日寤，乃请为道士，还乡里，诏许之。以宅为千秋观而居，又求周宫湖数顷为放生池，有诏赐镜湖剡川一曲。既行，帝赐诗，皇太子百官饯送。"从这则文献中，我们可以看到，这一天，帝都虽然天气阴冷湿寒，但对于这位年满八十六岁的老诗人来说，无疑是一个龙恩浩荡的日子。

　　放眼整个大唐帝国，乃至整个中国古代诗歌史，我们似乎都很难找到哪一位诗人有过如此完美的人生结局。不独完美，而且完整。三十六岁中状元郎，顺利入仕，宦海畅游五十载，几乎没有呛过一口水，现如今，又以礼部侍郎兼集贤院学士的身份，以高寿之龄，全身而退。更不可思议的是，还乡不久后，他就寿终正寝了，而其传世之作，也相当于自己的人生绝笔：《回乡偶书》。这样完整的生命与文学年谱，我们确实很难在文学史上尤其是诗歌史上找到先例。

严格说来,作为诗人的贺知章在群星荟萃、天才云集的开元年间,并没有特别醒目耀眼的文学才华和成就,除了一些应制、抒怀的作品外,他流传后世的诗篇也屈指可数。但是,就像诗人在《咏柳》里所描写的那样:

碧玉妆成一树高,万条垂下绿丝绦。
不知细叶谁裁出,二月春风似剪刀。

造物主自有其神奇的造化之蛮力,剪出了万千细叶的那把剪刀,也在暗自梳理着我们人生的枝丫,推动着人世间万象的更迭与循环。贺知章顺应了那个绝无仅有的时代的社会风尚,上承初唐之雄健,下启盛唐之越逸,以个人之境遇,引导出了"一花引来万花开"的盛大诗歌气象。随后,才有了李白、王维、孟浩然、杜甫、王昌龄、王之涣、高适、岑参等一大拨强力诗人的登场。有时候,我们不得不相信命运的力量,活着的人也许一时半晌还感受不到,但当他离开,这力量就会在他途经之处清晰地显现出来,让人愈发觉得,人生的荣辱成败其实都在岁月的情理之中。我们无法改变命运,但我们可以选择面对命运的态度。而贺知章或许就是那位因选择了顺应命运,而被命运之神格外垂青和眷顾的诗人。

在贺知章身上，我们几乎看不出任何诗歌对诗人常有的那种反噬力，那种因其才华而妒其生命、因其性情而磨其心志的挫钝之力，所有的一切，都似乎是在为了成就一个人非凡的命运所做的各种预演。没有优劣，没有高下，只有圆满。如此另类的人生结局，让我们很难简单地用好或坏来评判他的诗与人，只能用这种罕见的生命结局，来感叹贺知章作为诗人的一生。

"镜湖流水漾清波，狂客归舟逸兴多。山阴道士如相见，应写黄庭换白鹅。"这是李白在别送贺知章时，感念前辈的知遇之恩，写下的一首七绝《送贺宾客归越》。诗中借用了王羲之"黄庭换鹅"的轶事，以表达他对这位年迈诗人美满人生的无限钦羡。人人都渴望心想事成，但真正能够将心中所愿最终兑换成现实的，能有几人？遥想当年，这位将"谪仙人"的美誉送给自己的前辈诗人一直以来对自己的种种提携和揄扬，李白此时心中的况味自然十分复杂。从这首诗中，我们不难看出"谪仙人"对"四明狂客"由衷的羡慕和叹服，从庭上"宾客"到山间"道士"，贺知章身份的转化，带给我们诸多的人生感慨。在李白的想象中，镜湖如镜，仙气袅绕，潋滟水波，狂客泛舟，人生至此，夫复何求。相比之下，此时还厕身朝堂的李白，已经没有了刚入大殿时的那股兴奋和豪情，正处于进退两难的窘境之中。

事实上,在那场由皇太子亲自主持的欢送筵宴上,李白还写过一首题为《送贺监归四明应制》的命题诗。因为唐明皇已经率先写出了一首《送贺知章归四明》,席间百官莫敢不从,连权臣李林甫也奉诏题了诗:"挂冠知止足,岂独汉疏贤。入道求真侣,辞恩访列仙。睿文含日月,宸翰动云烟。鹤驾吴乡远,遥遥南斗边。"(《送贺监归四明应制》)作为响遏行云的天才浪子,李白身处熙攘的宴庭,看着被众人簇拥着的、老迈又满足的贺知章,心中除了钦羡,更有不舍,甚或不甘。所以,他在那首应景诗里这样写道:"借问欲栖珠树鹤,何年却向帝城飞。"眼前这只饱吸过帝都精气的仙鹤,还会有飞还归来之期吗?诗人预感到,随着贺知章的离去,他在偌大的朝堂上又少了一位心灵相通的至交,以后他将更加孤立难鸣了。与此同时,李白也在贺知章身上,隐约看见了自己素来匮乏的那种性情,那种进退自如的雍容气度和不计得失的寡淡之心,这些都是他所不具备的。当然,更有可能,也是他不屑为之的。

对于李白来讲,出川即意味着大鹏展翅,或鱼跃龙门,是他自我精神放逐远遁的开始,犹如浩荡江水终于破出了夔门,可以随其性情一泻千里了:"山随平野尽,江入大荒流。"(《渡荆门送别》)李白一生中似乎从来不曾有过中国古代文人普遍都有过的那种叶落归根的想法,因为他深信,所有的水都来自天上,而自己的生命运行轨迹也来自天启而非人间:

吾将囊括大块,浩然与溟涬同科。

(《日出入行》)

李白生命运行的轨迹,一如他诗中所示,将与日月同行,遨游四海。此去经年,他从来不曾动过"衣锦还乡"或"浪子回头"的念头,哪怕是在挫败与沮丧中,偶尔会生发出"低头思故乡"的感慨,但只要一抬眼看见异乡头顶的明月,看见在月光下波动的酒樽,就会在瞬间释怀了。

李白当然可以这样,但在更多的诗人心目中,贺知章似的人生归宿,仍然不失为一种功德圆满的人生结局。"少小离家老大回,乡音无改鬓毛衰。儿童相见不相识,笑问客从何处来。"(《回乡偶书·其一》)如此平淡无奇、童趣稚拙的诗句,是任何充满劳绩和愁苦的诗人都无法写出的,它只能出自这位见惯了风云、看透了人生本质的老者之手。在扮演过"诗狂""书狂""酒狂"等诸多角色,在卸下了各种精神面具和伪装之后,诗人也同时卸下了繁复冗赘的语言技艺,时光沉淀，容颜已改，心境坦然，老去的贺知章也回到了真实无碍的拙朴状态里。这样的状态，其实与写《静夜思》时的李白何其相似，只不过，《静夜思》是李白人生过场中的一闪念，而《回乡偶书》则是贺知章的生命执念，是他深思熟虑后的人生总结。

如前文所述，贺知章尽管并无特别突出的文学成就，但他开创了一种达观、平易、极具亲和力的文学范式，朴实无华的语言风格，以及真挚乐观的人生态度。这些都是那个高蹈绮丽的时代里极为少见的。我们甚至还可以说，贺知章的存在，对于当时盛行的愤世嫉俗的文风，以及过于空洞繁缀的文学假声，起到了某种警示或纠正作用。

相比之下，比贺知章早十一年为进士的陈子昂，就远没有这么幸运了。陈子昂素来以直言敢谏著称，在武则天时代曾官至右拾遗，后因反对武后而下狱；再后来，在回老家射洪居丧期间，居然被地方县令罗织罪名，冤死于大狱，年仅四十二岁。命运的神奇之处就在于它的不可复制性，一人一命或一命一人，即便有部分耦合和重叠，但最终也有分岔，一人一坟，即便同穴，也不同体。只是，我们在贺知章身上看见了中国古代文人命运的极端性一面，或者说，贺知章的命运暗合了所有诗人（甚至是所有人）对自我命运的先期预设，而真正达成这一正果的人，其实少之又少。

读书，入仕，立德，立言，立身，济世报国，或扬名立万，或遗臭千载。中国古代文人的人生道路一直都是线性的，由此及彼，即便中途有过一次甚或多次折返，但最终还是要回到先前的老路上，可供他们选择、施展别样抱负的进阶途径并不多。而要实现这样的抱负，第一步必须是走出书斋，远离家乡故土，到帝国的中心去，赢取和认领属于自己的人生舞台。这样笔直的人生路径，决定了所有的诗人都不得不挤行在同样一条道路上，你推我挤，头破血流，其情状用尘垢飞扬或波诡云谲来形容，也毫不为过。另辟蹊径者也有，譬如投笔从戎，充军幕府，但真正能在这条道路上取得成功者屈指可数。而一旦成功入仕，其个人命运就被迫与时代、与王朝的命运紧密勾连，严丝合缝地捆绑在了一起。

南朝庾信就是这样一个典型的例子。在没有科举制的时代，庾信幸好出生在士族望门之家，他的伯父庾黔娄、庾於陵和父亲庾肩吾，都是与萧梁皇族过从甚密的人物，并都身居要职，因此，庾信根本不用担心前程生计，年纪轻轻就成了东宫学士。这是他的幸运。但不幸的是，庾信恰巧生活在一个乱世累卵的时代。梁元帝萧绎让他出使西魏，以缓解来自北方民族的压力，从此，他便过上了与"质子"无异的背井离乡的生活，再也没有任何机会回到家乡江陵。在北朝的半生岁月里，庾信辗转于西魏和北周，担任各种闲职，受尽了轻慢和折辱。"秦关望楚路，灞岸想江潭。几人应落泪，看君马向南。"（《和侃法师》）浓烈的思乡之情，无数次涌现在庾信的笔下，让他写出了中国古代词赋史上的恢宏巨制《哀江南赋》，字里行间满是悲苦和悔愧之情："余烈祖于西晋，始流播于东川。洎余身而七叶，又遭时而北迁。提挈老幼，关河累年。死生契阔，不可问天。"《哀江南赋》（及序）全文洋洋洒洒长达四千余言，以一种四六句对仗为特征的骈文体，将六朝文学推向了巅峰。有许多论家认为，它是"《离骚》《哀郢》之余绪"，充满了去国离家的万般愁苦和无奈。

"归去来兮，田园将芜胡不归？既自以心为形役，奚惆怅而独悲？悟已往之不谏，知来者之可追。实迷途其未远，觉今是而昨非。"这是陶渊明在《归去来兮辞》里发出的感喟，但这里的"归去来"，已经不再是地理意义的指称了，它直接戳向了我们精神深处的魂魄所系之处。此时的陶渊明已经辞去了他人生中的最后一个官职彭泽令，锁定了自己晚年立命安身的田园居。但是，对于半世漂泊的陶渊明来说，"还乡"并非简单地回到"园田居"这里居住、生活，而是回到自己的本真之心，回到那种形、影、神相互召唤的无碍状态中，即，纵浪大化，不喜不惧，应尽须尽，无复多虑。唯有在这样的状态里，人才能由社会人转化为自然人。重新做人的意志，在陶渊明身上体现得尤为迫切，而"归来"在这里变成了世人眼中的出逃，"还乡"也不再是世人眼中的还乡回家之举。

庚信生活在陶渊明身后百年左右，我不知道他是否读到过陶渊明的《归去来兮辞》，也不清楚他读到后该作何观感，是心猿意马还是念兹在兹，但从《哀江南赋》的行文气息来看，诗人似乎终究没能割舍下对故土的思恋，因此他永远也没能摆脱畸零人的身份。"唯彼穷途哭，知余行路难。"（《拟咏怀诗二十七首·其四》）庚信之难，难在身心分离，而这还只是一种普遍意义上的思乡之情。但我想，更晚者李白，肯定是读过陶公的，并对他"既自以心为形役，奚惆怅而独悲"的观点高度认同，且心领神会。不然的话，李白不会一直遨游在天际，乐不思蜀，索性放弃肉身的安顿，而一味地去寻找灵魂的庇护所了。"我醉君复乐，陶然共忘机。"（《下终南山过斛斯山人宿置酒》）虽说李白对陶渊明的生存方式有过疑问，甚至还嘲讽他"龌龊东篱下，渊明不足群"（《九日登巴陵置酒望洞庭水军》），但至少通过他们共同的爱好——饮酒，李白找到并进入了陶渊明的桃源圣境，并陶醉其中。

在中国文学史上，还乡是一个非常常见的文学主题，这或许与传统文化中固有的乡土意识和桑梓情结不无关系。但是，它却从来就不是一个轻松随便的话题。即便是洒脱如李白者,只要每每忆念故土,就会凝眉惆怅:"仍怜故乡水,万里送行舟。"(《渡荆门送别》)杜甫更是:"露从今夜白,月是故乡明。"(《月夜忆舍弟》)无数代诗人用无数的诗篇书写、描绘自己的家乡故土,仿佛人世间只有故乡的山山水水,才是最为美好的人间圣境。其中饱含了多少个人美化的成分,没有人去仔细深究过,也不值得深察。因为,美总是以千奇百怪的形态存在着,而书写者的主观性,决定了美的差异性和趣味性,哪怕是那些缺憾之美,也将以另外一种情感弥补的方式,出现在诗人们的笔下和世人的视野里。

在李贺的心目中,他的家乡昌谷状若母亲的怀抱,无论是形状还是气息,都是如此。每当他在外面感觉不适的时候,诗人就会赶紧返回故里,一头扎进去,感受早年被母亲哺乳过的气息:

秋野明,秋风白,塘水漻漻虫啧啧。
云根苔藓山上石,冷红泣露娇啼色。
荒畦九月稻叉牙,蛰萤低飞陇径斜。
石脉水流泉滴沙,鬼灯如漆点松花。

(《南山田中行》)

这种生机盎然、色彩纷呈又静谧和谐的乡野景象,以斑斓僻静的块状结构出现在诗人的笔下,呈现出了一派浓郁的自然生趣。这是一个自幼就孱弱多病"咽咽学楚吟"的少年永不释怀的情感体验,即使是到了鬼火摇曳的生命尽头,他依然对生育自己的故土饱含不舍之情:"月午树无影,一山唯白晓。漆炬迎新人,幽圹萤扰扰。"(《感讽五首·其三》)李贺的生命虽然短暂,但他最终还是得偿所愿,死在了母亲的怀抱里。而更多的诗人,当如晚明徐渭所言:"半生落魄已成翁,独立书斋啸晚风。"回不去与归不得,总是命运的常态,一旦行于路上,便走上了命运的单行道。

在汉语世界里,"乡"字除了与土地、亲情紧密相联外,通常还与"愁"字勾连在一起。"客舍并州已十霜,归心日夜忆咸阳。无端更渡桑干水,却望并州是故乡。"这首题为《渡桑干》的诗,讲述的是诗人在异乡与他乡之间来回辗转的过程中,最终丧失了"故乡"概念的事。很多诗集选本里都将这首诗算在了贾岛名下,但有人考证说,它其实应为客居并州十年之久的刘皂所作。为什么会出现这种张冠李戴的误差呢?除了刘皂在文学史上寂寂无名外,或许还因为贾岛也有过类似的生命体验。但对于后世阅读者而言,无论《渡桑干》的真正作者是谁,都不妨碍我们对"故乡"这一概念的理解,而且,也许正是这样一种同为"异乡客"的情感体验,反倒消淡了我们对作者究竟是谁的在意。咸阳也罢,并州也好,面对这样的共情时刻,刘皂又何妨不是贾岛呢?总之,这种情感上的位移,即便是放在现今,也普遍存在着。

"错把他乡当故乡"从来就不是一场真正的错误或误会,而是人生的正解。如同归不得,或回不去,被迫或不得已的人生,才总是人生的常态。正因为如此,关于"乡愁"的书写,也才会成为中国文学史中一直经久不衰、绵延至今的重要主题。文学的魅力正在于此,它总是执着于将不可能化为各种各样的可能。当苏东坡说"此心安处是吾乡"时,实际上,他已经接受了这样的现实:你必得投入万分的情谊于眼前的生活中,与你的安身立命之所保持住相互搀扶、相互融通的关系,摆脱寄居蟹的身份,唯有如此,才能避免身心的不停撕扯和互损。这样的现实看似残酷无比,却是我们获救的唯一通道。因为,所有的身心分离之苦,都源于我们不愿去面对回不去、归不得的现实。而这样的现实,是每一个生命个体都无法改变的,就像肚脐永远在你伸手触及之处,而脐带早已被接生人剪断。苏东坡临死前找维琳和尚索笔写道:"昔鸠摩罗什病亟,出西域神咒,三番令弟子诵以免难,不及事而终。"意思是,对于生命来说,每个人都要有正确的认知,该行当止,都有命理。所谓"著力即差",凡事都得顺运而行,乘任运化,不可强求,否则,只会平添烦恼。生命尚且如此,更遑论我们对还乡的执念呢。

唐大中六年（公元852年），在经历了无数次外放之后，杜牧终于回到了自己心心念念的长安，迁任中书舍人。一回到京都，他就立即着手修葺祖父杜佑留下来的樊川别墅，这项工程几乎耗尽了他在湖州任上的丰厚俸禄。

杜牧出生在樊川一座名为"朱坡"的园子里。这一带的美景曾经滋养过前辈诗人杜甫，那也是杜甫最为穷困潦倒的十年："故里樊川菊，登高素浐源。他时一笑后，今日几人存。"（《九日五首·其四》）樊川盛开的菊花在秋后摇曳生姿，曾慰藉过当年这位落魄诗人的心怀；而后，诗人崔护也曾在此留下过"人面桃花"的经典意象，成就了一段人间佳话。成年之后的杜牧，时常会回想起童年时期的生活场景，樊川的一草一木，无不令他魂牵梦绕，朱坡的美景曾多次涌现在他的笔端："下杜乡园古，泉声绕舍啼"（《朱坡》）；"藤岸竹洲相掩映，满池春雨鸂鶒飞"（《朱坡绝句三首》）……在沉浮宦海的那些年里，这些沉睡在他内心深处的景致，会不时地浮现在眼前。它们带给杜牧的慰藉，丝毫不亚于昌谷带给李贺的，而两人的性情和人生经历，以及出身，完全不具有可比性。由此来看，无论你是什么样的人，经受过什么样的苦与罪，只要你曾有过完整的童年，那些生活中的点滴经验都将会陪伴你的一生，让人永不释怀。

在世人的印象中，杜牧应该是一个随遇而安的人，甚至是一位才高八斗的浪子。扬州成全过他的诗名，他也用锦绣诗句成全过扬州这个地方，按理说，扬州才应该是他的精神家园，或寄心存情之所。但事实上，杜牧对故土樊川深沉隽永的情感，远远超过了他笔下的扬州以及黄州、池州和睦州所能带给他的。尽管诗人曾用欣赏的眼光、赞美的口吻，无数次书写过这些地方的湖光山色，然而，真正能够让他的肉身得以安顿下来的，仍然是故园樊川。虽说现在的朱坡已经荒芜破败，但起点即为终点，其他都是路过，是驿站，这里仿佛才是诗人挥之不去的内心律令，一再催逼着他浪子回头。杜牧在完成了对朱坡老宅的修缮与改造后，干了他人生中的最后一件大事：闭门烧诗。他把一生所写下的诗篇重新整理了一遍，将其中的绝大部分都扔进了熊熊燃烧的火炉之中。这样的举动反映出，杜牧虽然心存对故土的执念，但真正能让他看重和珍视的，其实仍然是某种绝对的精神价值，而非那些纷扬四散的浮名。

那天晚上，杜牧坐在熊熊火焰旁，眼瞅着被火舌一口口吞噬的一个个字迹，望着满屋子飘飞的黑蝴蝶一般的纸屑灰烬，精疲力竭的诗人做了一个荒唐大梦，梦中人凑在耳边对他说："尔应名毕。"听闻此言，杜牧从梦里取出一管并不存在的笔，在并不存在的纸上写道："皎皎白驹，过隙也。"人生在世，确乎如白驹过隙，而所谓的"隙"，不过是故乡与他乡之间的距离，更是此故乡与彼故乡之间的距离，你以为你回来了，其实回来的也只不过是被时光磨损殆尽的一介肉身。

公元705年，曾与陈子昂、杜审言、贺知章等人同朝为官的宋之问，在武周垮台后，因一向与武后及其扈从过从甚密，获罪被贬，复位后的唐中宗一怒之下，决定将这位有才无德的贰臣发配至岭南，充任越州长史。这已经不是宋之问第一次遭到发配了。这位曾经写过"近乡情更怯，不敢问来人"（《渡汉江》）的初唐诗人，早已无数次体味过家乡对内心的情感挤压。这一次，他心下明白，自己或许将要离故乡汾阳越来越远了。宋之问在凄惶之中随衙役一路南行，行至大庾岭，抬头张望苍茫崇山、万壑峻岭，不禁感慨万千。他趑趄顾盼着，行走在险峻的山崖间，后来驻足，写下了一首题为《度大庾岭》的诗：

度岭方辞国，停轺一望家。
魂随南翥鸟，泪尽北枝花。
山雨初含霁，江云欲变霞。
但令归有日，不敢恨长沙。

虽然宋之问在诗中仍然频频回望故园，表达心中的悔与愧，但他心里何尝不清楚，眼前这条令他魂飞魄散的不归路，或许才是他必须去面对的最后的现实。果然，这一放，就成了宋之问人生的尽头。睿宗上台后，继而把他放至钦州；玄宗上台后，索性将他赐死于桂州。

岭南韶关是诗人张九龄的老家。在宋之问翻过大庾岭后的第十个年头，张九龄因与宰相姚崇不合，愤而辞去了左拾遗之职，去官回乡归养。闲居在家的那些日子里，张九龄回想起自己每次返乡时，途中所遭受的崎岖和凄苦（"人苦峻极，行径寅缘"），愈发觉得苦不堪言。有一天，张九龄突发奇想，就此事上书朝廷，请为岭南民众开掘大庾岭。

没想到，张九龄这个大胆的请求，很快就得到了朝廷的准奏，朝廷责成他主持开凿这条天堑。更让张九龄没有想到的是，经过几个月的劈山修路，这项他原本以为会非常费时耗力的工程，居然很快、很顺利地完工了。这样，中国历史上就多出了一条举世闻名的"梅岭古道"。

张九龄在《开凿大庾岭路序》中，这样描述大庾岭路凿通后的情形："于是乎镵耳贯胸之类，殊琛绝赆之人，有宿有息，如京如坻。宁与夫越裳白雉之时，尉佗翠鸟之献，语重九译，数上千双，若斯而已哉。"自此，大庾岭路的商贸活动，很快就出现了"商贾如云，货物如雨，万足践履"的胜景。然而，张九龄从来不曾想过，这条连通南北的重要孔道，这条原本用于还利于民的经济命脉，日后竟然会变成一代代文人骚客流徙放逐的必经之途。

"自古文人伤心岭"，说的就是这座大庾岭，这条梅岭古道。前有宋之问的诗为证："处处山川同瘴疠，自怜能得几人归。"（《至端州驿见杜五审言沈三佺期阎五朝隐王二无竞题壁慨然成咏》）后有柳宗元的诗相佐："一身去国六千里，万死投荒十二年。"（《别舍弟宗一》）张均甚至用"人境外"来形容大庾岭的蛮荒："瘴江西去火为山，炎徼南穷鬼作关。从此更投人境外，生涯应在有无间。"（《流合浦岭外作》）据不完全统计，仅仅在唐代，就有沈佺期、宋之问、张说、高适、刘长卿、元稹、白居易、张均、李德裕、柳宗元、李商隐、许浑、胡曾、孟贯、李涉、李明远、杨衡等人写到过岭南。在这些文人的笔下，大庾岭不啻于一道精神巨壑，由此再往南去，便是距离华夏文明的万里之遥了，是中土世界的边陲之野，是天涯，是绝境，也是魑魅、蟒气、瘴气、毒龙、野象、毒雾、鬼疟、炎徼、炎海、火云、瘴疠、蛮溪、瘴江、百蛮的乐园，等等。总之，每当"大庾岭"出现在文人的笔下时，它便成了蛮荒的代名词，以及真正的人间畏途。

而到了宋代，大庾岭更是无数文人骚客的心碎之地，连生性一向乐观豁达的苏东坡路过此地时,也不免心惊肉跳:"今日岭上行,艰险未敢忘。"(《过大庾岭》)而后,又作《余昔过岭而南,题诗龙泉钟上,今复过而北,次前韵》,仍然对越岭之事耿耿于怀,胆战心惊:"下岭独徐行,艰险未能忘。"还乡的愿望,对于每一位贬谪者来讲,在大庾岭这里都变成了一种有去无回的奢望,苏东坡也不例外。当故乡越来越遥不可及的时候,过往的时光就会历历在目,清楚而真切地闪现在诗人的脑海里。那个归不得的家园,半掩的门扉,温暖的厨火或灯光,鸡鸣,狗吠,猪圈……这些曾经熟悉的、常常被熟视无睹的物象,将会在思念中被逐日膨胀,放大,你越是归不得,它越是凑近你身边、眼前,挤压你日渐缩小的人生天地,让你百爪挠心。

在世人的心目中,大庾岭无疑是某种显豁的象征,它既是物候的分界,也是文化的隔屏,是华夏帝州与蛮夷荒野的天壤之别,格外突兀地耸现在无数诗人的笔下,带着令人惊悚的象征意味。只有当那些去过大庾岭,或感受过岭外岭内巨大差异的诗人文士们,站在陡峭的岭岩上,回望过去时,才能体会到"故乡"这个词的真正内涵:故乡的存在,其实就是为了让我们终有一日明了,生活原本就是一场漫长无期的流放过程,由此及彼并非难事,但若是想原路返回,则几无任何可能性。

从这种意义来看，人人心中都有这样一道看不见的"伤心岭"。而看似人生圆满的贺知章难道就没有吗？他也有，因为他回去的地方，已经算不得是自己真正的故乡了，只能称之为诗人肉身的终老之所，一切都变了：

唯有门前镜湖水，春风不改旧时波。

(《回乡偶书·其二》)

十四 归途 知死不可让

也许我们可以从中国古代的诗人之死,从诗人们对待生命的态度和他们的人生结局,来反推他们在世时的活法。譬如李白,他的死因,犹如他的出生和血统一样,充满了各种各样的谜团,很少有人能像他这样,终生都活在扑朔迷离的光晕之中。这位从不惜力又不惜命的诗人,如天马倏忽,骄骢一生,即便死后经年,关于他的死因也充满了悬疑。有确凿纪年的是,公元762年,李白病死在了他族叔当涂县令李阳冰的家里。其绝笔诗应为《临路歌》:"大鹏飞兮振八裔,中天摧兮力不济。余风激兮万世,游扶桑兮挂左袂。后人得之传此,仲尼亡兮谁为出涕?"这首六句骚体诗,是诗人在弥留之际,对自己人世生涯的高度概括和总结。其中"大鹏"的意象,呼应了他早年在《上李邕》诗中的自喻,由此形成了一个圆满自洽的人生回旋空间。

"公遐不弃我,扁舟而相欢。临当挂冠,公又疾亟。"这是李阳冰后来在整理李白的遗稿《草堂集》序中,留下的有限的文字线索。作为诗人临死前的近身见证者，这篇序言具有相当大的可信度。其中有两个字，令后世联想翩翩：一个是"舟"，一个是"疾"。于是，后世就有了关于李白之死的两个版本在坊间流行：一是诗人酒后泛舟落水溺亡。北宋梅尧臣在他的诗作《采石月赠郭功甫》中就有过这样的大胆推测，他认为，李白的死因是："醉中爱月江底悬，以手弄月身翻然。"这种死法，固然不太体面，似乎有损大诗人的形象，但也符合人们对诗人放荡不羁的行径的心理期待和预设，毕竟在世人的心目中，李白就应当以这种离奇又浪漫的方式，为自己的人生画上圆满的句号。因此，这种说法在后世广为流传。另外一种说法是，李白死于"腐胁病"。宋代叶梦得在《石林诗话》（卷下）里称："凡溺于酒者，往往以嵇阮为例，濡首腐胁，亦何恨于死邪。"这当然也只是一种理性的推测。按照现代医学的解释，所谓"腐胁病"，就是慢性胸肺脓，而酒精中毒正是引发此种疾病的重要诱因之一。《旧唐书》中记载李白是饮酒过度，最后醉死在了宣城。晚唐皮日休作《七爱诗·李翰林》，其中有句云："竟遭腐胁疾，醉魄归八极。"看来，无论是哪一种死因，大概都与酒脱不了干系。

在李白流传后世的诸多诗篇里，饮酒诗满目皆是，可谓放浪形骸，酒气熏天：

高谈满四座，一日倾千觞。

(《赠刘都史》)

开颜酌美酒，乐极忽成醉。

(《酬岑勋见寻就元丹丘对酒相待以诗见招》)

醉后失天地，兀然就孤枕，
不知有吾身，此乐最为甚。

(《月下独酌》之四)

鸬鹚杓，鹦鹉杯，百年三万六千日，一日须倾三百杯。
遥看汉水鸭头绿，恰似葡萄初酦醅。
此江若变作春酒，垒曲便筑糟丘台。

(《襄阳歌》)

人分千里外，兴在一杯中。

(《江夏别宋之悌》)

……

总之，我们在阅读李白的时候，实在没有办法逃离各种觥筹交错的人生现场，唯有踉跄着跟随他，去天地之间邀游。而单凭"饮者"的形象还不足以概括李白，还得加上"仙人"二字，才够得上这位"酒仙"的体貌和神采。这个走在我们前面衣袂飘飘的诗人，像一道光，你永远不可能追上，即便他停驻下来，转过身来，你也无法看清他熠熠生辉的面容。

"不见李生久,佯狂真可哀。世人皆欲杀,吾意独怜才。敏捷诗千首,飘零酒一杯。匡山读书处,头白好归来。"杜甫当年流落巴蜀一带,途经江油大匡山,突然想起自己久未听闻李白的消息了时,写下了上述这首充满深情厚意的小诗:《不见》。作为与李白风格迥异的大诗人,杜甫尽管也与我们一样,行于李白身后,但我仍然愿意相信,在那个礼乐崩塌、离乱纷飞的年代里,只有他,真正看清楚了诗人李白的真实面貌。

与李白横行于天地间的姿势不同,杜甫尽管也爱酒,也写过许多饮酒名篇,诸如:

饮酣视八极,俗物多茫茫。

(《壮游》)

谁能更拘束,烂醉是生涯。

(《杜位宅守岁》)

促觞激百虑,掩抑泪潺湲。

(《湘江宴饯裴二端公赴道州》)

醉里从为客,诗成觉有神。

(《独酌成诗》)

……

归途 知死不可让

但我们看到,诗人几乎是躬身匍匐着行走在人世间的,而且,愈是到了晚年,他的身姿愈显佝偻和卑微。公元770年,杜甫客死在了从潭州前往岳阳的一条小船上。关于杜甫的死因,同样也是众说纷纭。据《旧唐书·杜甫传》记载:"(永泰元年)扁舟下峡,未维舟而江陵乱,乃溯沿湘流,游衡山,寓居耒阳。甫尝游岳庙,为暴水所阻,旬日不得食。耒阳聂令知之,自棹舟迎甫而还。永泰二年,啖牛肉白酒,一夕而卒于耒阳,时年五十九。"而在《新唐书·杜甫传》中,除了时间由"永泰元年"修正为"大历中"外,其记载内容与《旧唐书》颇为接近。及至今日,许多史家都倾向于杜甫是"大啖牛炙白酒而卒"。

从杜甫留下的诗篇里,我们大致可以还原他在生命最后阶段的行旅轨迹:诗人带着家眷出川之后,一路沿江而下,经江陵、公安、岳阳,抵达潭州。本来计划是去衡州,投靠昔日好友韦之晋的,哪知因病在路上耽搁了行程。当他们一行到达衡州时,韦之晋已经调任潭州,而且上任不久后就病故了。这突如其来的变故,让诗人无所适从。无奈之下,杜甫只有返回潭州。而此时,臧玠正在潭州作乱,杜甫仓皇逃回衡州。在稍作休整后,他打算前往郴州,投靠其舅父。但行到耒阳,遇江水暴涨,不得不停泊在方田驿。多日没有吃到东西了,幸亏县令聂某派人送来酒肉才获救。由耒阳到郴州,需逆流而上两百多里，此时洪水一直没有消退的迹象。杜甫又一次改变计划，顺流而下，折回潭州。是年深秋，他决定北归。当船行至岳阳一带时，终因不敌病魔而殁。

这一段行程与遭际，如果我们把它画在一张纸上，很快就能看出，杜甫在生命的最后那段日子里，恍若一条无楫之舟，在南方风雨飘摇的云梦之泽里来回打转，浊浪滔滔，命不由人。从"飘飘何所似，天地一沙鸥"（《旅夜书怀》），到"亲朋无一字，老病有孤舟"（《登岳阳楼》），杜甫终于在这里走完了自己凄风苦雨的一生。

郭沫若曾推测杜甫的死因是"天热肉腐"，诗人是在吃了聂县令送来的变质的牛肉后，饮酒而亡的。这一推测符合情理，但破绽之处在于，聂某既然派人送来了酒菜，无疑是出于对诗人的敬慕之情，也就不可能有任何加害之心，何况杜甫还曾作诗《聂耒阳以仆阻水，书致酒肉，疗饥荒江，诗得代怀，兴尽本韵，至县呈聂令，陆路去方田驿四十里，舟行一日，时属江涨，泊于方田》以示谢忱呢。那么，合理的解释就应该是，杜甫在吃了聂某送来的不太新鲜的牛肉，喝了酒后，诱发了他体内一直就存在着的某些顽疾。随后，数症并发，身体脏器衰竭而亡。杜甫晚年百病缠身，出现了明显的肝肾亏损、耳聋、齿落、眼花、乏力、头痛、失眠等症，还有肺部疾病,连他的家人见到他这样的身体状况时,都时常忧惧不已:"老妻忧坐痹,幼女问头风。"(《遣闷奉呈严公二十韵》)有人考证说,杜甫最后很有可能是死于糖尿病,"我多长卿病,日夕思朝廷。肺枯渴太甚,漂泊公孙城。"(《同元使君春陵行》)"长卿病"在古代也叫"消渴",就是我们现在所说的糖尿病。由于长时间不得食,当日的暴饮暴食,最终促成和加速了杜甫之死。这种解释,弥补了《前唐书》和《后唐书》中记载的偶然性和戏剧性,因此更合乎情理。

如果说李白之死的关键词是"酒",那么,杜甫之死的关键词就应该是"饿"。

"翠柏苦犹食,晨霞高可餐。世人共卤莽,吾道属艰难。不爨井晨冻,无衣床夜寒。囊空恐羞涩,留得一钱看。"(《空囊》)从这首令人唏嘘不已的受难诗中,我们有幸一睹诗人对待贫寒的态度。只有身处贫寒却仍旧操持着高洁心愿的人,才会受人尊重,更何况,诗人在贫寒之中仍然坚守着"一钱看"的日常生活温情。杜甫的作品里面有大量描写饥饿、困苦的诗句,但始终有一种顽强的求生意志,在字里行间涌动。我们完全可以说,为饥馑者而歌,构成了杜甫饮食题材写作的重要动因,而他自己也是一个对饥饿感同身受的人,食草茎,啖树皮,都是他一路行来司空见惯的事情。

杜甫的伟大之处在于,他从未将自己置于孤寒之境,他总是能从自身的处境出发，直达时代的普遍景象，工笔般刻录出众生群像，并从中提炼出高贵不泯的人格力量："恐有无母雏，饥寒日啾啾。我能剖心血，饮啄慰孤愁。心以当竹实，炯然无外求。血以当醴泉，岂徒比清流。"（《凤凰台》）这位以"凤凰"自居的诗人，总是想以自我的心血来喂养时代之饥荒。在这一点上，杜甫与以"大鹏"自居的诗人李白有着显著的不同。

每一位诗人都是由自身的生命气象和不同的时代生活际遇共同塑造出来的，其中究竟有多少"天注定"的成分，只有在诗人完成了对自我形象的塑造或改造后，我们才能去细细揣度这一件件"上帝的杰作"。

> 缀玉联珠六十年，谁教冥路作诗仙。
> 浮云不系名居易，造化无为字乐天。
> 童子解吟长恨曲，胡儿能唱琵琶篇。
> 文章已满行人耳，一度思卿一怆然。

公元846年，白居易以七十六岁的高龄在洛阳去世，即位不久的唐宣宗李忱，在感佩之余，写下了上述这首题为《吊白居易》的诗。这位靠装疯卖傻蒙骗过身边的宦官、最终成功登基的皇帝，后来开创了"大中之治"的盛世繁荣。这首悼亡诗中的"造化无为"四字，基本上可以涵盖白居易冗长的创作和宦海生涯。

相比之下，白居易的死因看上去并不复杂，也没有李白、杜甫之死那么多的不确定性，毕竟他活得比他俩都要长久，完全可以算得上是那个时代诗人中的寿终正寝者。大约在六十七岁那年冬天，白居易曾患过一场风痹（中风），而在此之前，诗人的身体已经出现了许多故障，尤其是眼疾特别严重。白居易写过许多关于疾病的诗，仅以《眼病》为题就写过两首：

> 散乱空中千片雪，蒙笼物上一重纱。
> 纵逢晴景如看雾，不是春天亦见花。
>
> （其一）

> 眼藏损伤来已久，病根牢固去应难。
> 医师尽劝先停酒，道侣多教早罢官。
>
> （其二）

医师总是劝他戒酒，但白居易又是一个嗜酒如命之人："镜里老来无避处，樽前愁至有消时。茶能散闷为功浅，萱纵忘忧得力迟。不似杜康神用速,十分一盏便开眉。"(《镜换杯》)白居易不仅贪杯好饮,他甚至还自酿佳肴:"酿糯岂劳炊范黍,撇篘何假漉陶巾。常嫌竹叶犹凡浊,始觉榴花不正真。瓮揭开时香酷烈,瓶封贮后味甘辛。"(《咏家酝十韵》)在诗人看来,喝茶尚不足以遣闷忘忧,还是饮酒最有神效,再也没有什么能比饮酒更让人开怀的事了:"劝君酒杯满,听我狂歌词。"(《狂歌词》)

纵情欢饮之下,白居易原有的旧疾也在进一步加剧。再后来,他的听力又出现了问题,在《老病幽独偶吟所怀》里,他写道:"眼渐昏昏耳渐聋,满头霜雪半身风。已将身出浮云外,犹寄形于逆旅中。觞咏罢来宾阁闭,笙歌散后妓房空。世缘俗念消除尽,别是人间清净翁。"身出浮云,形于逆旅,这是诗人对自我心境的真实写照,但日日觥筹交错,夜夜笙歌莺舞,同样也是诗人对自我生活的真实写照。

晚年的白居易没有哪一天不是活在"庆余年"的心理状态中,身处高位,财富盈室,却无子嗣可以承继;环顾四周,身边已经没有了可以唱和之人,元稹死了,刘禹锡随后也走了,几乎所有与他亲近的友朋都一一离开了人世。诗人只能在长吁短叹里,怅望着徐徐到来的生命尽头,侥幸与窃喜交织:"销磨岁月成高位,比类时流是幸人。"(《喜入新年自咏》)类似的咏叹调,在白居易晚期的诗篇中不停泛溢,几乎到了触目惊心的地步:"笑语销闲日,酣歌送老身。一生欢乐事,亦不少于人。"(《洛中春游呈诸亲友》)"夜深吟罢一长吁,老泪灯前湿白须。二十年前旧诗卷,十人酬和九人无。"(《感旧诗卷》)"无限少年非我伴,可怜青叶与谁同?欢娱牢座中心少,亲故凋零四面空。"(《杪秋独夜》)"荣枯忧喜与彭殇,都似人间戏一场。"(《老病相仍,以诗自解》)……这样的人生结局,或许是早年那位"心忧炭贱愿天寒"的诗人从来不曾想过的。当年的他,也曾以"采诗官"自居,抨击时弊,为百姓而歌,但一场贬谪即令他幡然醒悟,逐渐走向了"卧迟灯灭后,睡美雨声中。灰宿温瓶火,香添暖被笼"(《秋雨夜眠》)的慵懒生活状态里,身体自然是舒服了,而心灵仍旧会不时地悸动。

白居易死后,李商隐受其养子白景受所托,为他撰写下了墓志铭。文中历数白居易一生的仕宦经历和优渥生活,却对其文学成就与贡献只字不提。《唐才子传》中记载过这样一件事:"时白乐天老退,极喜商隐文章,曰:'我死后,得为尔儿足矣。'白死数年,生子,遂以'白老'名之。既长,殊鄙钝,温飞卿戏曰:'以尔为侍郎后身,不亦忝乎?'后更生子,名衮师,聪俊。商隐诗云:'衮师我娇儿,英秀乃无匹。'此或其后身也。"从这则文坛趣事中,我们得以窥见诗歌和诗人之间的代际传承,以及诗歌美学存在于传承过程里的相互融通与背驰。李商隐之所以在这篇铭文里避而不谈白居易的文学才华，其实是因为他骨子里并不认同白居易的诗歌美学态度。

在白居易去世十二年后，李商隐也因病去世，享年四十六岁。"薄宦频移疾，当年久索居。哀同庾开府，瘦极沈尚书。"因其生前曾作《有怀在蒙飞卿》一诗，有人从字里行间爬梳，推断出与沈约一样瘦骨嶙峋的李商隐，最后很有可能死于"消渴症"，而这种病象和死因，与杜甫多少有些相似。

当我们历数中国古代诗人的死因时，很快就会发现，死于贫穷，死于疾病，死于沙场，甚至像谢灵运那样，被人诬告"谋逆"，血溅街市的诗人，比比皆是，漂满了古代诗歌史的长河。然而，因诗歌而自杀的诗人，却极为罕见：为了诗歌而选择死的人，几乎没有；因为诗人身份而与现实世界发生龃龉，最终不堪其苦，选择了自尽的人少之又少。这一点，与世人对近现代诗人的理解和观感迥然不同。在普罗大众的印象里，诗人总是敏感易伤、意气用事的那一类人，他们距离死神最近，似乎随时随地都在冲撞命运，轻生应是常见之事。但事实并非如此，至少，这种现象很少发生在中国古代的这群诗人身上。

从本质上来讲，诗人之死，其实与普罗大众之死相比并无特别之处。但正是因为普罗大众之死的多样性，反过来映衬出了诗人之死的单调和庸常。也就是说,在中国古代,诗人这一群体的死因,看上去太过于趋同化了。这无疑是中国古代文化中尤其是诗人群体里非常独特的一个现象。尤其是,当我们考虑到,中国历史上第一个有着清晰面貌的诗人屈原,是以抱石沉江——这种激烈高蹈的方式——结束了自己的生命时,关于诗人对待生命的态度,就显得格外引人注目。

公元前278年,屈原在汨罗投水自尽。

在长达数千年的中华文明史上,从来没有哪一个人的死亡像屈原这样,被后世从消散的云烟里拎出来,反复谈论,被祭奠,被引申,被牵强附会或微言大义。屈原之死早已不是个人之死,而被放大成了一类人的死。作为也许是中国历史上第一位以自杀的方式结束了自己生命的文人,屈原投江的水花从来不曾有过平息之日。有时候,我们甚至觉得,人们对屈原之死的兴趣盖过了对他生前生活的关注,仿佛这个人在人世间六十二年的光景,都浓缩在了他毅然赴死的那一刻,人们只有通过一次次反推,才能逐渐还原他本来的生活面貌。

在有文字记录的文献典籍里,贾谊或许是屈原之死的第一位报丧人,他在《吊屈原赋》的开篇写道:"恭承嘉惠兮,俟罪长沙;侧闻屈原兮,自沉汨罗。造讬湘流兮,敬吊先生;

遭世罔极兮，乃殒厥身。呜呼哀哉！逢时不祥。"贾谊作此赋时，大约是在公元前176年左右，他被贬到了长沙，做长沙王的太傅，途经屈原放逐之地，听闻了一百年前屈原在这里投江的故事后，感同身受，不禁生发出了"贤圣逆曳兮，方正倒植"的悲情。同为忠君报国的文人，两人采取了完全不同的赴死方式，而贾谊之死与屈原之死不可同日而语。

司马迁在《屈原贾生列传》里用很大的篇幅描述了这两位命运相若的文人，但对于二人之死的记录文字却差别很大。对于屈原，司马迁写道："于是怀石遂自沉汨罗以死。"而对于贾谊，他是这样写的："怀王骑，堕马而死，无后。贾生自伤为傅无状，哭泣岁余，亦死。贾生之死时年三十三矣。"如果我们稍稍留意一下作者行文的语气，就不难发现，前文语气之果决、刚毅，后文语气之绵软无力。或者说，屈原之死如巨石坠江，而贾谊之死则多少显得愚忠自伤。

"信而见疑，忠而被谤。"这是司马迁对屈原人生处境的精准把握，当然，也是后来的历代史家学者在探讨屈原之死时，紧紧围绕的核心之一。

洁身说、殉国说、殉道说、殉情说、殉楚文化说、尸谏说、政治悲剧说，甚至赐死说，等等，学界对于屈原之死的原因，作过各种各样的阐释和推断，真正能让大众接受的，不外乎是以下几点：

首先，屈原是一个具有高洁理想和品格的人，"帝高阳之苗裔兮，朕皇考曰伯庸"；"纷吾既有此内美兮，又重之以修能。扈江离与辟芷兮，纫秋兰以为佩。"诗人自认为，他生而贵胄，生来就应该肩负起为国家"美政"的义务，这是他义不容辞的责任。何况，他自幼就具有与生俱来的美好品德，而且也一直洁身自好。因此，当遇到贤明的君王时，他就能顺利地践行自己"美政"的愿望；而当他遭遇到昏庸的君王时，美好的理想就很有可能破灭。而在现实生活里，诗人前后侍奉过的两位君王，无论是楚怀王还是顷襄王，都恰好是昏君。问题是，即便是昏君奸佞当道，他也绝不想轻易放弃"路漫漫其修远兮，吾将上下而求索"的宏愿。于是，便只有以死相争，将自杀当作是他人生在世的最后一件武器。

其次，屈原是一个情感热烈甚至激越的诗人，除《离骚》外，我们看到他的《九歌》《天问》《远游》《湘君》《九章》等诗篇，都无一例外具有非常强烈和浓烈的情感架构。咏叹调是诗人最主要的发声方式，高亢，明亮，无与伦比的想象力和复沓与回旋结构，是这些作品的主要基调和特色。这种上天入地的浪漫主义文学情结，包罗万象的情感审美体验，显然不可能兼容人世间的任何污秽。因此，才有了屈原与渔夫之间那场著名的对话，所谓"质本高洁还洁去"："安能以皓皓之白,而蒙世俗之尘埃乎?"(《渔夫》)一般来说,浪漫主义者都具有这种玉石俱焚的孤勇精神,当所有的呼告都无人倾听时,他们宁愿选择自喑其声。

再次,是灭国之灾。屈原一生遭遇过两次放逐,在四十三岁那年被第二次放逐后,他自知已经很难再返回到政治权力的中心了,"美政"的愿望完全落空,但诗人仍然没有熄灭他呼告的热情和救国救世的热忱。公元前298年,楚怀王被秦国掳走,即位后的顷襄王不自量力,大行"射政"。随后,秦将白起率军大举南侵,攻占楚国陪都鄢;翌年,又占都城郢,楚国被迫迁都。这无疑是对屈原生命的致命一击:"知死不可让,愿勿爱兮。明告君子,吾将以为类兮。"这是诗人在其绝笔诗《怀沙》中,对自己发出的内心律令。至此,杀身成仁只是早晚的事情,再也没有任何挽回的余地和悬念。

屈原创造了中国古代士大夫阶层,尤其是诗人,在面对国家、面对理想的破灭和现实的无情时所具有的人生态度的一种模板或样式,不断开启着后人反复追问个体生命的终极价值和意义。无论是他"长太息以掩涕兮,哀民生之多艰"(《离骚》)的济世态度,还是"伏清白以死直兮,固前圣之所厚"(《离骚》)的自我意志,都深刻影响了中国文化的整体精神走向。按理说,后世的文人特别是诗人们,都会,也应该以他为榜样，前赴后继地去践行自己的人生理想。然而，现实的情况却是，上下几千年，我们发现，真正以屈原的人生路径为精神指引，不惜以命相搏的诗人，几乎没有。一代又一代诗人重复行走在得意与失意交替的道路上，经受着被贬谪、被毁损、被轻慢，以及贫穷、疾病、讥辱等各种各样的命运，却始终秉持着"好死不如苟活着"的生命理念，完成了大同小异的人生结局。

我们不禁要问：这是为什么？

其实，答案很简单：因为诗人们的人生价值观念和他们对待生命的态度，不可能超越社会早已给定的价值观和人生观，而在儒家思想入主华夏，成为中国文化的正统之后，重生文化便成了难以撼动的主流意识。所谓"未知生，焉知死"（《论语》），强调人生在世，应该以日常生活为人之根本，细致体味日常生活中的冷暖炎凉，在平凡、世俗、具体的日常现实生活中，建立起个人与他者之间的共存互依关系。在这种思想的指导下，死亡就变成了一个可以被无限悬置的命题。而人生在世最需要破解的难题，不是会不会死，或怎么去死的问题，而是我们生而为人后究竟该如何活下去的命题。生命意义存在于生活的过程中，世俗生活的满足感会消解并一再修正生命的目的性。重生文化在此基础上，拉开了与西方文化中"未知死，焉知生"的距离。"敬畏生命"所叩问的，不是生命的价值和意义,而是保持住对于日常生活的热情,还原生命形而下的本能性。

严格来说,中国人的生命观就是由此坐实的。对于普通人来讲,生命意义在于活下去,而对于士大夫阶层包括诗人来讲,生命的意义就在于济世报国,将个体生活融入更为广阔的社会现实里,成为社会生活的具体实践者。

屈原所处的时代,儒家思想或儒家伦理文化所倡导的生活方式,尚未完全波及中国社会的各个层面。而在当时的楚国,普遍盛行的是道文化。"予恶乎知说生之非惑耶?予恶乎知恶死之非弱丧而不知归者耶?"这是庄子在《齐物论》里提出的疑问,意思是,死亡其实就是回家,一个人不能因为长时间流落在外,回到家里后反倒感到不适和惧怕。"弱丧"的观念,以及由此进一步推导出来的"恶生悦死"观,与当时楚国民间所盛行的"娱死"文化,大有近似之处。这种视死如归的生命观,远比后来的儒家文化来得激越,也更为自由任真。"余幼好此奇服兮,年既老而不衰。带长铗之陆离兮,冠切云之崔巍。"(《涉江》)屈原在他的诗篇里,曾无数次强调自己的与众不同,"好奇服","带长铗",我行我素,如此桀骜不驯的行径,也必将导致他走上特立独行之路,终使他的自杀行为成了中国文化史上的一件孤例。

> 东郊绝此麒麟笔,西山秘此凤凰柯。
> 死去死去今如此,生兮生兮奈汝何。

公元680年,享有"初唐四杰"之称的诗人卢照邻,在留下了这首实在是生无可恋的《释疾文·粤若》后,跳河自尽了。这位曾经写出过名作《长安古意》,吟诵出"得成比目何辞死,愿作鸳鸯不羡仙"的杰出诗人,在他的《五悲文·悲穷通》里这样悲号道:"骸骨半死,血气中绝,四支萎堕,五官欹缺。皮襞积而千皱,衣联襄而百结。毛落须秃,无叔子之明眉;唇亡齿寒,有张仪之羞舌。仰而视睛,翳其若瞀;俯而动身,羸而欲折。神若存而若亡,心不生而不灭。"从这段叙述中,我们看到,诗人已经被没完没了的麻风病折磨得完全丧失了生活的耐心和意志。他提前给自己挖好墓坑,隔三岔五就让人将自己抬入坑道,一心求死,最终却以跳河的方式达成所愿。卢照邻的死法,或许算得上是诗人之死中的一个例外,但这样的死已经与诗歌没有什么关系了,只是一种肉身的销毁和解脱罢了。

死亡因为是一次性的,因此,它总是人生中最为庄重、最具仪式感的一件事情;而自杀,更因其行为之惨烈,太过于惊世骇俗,所以,更需要我们去探究和厘清生命的意义究竟何在。如果活着仅仅是为了承受悲苦，那么，就有两种人生态度横亘在我们面前：一是你想拯救世人之悲苦，却无能为力，又不情愿眼睁睁看着悲苦在人世间汹涌蔓延，你该作何选择？二是你视自己为悲苦的化身，直面悲苦，咀嚼悲苦，直到悲苦将你吞噬，你又该怎么办？每一位诗人都在尝试着用自己的方式给出答案，但事实是，这个问题没有，也不应该有标准答案。死亡总在为求生者让路，顽强的生命在与死神的搏击过程中，呈现出了耀眼的光焰与斑斓，但每一条道路总有尽头之日。

公元427年深秋，一生贫俭的陶渊明意识到，自己很快就要踏上生命的"逆旅"，回归生命的"本宅"了。于是，他写下了那篇著名的《自祭文》："天寒夜长，风气萧索，鸿雁于征，草木黄落。"平静，坦然，丝毫没有情感上的起伏。诗人终于成功地将自己的一生，兑换成了草木生长与零落的过程。源于自然，归于自然，终至圆满。

十五 传家 传告后代人

传家　传告后代人

公元849年春，已近不惑之年的李商隐，结束了自己在桂林将近一年的游幕生活，回到长安，四处求告，好不容易才在朝中谋了个京兆府掾曹的职位。和从前一样，他还是靠笔墨事人，终日厕身于阴暗杂乱的书斋，"隘佣蜗舍，危托燕巢"（李商隐《上尚书范阳公启》）。尽管李商隐一如既往，在任上兢兢业业、唯唯诺诺地工作，但困窘的生活境况，依然见不到任何起色。

春光酽酽的一天，诗人凝眉端详着在户外嬉戏的、烂漫聪慧的儿子——这个曾被温庭筠戏谑为"乐天转世"的李衮师，写下了一首《骄儿诗》。这是一首由三十六联构成的五言体长诗，其结构有点近似于杜甫的《北征》，但内容和写法显然脱胎于西晋诗人左思的《娇女诗》，只不过是将"吾家有娇女"换成了"衮师我骄儿"，诗中大量生动形象的描写如出一辙。全诗共分为三段，前两段均为对骄子体态和性情的描述，重点集中在最后一段：

> 爷昔好读书,恳苦自著述。
>
> 憔悴欲四十,无肉畏蚤虱。
>
> 儿慎勿学爷,读书求甲乙。

这肯定是诗人极其苦闷的内心世界的真实写照了。在李商隐看来,自己这东奔西走的一生,完全可以用"失败"二字来概括,碌碌无为不说,还始终贫困相随,只是在书斋里埋首虚掷着时光。所以,他真心不希望儿子长大后重复自己的老路,与其像他那样通过读书科考求取功名,不如征战沙场,建功立业:"儿当速成大,探雏入虎穴。当为万户侯,勿守一经帙。"不能不说,这是李商隐对后代的真诚祝福,既含有对自我遭际的无限感慨,又怀有对儿子前途的隐忧。

写这首诗的时候,李商隐的生活其实还没有真正触底,但无望肯定是显而易见的了。在郁闷激愤的李商隐心目中,诗赋写得再好又能有什么用呢,倘若徒守经帙,不仅于国无益,而且还会给自己的生活徒增伤悲。所谓"文章憎命达,魑魅喜人过"(杜甫《天末怀李白》),此前几乎所有的文人都没能够逃脱过类似的人生劫难。我们不知道李衮师长大成人后,是否真正理解了父亲的忠告和良苦用心,其命运走势究竟如何。反正像所有默默无闻的人一样,"李衮师"这个名字,除了在他父亲的这首诗歌中闪现过外,再也没有出现在任何史料里。仔细想来，这也未必不是一件幸事，因为历史不仅记录荣光，也会记录苦难，在充满践踏、追求不朽的"立言、立德、立功"的道路上，那些平平淡淡、无喜无悲地度过今生的无名氏，兴许才是真正活过了的人。当然，这也只能是假设，李衮师碰巧有这样一位不朽的父亲，因此，他才有机会昙花一现，而更多的人，连这种假设的机会都不曾拥有过。

考察古代历史上那些星宿般晶莹闪亮的大诗人，在不同时期、不同心境和际遇下给自己后代所写下的诗篇，是一件非常有意思的事情。你会发现，每一位诗人对后辈的寄望虽然各有侧重，但大多数都还是希望后辈们能够子承父业，秉持"诗书传家"之志，奋发有为，能够博取功名当然好，若不能，则各安其命，颐养天年。然而，像李商隐这样，如此决绝地给出"儿慎勿学爷"忠告的，在文学史上并不多见。

李商隐的写作被后世公认为得杜甫之真传，"义山继起，入少陵之室，而运之以稼丽，尽态极妍，故昔人谓七言律诗莫工于晚唐"。（钱良择《唐音审体·七言律诗总论》）从早期学杜，仿杜，到后来精心改良杜诗，最终形成了脱胎于杜诗，却又独具个人情貌的"商隐体"。然而，作为晚唐最具影响力的大诗人，李商隐最后竟然不愿让这个聪慧的儿子继承自己的衣钵，此事至少说明，其枯灰之心已经丧失了对未来生活的任何期待。或者说,他唯一的期许是,希望李兖师另起炉灶,另辟人生。相反,他的偶像杜甫却不一样。尽管杜甫也潦倒、贫困、四处碰壁,举步维艰,却始终坚守着诗歌的初心,把诗歌当作弘扬家族精神、施展个人抱负的不二事业。在《宗武生日》诗里,诗人写道:

诗是吾家事,人传世上情。

熟精文选理,休觅彩衣轻。

杜宗武是杜甫十分器重的小儿子,除了上述这首诗外,诗人还先后为他写下了《忆幼子》《又示宗武》等诗。看来,杜甫不仅希望自己的小儿子能够继承"诗书传家"的杜门风尚,而且,还应该恪守家风,不慕权贵,低调做人,以期光耀家族门楣。

据有限的史料记载,杜甫死后,夫人杨氏无钱将诗人遗体送回老家归葬,只好草草葬于岳州。不久,杨氏去世。有人考证过,长子杜宗文可能被杜甫的好友桂州刺史李昌巙(李剑州)带往了外地,征辟为从事。而杜宗武则一直流落在湖湘一带,务农捕鱼,娶妻生子,直至死去,这位当年曾被父亲寄予过厚望的杜门之后,后来只在后唐冯贽《云仙杂记·卷七》里有过闪现:"杜甫子宗武以诗示阮兵曹,兵曹答以石斧一具,随使并诗还之。宗武曰：'斧，父斤也，使我呈父加斤削也。'俄而阮闻之，曰：'误矣！欲子砍断其手，此手若存，则天下诗名又在杜家矣！'"这显然不过是后人对"诗是吾家事"的附会而已，宗武并无诗篇存世。直至多年以后，杜宗武的儿子杜嗣业满面凄楚地来到荆州，请求时任江陵府士曹参军的元稹，为其祖父撰写墓志铭，而后又通过求告、借贷等方式，才完成了父亲的遗愿，将祖父母的遗骸带回偃师家族墓地归葬。

"吾祖诗冠古，同年蒙主恩"，在《赠蜀僧闾丘师兄》一诗中，杜甫对自家家谱作过这样的实录。诗人并没有夸大其辞，他祖上的确有许多值得炫耀的地方。杜甫的家世可以清晰地追述到西晋开国功勋杜预那里，这位《春秋左氏经传集解》的作者，既是一名战将，又是一位博学多才的经学家，曾享孔庙供奉，受后世敬仰。在杜甫的心目中，他这位文武双全的十三世祖，堪为自己积极进取的人生态度的具体楷模，杜甫曾多次自称"杜陵布衣""少陵野老"，都含有缅怀这位高祖之意。当然，真正让杜甫深感自豪的，还是他的祖父杜审言。

"独有宦游人，偏惊物候新。云霞出海曙，梅柳渡江春。淑气催黄鸟，晴光转绿蘋。忽闻歌古调，归思欲沾巾。"这是《全唐诗》里收录的杜审言的作品《和晋陵陆丞早春游望》，是一首非常合乎律诗规范的五言诗。在古体诗向近体格律诗转换的进程里，这首诗无疑是少见的令人眼前一亮的佳作。明人胡应麟称杜审言为"初唐五言律诗之首"，而杜审言自己也当仁不让："吾文章当得屈、宋作衙官，吾笔当得王羲之北面。"生性倨傲的杜审言从不讳言自己卓绝的才华，尽管他在仕途上并不顺利，数次遭贬，但依然我行我素。作为初唐五律诗的奠基者之一，杜审言用自己的品性和作品，为杜氏一门后代积攒了足以傲世的传家资本。

杜甫在"裘马轻狂"的环境下很快度过了自己的青年时期，之后经历了汲汲于仕途、惶惶于战祸、漂泊于江湖——这样的三段人生，无论生活环境多么动荡险恶，他始终将家人带在身边，对子女近距离地言传身教，而他本人也从来不曾放弃过对诗歌这一艺术形式的思考与探索。无论是在思想深度上，还是诗歌体式方面，诗人在每个阶段都不断有崭新的经验介入，一再深入地推进着自己的情感表达效果。"不薄今人爱古人，清词丽句必为邻"（《戏为六绝句·其五》）、"陶冶性灵存底物，新诗改罢自长吟"（《解闷·其七》）、"晚节渐于诗律细，谁家数去酒杯宽"（《遣闷戏呈路十九曹长》），以及"为人性僻耽佳句，语不惊人死不休，老去诗篇浑漫兴，春来花鸟莫深愁"（《江上值水如海势聊短述》）……杜甫创造性地用以诗论诗的方式，将诗学与人生观并置，在漫长的写作生涯中，注入了关于诗艺和人生的深刻思考，启发着无数后来者。试想一下，如果诗人没有牢记祖训，将诗歌视为一桩神圣而庄重的事业，没有理所当然地视写诗为"家事"，而只是像许多诗人一样，仅仅将诗歌写作当作个人才情的展示，去捞取功名，他就不可能最终成长为令后世景仰的"诗圣"。

"不学《诗》，无以言；不学礼，无以立。"孔子在《论语》中是这样对儿子伯鱼谆谆教诲的。在孔子看来，"诗教"并不等同于教人写诗，它其实是培养君子品德和心性的一种手段。君子之德"兴于《诗》，立于礼，成于乐"（《论语·泰伯篇》），而每一次社会的"礼崩乐坏"，首先就是源于"诗教"的缺失，以至于"礼教""乐教"的随之沦丧。当一个时代的诗教语言被败坏掉了后，社会上一定充满了戾气，妄言、谎言和谗言盛行。从某种角度上来讲，诗歌作为一项立言的工程，具有勘测和引导社会风尚的作用。由于《诗》具有这种"言志"的性质和"言情"的特征，因此，历朝历代统治者都试图找到一种合适的方式，将《诗》与礼、乐融合在一起，作为传达思想教化人心的手段和工具，由此慢慢形成了以《诗》成礼、以礼传家的社会风气。当这种风气形成之后，不仅统治阶层，包括那些奉儒家思想为圭臬的士大夫们，都无不以这样的普世传统来教育后代了。

公元393年左右，陶渊明为长子俨作了一首《命子》诗，

起笔写道:

> 悠悠我祖,爰自陶唐。
> 邈焉虞宾,历世重光。

这首长达十章的诗,前六章都是在叙述陶氏一门悠久醇厚的家风,后四章则在训诫后代不忘祖德,光大门风,字里行间显示出了诗人知天安命、委运任化的超然胸襟:"日居月诸,渐免子孩。福不虚至,祸亦易来。夙兴夜寐,愿尔斯才。尔之不才,亦已焉哉!"每个人都挣扎在福祸之间,唯有达观,通透,才能让人生变得舒展自如。十年之后,陶渊明则作《责子》诗:"白发被两鬓,肌肤不复实。虽有五男儿,总不好纸笔。阿舒已二八,懒惰故无匹。阿宣行志学,而不爱文术。雍端年十三,不识六与七。通子垂九龄,但觅梨与栗。天运苟如此,且进杯中物。"诗中尽管有着对几个儿子的不满,但仍然充满了对他们的慈爱怜惜之情。而此时的诗人,已经在生活中历练出了更加豁达的人生态度和处世准则,他不再苛求人生所有,也不再强求生命的得失,只愿膝下的孩子们能够在有限的人世间活得无碍无羁,在亲情中守望相助。

五十三岁那年,陶渊明自恐来日不多,他怀着生死有命的达观态度,又给儿子们留下了一首带有遗嘱性质的诗:《与子俨等书》。他谆谆告诫儿子们："穷达不可妄求，寿夭永无外请"，并以鲍叔、管仲、归生、伍举等为例，希望他们善待彼此，"兄弟同居，至于没齿"。在这首诗的最后，陶渊明引用了《诗经·小雅》说道："高山仰止，景行行止。"全诗深情款款，充满了舐犊之情，也全面而深刻地突显出了诗人一生的志趣和高洁的精神人格。

陶渊明去世后，萧统收录其诗文，编纂成《陶渊明集》，在序文里高度赞美道："余爱嗜其文，不能释手，尚想其德，恨不同时。"又云："贞志不休，安道苦节，不以躬耕为耻，不以无财为病，自非大贤笃志，与道污隆，孰能如此乎？"自此，陶公便以"人德"的形象传于后世。杜甫曾经在《遣兴·其三》中这样写道："陶潜避俗翁，未必能达道。观其著诗集，颇亦恨枯槁。达生岂是足，默识盖不早。有子贤与愚，何其挂怀抱。"在杜甫看来，陶渊明尽管一生超凡脱俗，高蹈独善，志在求其心性之真，但在现实生活中，他也未必能够真正做到毫无挂碍，所谓进不能报国，退不能营生，最后他终究不能完全免俗达道，故才有了《责子》之诗。而责之愈深，爱之愈切，当这种父爱无法达成所愿时，只能愿膝下五子能够团结互助，颐养天年。有人据此认为，杜甫此诗意在讥讽陶公。但我们从杜甫写作这首诗时的自身处境来看，他应该不会含有"讥病渊明"之意，不过是"聊托之渊明以解嘲"罢了。毕竟人生在世，没有人能够真正免得了肉身的羁绊。父慈子孝固然好，但子孙的贤愚却是无人可以把握的。更何况，杜甫与陶渊明一样，都是深受儒家文化中重家持家思想熏陶的诗人，怎么可能行讥讽之事呢？

四百多年后，江州司马白居易专程来访陶渊明故居，写下了《访陶公旧宅》："我生君之后，相去五百年。每读五柳传，目想心拳拳。昔常咏遗风，著为十六篇。今来访故宅，森若君在前。不慕樽有酒，不慕琴无弦。慕君遗荣利，老死此丘园。"白居易在这首诗里不仅表达了自己对陶公"高山仰止"般的钦慕，而且对陶渊明诚实守护儒家伦理、培育厚德家风的行为，表达出了深深的敬意。而相比之下，生前一直风光无限的白居易，在晚年只能发出"荣枯忧喜与彭殇，都似人间戏一场"（《老病相仍，以诗自解》）的感喟了。这位坐拥满壁家财、晚来得子的大诗人，因爱子崔儿三岁夭折，陷入了失去继承人的巨大悲恸和迷茫中："悲肠自断非因剑，喧眼加昏不是尘。怀抱又空天默默，依前重作邓攸身。"（《哭崔儿》）白居易晚年时常会在空虚与无奈的情绪里自怨自艾，同时又要强作欢颜，与人世周旋，这大概都与崔儿的夭折有关。在《初丧崔儿报微之晦叔》一诗里，诗人对这种沮丧感的原因供认不讳："书报微之晦叔知，欲题崔字泪先垂。世间此恨偏敦我，天下何人不哭儿。蝉老悲鸣抛蜕后，龙眠惊觉失珠时。文章十恢官三品,身后传谁庇荫谁。"拥有丰厚的家财和无以复加的盛名,却无人可传,无后可袭,在白居易看来,这意味着,他毕生的努力都有可能会付之东流,而这无疑是他人生中难以复加的悲哀。

七十一岁那年,白居易渐渐产生出了一种生无可恋之感,他终于选择了皈依佛门,自号"香山居士"。诗人选择去往生西方极乐世界里寻找生活的意义,他拿出三万两俸银,请人按照《阿弥陀经》《无量寿经》的经义,彩绘出了大型极乐世界图、西方三圣像,日日面朝它们,焚香顶礼,十分虔诚:"何以度心眼?一句阿弥陀。行也阿弥陀,坐也阿弥陀。纵饶忙似箭,不废阿弥陀。"(《念佛偈》)

在讲究"诗书传家"传统的古代中国,白居易的遭遇委实令人同情,但他或许还不算是最为悲惨的。譬如孟郊,就比他远为不堪。这位年过四旬还被慈母不断催逼着,一次次踏上科考之路的诗人,屡试不第,"年几五十,始以尊夫人之命来集京师,从进士试,既得即去"(韩愈《贞曜先生墓志铭》)。在后来终于得中进士后,孟郊喜不自禁,写下了这首著名的《登科后》:"昔日龌龊不足夸,今朝放荡思无涯。春风得意马蹄疾,一日看尽长安花。"诗人原本以为自己潦倒的生活会就此画上句号,却哪曾想到,后面还有更多的苦难在等待着他去经受。

《游子吟》是孟郊在担任溧阳县尉时所作,一句"慈母手中线,游子身上衣",感动了无数后人,诗里充满了诗人对母亲裴氏的深切感念。那也是他一生中最为惬意的几年时光,他用自己的努力回报了母亲"望子成龙"的心愿。但没过多久,他最珍爱的母亲阖然病逝。随后,诗人又因家境贫顿,连丧三子,生命中只剩下了凄凉的晚景:"秋至老更贫,破屋无门扉。一片月落床,四壁风入衣。"(《秋怀十五首·其四》)穷困、饥饿、疾病、衰老、孤独、死亡……这些不祥的词语,于此间全部化身为催命厉鬼,在孟郊的晚年一一找上门来,追索着诗人的精气神。

《唐才子传》中说:"郊拙于生事,一贫彻骨,裘褐悬结。"孟郊死后,贾岛写道:"身死声名在,多应万古传。寡妻无子息,破宅带林泉。冢近登山道,诗随过海船。故人相吊后,斜日下寒天。"(《哭孟郊》)这两位惺惺相惜的诗人,最终都以身试"苦",前者用生活之笔饱蘸着生命之无常,成就了"诗囚"苦难的一生;而后者用语言之笔,将自己打磨成了一位身披袈裟、手持空瓢的"苦吟"大师。贾岛终其一生也同样没有摆脱过困苦者的形象,即便是在还俗之后也依然潦倒不已。《唐才子传》这样记载他:"临死之日,家无一钱,惟病驴、古琴而已。""中有失意吟,知者泪满缨。何以报知者,永存坚与贞。"可以想象，失去挚友的贾岛，后来在重读故人孟郊的这首《答郭郎中》时，也一定会如我们这般，对沉重的人生感叹不已吧。

然而，文学史上终究还是有许多令人钦羡的诗家典范，他们不断书写和成就着文学史上的辉煌与奇观，譬如，建安"三曹"（曹操、曹丕、曹植），魏晋"三阮"（阮瑀、阮籍、阮咸），北宋"三苏"（苏洵、苏轼、苏辙）……或祖孙相传，或父子相袭，以文风光耀门楣，须臾不曾中断过，并由此形成了文学史上蔚为壮观的一道独特景象。

令人困惑的是，历代文人的仕途之路似乎从来就没有顺利和畅达过，但即便如此，以"诗书传家"的理想依旧是他们矢志不渝的信念。这一事实进一步证明，儒家思想所倡导的这种社会风尚，其实更侧重于君子人格的养育和规训。所谓"穷则独善其身，达则兼济天下"，根本目的仍然在于，通过读诗习文达致内心的和润与通透，最终完善自我的人格建设。

阮瑀是"建安七子"之一，他写过一首题为《驾出北郭门行》的乐府诗，诗中借一个啼哭于街市的小儿之口，控诉社会失礼之后的道德乱象以及世态的炎凉，发出了"传告后代人，以此为明规"的吁请。劝诫世人尤其是自己的子孙后代，都要遵守礼俗，富有同情心，尤其是不要虐待弱者、孤儿。诗歌的社会功用，在这首诗里被彰显了出来，成为改造世道人心的一种重要手段。而"无用"的诗歌，也借助"传告"的声音力量，在人世间回荡着，填补着我们心灵深处的缺损或遗漏。

阮瑀去世后，年幼的阮籍通过苦读终成一代名士，琴棋书画酒，无所不精。"昔年十四五，志尚好《书》《诗》。被褐怀珠玉，颜闵相与期。"(《咏怀八十二首·其十五》)作为志向远大高洁的"正始之音"的代表人物，阮籍在乱世中"忧思独伤心"，形成了一种"悲愤哀怨，隐晦曲折"的诗歌风格，也历练出了超凡绝尘、清虚自守的精神境界。无论是他酣醉沉睡，还是"翻青白眼"，甚至在为母亲丁忧期间大啖酒肉，阮籍的这些看似离经叛道的举止，其实都是他在危局中所行的自我保护策略。这当然也应该被视为阮籍对淳朴家风的忠诚守护与传承，并在继承过程中根据世相的变化，完成了某种极具个人化标识的行为变通。而这样的变通，与陶渊明所操持的"固穷""守真"理念，其实是一致的。

一直视陶渊明为隔代知音的苏轼，曾作过一首《洗儿戏作》，用短短二十八个字道尽了他对后代的祝福：

人皆养子望聪明，我被聪明误一生。

惟愿孩儿愚且鲁，无灾无难到公卿。

诗人何尝不知,越是浅淡平凡的人生,越是难以企及的人生,何况还心存"公卿"的念想。这样的感悟,也只有在饱经生活的磨难之后,才会有更加透彻的体悟。一切烟雨,一切繁华,一切荣衰,到头来都将会散去,归于平淡与真实。而这才是人生的正途。

> 旧第开朱门,长安城中央。
> 第中无一物,万卷书满堂。
> 家集二百编,上下驰皇王。
> （杜牧《冬至日寄小侄阿宜诗》）

与所有家世显赫的诗人一样,杜牧虽说没有过上自幼就钟鸣鼎食般的富贵生活,但因为他有一位身份高贵的祖父杜佑,所以,他天生就有一股英姿昂扬之气。《唐才子传》里载:"后人评牧诗,如铜丸走坂,骏马注坡,谓圆快奋争也。"清人刘熙载作《艺概》也称其诗"雄姿英发"。

其实,杜牧生活的时代景象已与盛唐相去甚远,藩镇割据,党争不断,宦官专权……各种社会乱象,困扰着日薄西山的大唐帝国。按说,杜牧的诗,应该与"奋争""英发"这类气象无关了,但后世却仍然从他的诗与人生中读出了这样的豪迈和飘逸之气。这实在是与杜牧的家学渊源大有关联。杜佑不仅官至宰相，而且有极深的学养，博古通今，曾编纂过中国历史上的第一部典志体史书《通典》。这样的家学渊源，势必会耳濡目染地影响着发蒙期的杜牧，成为他成长过程中非常重要的精神资源。《阿房宫赋》是杜牧二十三岁时的作品，显示出了他过人的语言才华和强健清晰的雄辩能力。杜牧去世后，留下了为他外甥裴延翰所编辑的《樊川文集》二十卷，除了大量的诗作外，还收录了诗人众多的文论，其中就包括他的《孙子注》，以及《战论》《守论》等。也就是说，杜牧的才华，不仅体现在他俊朗拗峭的诗歌成就上——他那独步天下的七言绝句——以及荡气回肠的咏史书写方面，还体现在他关于战争、治乱和民生的思考方面。在《上李中丞书》中杜牧写道："治乱兴亡之迹，财赋兵甲之事，地形之险易远近，古人之长短得失。"而这方面的修为和心得，都来自杜牧早年的博览群书，他从杜佑那里承继到的不仅是显赫的家世，还有治国的理想和经世之才。只可惜，杜牧刚入仕途就稀里糊涂地卷进了朝廷的党争旋涡，没有机会让世人充分见识他将这样的才华落实到现实生活里。我们倒是能够从杜牧对待患有眼疾的弟弟杜颛的态度上，依稀看到了一些家训所散发出来的人性光泽。

公元849年，时已名满江湖的诗人杜牧结束了漫长的外放生涯，回到了长安，但没过多久他就不顾朝中流言，又一次请求外放湖州,担任刺史。在《上宰相求湖州第二启》这封求职信中,诗人声泪俱下地写道:"……愿未死前,一见病弟,异人术士,求其所未求,以甘其心,厚其衣食之地。某若先死,使病弟无所不足,然死而有知,不恨死早。湖州三岁,可遂此心,伏惟仁悯,念病弟望某东来之心,察其欲见病弟之志,一加哀怜,特遂血恳。披剔肝胆,重此告诉。"其"兄弟没齿"的手足之情,堪称人间表率,让人读罢心生恻隐。

每一位优秀的诗人都十分看重自我家世的传承,上达先祖,下启后代子嗣,有的甚至不惜攀附远古贤达英豪,以求取证自我精神的来源和出处。李白就声称自己是汉代飞将军李广的后裔,在《与韩荆州书》中他说:"白本陇西布衣,流落楚汉。"而在《与安州裴长史书》中他又自述道:"白本家金陵,世为右姓,遭沮渠蒙逊难,奔流咸秦,因官寓家,少长江汉。"在《赠张相镐》一诗中又写道:"家本陇西人,先为汉边将,攻略盖天地,名飞青云上。苦战竟不侯,当年颇惆怅。"他的叔父李阳冰在《草堂集序》中是这样叙述李白身世的:"李白,字太白,陇西成纪人,凉武昭王暠九世孙。蝉联珪组,世为显著。中叶非罪,谪居条支,易姓与名……神龙之始,逃归于蜀……"总之是扑朔迷离,语焉不详。而诗人兴许要的就是这种效果。在李白身上,我们看到了中国古代文人在面对家世传承时执拗的行事风格,越是偏离了这种传承航道者,其追根溯源的意志往往越是强烈。

在文字贫乏又充满动荡的古代,要想清晰地厘清一个人的家世并不容易,而穿凿附会又何尝不是历史之一种,我们大可不必过分较真。

公元1205年,年仅十六岁的元好问前往并州参加科考,途中遇到一位捕雁者,听这位猎人讲述了一个关于大雁殉情的故事。年轻的诗人在感动莫名之余,买下了那对大雁的尸身,将它们合葬在汾水旁,并垒建了一座小坟,取名"雁丘"。而后,元好问写了一首题为《摸鱼儿·雁丘词》的词。这首词里面有一句后来流传千古的话:

问世间、情是何物,直教生死相许?

元好问生于宋金对峙的山西忻州,后来进士及第,成为北方文学盟主,有"北方文雄""一代文宗"之称。元好问的祖上可以上推至北魏鲜卑拓跋氏,在孝文帝推行汉化时改归姓"元"。其高祖元谊曾官至忻州神武军使,后来举家迁至忻州。父亲元德明屡试不第,放浪于山水间,四十八岁卒亡。这些都是有据可查的家史。然而,在元好问自己的心目中,他却另有一位精神上的远祖:元结。

《论诗三十首》是元好问承袭杜甫"以诗论诗"的手法,集中体现其诗学思想精髓的大型组诗。"第十七首"是这样写的:"切响浮声发巧深,研摩虽苦果何心?浪翁水乐无宫徵,自是云山韶濩音。"诗里的"浪翁",指的就是唐代诗人元结。元结曾自释过:"浪翁,山野浪老也。"元结性情刚烈,早年曾作《丐论》《闵荒诗》《时议三篇》等,以笔为矛,抨击世态乱象。当年他曾和杜甫一起参加科考,被李林甫以"野无遗贤"为由拒之门外。之后,元结长期处于隐逸状态,在乱世中保持着遗世独立的人格,蕴藉着救世的能量。再后来,他受命出任山南东道节度参谋,逐渐成长为一位叱咤风云的战将。杜甫曾作《同元使君舂陵行》一诗盛赞于他:"粲粲元道州,前圣畏后生。观乎舂陵作,欻见俊哲情。复览贼退篇,结也实国桢。"元结为官,以"仁、清、忠、直、方、正"为六字箴言,后人这样评价他道:"唐时高品人物不过如此也。"

正是源于这种人格魅力的召唤,元好问才在心目中一直视元结为自己的远祖,至少是他精神上的祖先。这样的精神传承一旦被认定,甚至会超过血统本身的力量。元好问对元结在乱世中的作为尤其称道,因为他自己也置身于乱世之中,究竟该怎样在这样的时代里保持住文人应有的操守,是元好问时时反躬自省的问题。所以,他常以元结为自己的人生楷模,保持着进取之心。金朝灭亡之后,元好问被囚数年,后来过上了半隐生活。

值得一提的是,元好问晚年曾以六十三岁的高龄北上,面觐忽必烈,请遵忽必烈为"儒家大宗师"。这件事被后世多有诟病,认为他不该认宗于外族。然而,我们更应该看到,也正是这种顺应了时代洪流的博大胸襟,让元好问摆脱了一介儒生的狭隘个人情怀,也让汉民族文化没有因外族力量入主中原后而断裂,反而得以借巢产卵,浴火重生,成为广泛吸纳了北方文明、兼蓄并包的大文化体系。而这正是儒家思想中"诗书传家"传统的具体实践,它借助一位看似无缚鸡之力的文人士子之手,完成了文明之火的传承。

司马光在《家训》中曾说:"积金以遗子孙,子孙未必守;积书遗子孙,子孙未必读;不如积阴德于冥冥之中,以为子孙长久之计。"从某种程度上来讲,元好问正是这样一位积了"阴德"的诗人,不仅为他的家人,也为我们这个文风绵厚的民族。